Meisje van me

Ilse Ruijters

Meisje van me

Ambo|Anthos
Amsterdam

MIX
Papier van verantwoorde herkomst
FSC® C014496

ISBN 978 90 263 4274 5

Omslagontwerp Riesenkind
Omslagillustratie © Cristian Todea / Arcangel Images
Foto auteur © Ruud Pos

Verspreiding voor België:
Veen Bosch & Keuning uitgevers nv, Antwerpen

Voor Betje, mijn meisje

Vladimir Novikov zat al meer dan zeven uur achter het stuur. Zijn ogen prikten en zijn rug was pijnlijk stram. Naast hem lag Dmitri tegen het portier van de cabine aan te slapen. Zijn mond stond een beetje open, waardoor zijn wangen nog meer ingevallen waren dan anders. Opnieuw verbaasde Vladimir zich over hoe lelijk de man was. In het normale leven kon Dmitri geen enkele vrouw krijgen.

Maar dit was het normale leven niet.

Daarom was die smerige klootzak nu ook zo moe.

Het hondje op het dashboard knikte onophoudelijk, de kop los van het lijf.

Vladimir drukte zijn vingers tegen zijn ogen en gaapte. Hij had alle recht zijn bijrijder wakker te maken, ze hadden afgesproken elkaar om de vier uur af te wisselen – hun baas zou het hun nooit vergeven als ze een ongeluk zouden krijgen – maar als hij ergens geen zin in had, was het dat. Hij zou toch alleen maar nerveus en geïrriteerd naast Dmitri zitten, niet in staat een comfortabele slaaphouding te vinden.

Een reclamebord langs de kant van de weg kondigde een wegrestaurant aan dat 24/7 open was. Een warme snack zou heerlijk zijn. Pissen. Zijn ogen een paar tellen dichtdoen. Maar er was geen tijd. Dit transport had haast, er werd op hen gewacht. En zelf wilde hij dit ook allemaal zo snel mogelijk achter de rug hebben.

Op het moment dat hij het fantasieloze gebouw waar vrachtwagens voor geparkeerd stonden voorbijscheurde had Vladimir echter al spijt. Het restaurant dat in zijn achteruitkijkspiegeltje verdween was de laatste stop voor de grensovergang. Hij moest nu wel door.

Hij dacht aan zijn zoontje. 'Papa, toen jullie mij kregen, leefden de dinosauriërs toen nog?' had die de laatste keer dat hij hem zag gevraagd. Lev was al twaalf, maar had het verstandelijk vermogen van een kind van vier. Hij zat in een tehuis voor kinderen met een verstandelijke beperking. Een duur tehuis.

Als deze rit straks achter de rug was, dan nam hij hem mee naar de dierentuin. Naar de olifanten, primitieve kolossen.

In zijn slaap krabde Dmitri aan zijn ongeschoren wang. Een gore hond, meer was hij niet.

In de verte lichtte de grensovergang al op. In gedachten gaf Vladimir zichzelf een schouderklopje voor zijn doorzettingsvermogen. Het was heel goed dat Dmitri sliep. Mensen die zo lelijk als hij waren werden er altijd uitgepikt.

Met één hand aan het stuur schroefde hij de dop van de thermoskan en nam hij een slok van de oude, koud geworden koffie. God, wat een bocht. Met een nare smaak in zijn mond sloot hij aan op de rechterbaan: die voor vrachtwagens.

'Godverdomme.' Dmitri kwam overeind. Het stilstaan had hem gewekt. 'Hoe laat is het wel niet? Ik zou een moord doen voor een bed.'

'We zijn bij de grens,' zei Vladimir ten overvloede.

Dmitri opende het dashboardkastje en haalde er een van de salamiworstjes uit die hij bij hun laatste stop had gekocht. De stank maakte Vladimir misselijk. Hij draaide het raam open en stak demonstratief een peuk op.

'Paspoort,' gebood de douanier die hen hielp. Vladimir gaf zowel zijn eigen als Dmitri's identiteitsbewijs.

'Wat vervoeren jullie?'

'Hamburgerbroodjes.'

'Hamburgerbroodjes?' De douanier grinnikte – alsof hij de truckers die hij controleerde rankte naar hun lading. IJzerwaren stoer, zachte bolletjes iets voor mietjes. 'Echt?'

'Mensen willen toch brood bij hun burger,' antwoordde Vladimir. Hij overhandigde de douanier de papieren van de lading.

'Openmaken.'

Het was de ranzige kop van Dmitri die hiervoor had gezorgd, dat wist Vladimir zeker. Nooit, helemaal nooit meer ging hij een transport met deze achterlijke Tsjetsjeen doen. Die man had 'ik ben fout' op zijn voorhoofd geschreven staan.

'Natuurlijk,' zei Vladimir. Zijn lijf maakte zich klaar om te vluchten, het lukte hem amper om zijn zenuwen te bedwingen, maar uiterlijk bleef hij rustig. Met een hartslag van zeker 180 ontgrendelde hij het ijskoude stalen slot en klapte hij de deuren van de laadruimte open. Een wolk koude lucht waaide hem tegemoet.

De douanier liet zijn zaklantaarn over de muur van dozen glijden. Frozen hamburger buns stond er op de zijkanten. 'Openmaken.'

'Serieus?'

'Ik heb honger.' De douanier lachte sarcastisch.

Vladimir deed zijn handschoenen aan, klom in de laadruimte en pakte een doos van de stapel. Hij veegde het ijs van de bovenkant en zette hem op de grond neer.

'Niet deze.' De douanier had de tijd. Hij liet Vladimir twee rijen dozen afstapelen en koos vervolgens een doos uit het midden uit. Op zijn gemak haalde hij alle rijen in plastic verpakte broodjes uit de doos en toen hij zag dat er geen drugs tussen verstopt waren trok hij een van de zakken open. Het kostte hem moeite het bevroren broodje te breken. Hij had er zijn laars voor nodig.

Ook in het broodje zaten geen drugs. Hij gaf het met aarde besmeurde bolletje terug aan Vladimir en maakte een achteloze beweging. Hij kon weer inpakken en mocht doorrijden.

'De grafhond,' vloekte Dmitri toen Vladimir zijn hand opstak en optrok. 'Zal ik rijden?'

Vladimir schudde zijn hoofd. Dmitri moest zijn muil houden en verder gaan pitten. Het kwam door hem dat ze bijna gepakt waren.

'Gezellig,' bromde Dmitri.

Vladimir had niets met hem te maken. Hij werd betaald om dit transport te doen. Niet om vrienden te maken.

'Misschien kunnen we straks ergens stoppen. Kunnen we het vieren.' Hij maakte een stootbeweging met zijn heupen.

Vladimir keek zijn bijrijder met opgetrokken wenkbrauwen aan. 'Nog een keer?'

'Wat dacht je dan, kameraad.'

Vladimir schudde zijn hoofd en besloot Dmitri de rest van de reis te negeren. Zijn vermoeidheid was door het oponthoud bij de grens totaal verdwenen. Al zou het nog negentien uur duren, hij ging door. Zijn ogen mochten dan haast uit hun kassen vallen van de slaap, hij zou Dmitri niet laten rijden en de controle geven. Hij en hij alleen moest zorgen dat ze hun bestemming zouden bereiken.

HET LEVEN GEEFT ONS WAAR WE HET OM VRAGEN

In haar hand hield Amber de twee roze babysokjes die ze van huis had meegenomen. Niet dat de sokjes die voor Emma klaarlagen niet goed waren, het was meer voor de zekerheid. Stel dat die andere toch net iets te groot zouden zijn, of dat er vannacht eentje was kwijtgeraakt, of dat het opeens heel stom zou staan bij het zachte pakje dat ze Emma aan wilde trekken – allemaal onzinnige gedachten, maar goed, dit was nu eenmaal de tijd van de onzinnige gedachten, om dat te zien hoefde ze alleen maar opzij te kijken naar Tom, die naast haar liep. Hij had haar hand in de zijne genomen en ze voelde zijn warmte door zich heen stromen.

Ze hield van hem: van zijn handen die groot en krachtig waren; van zijn profiel: een rechte neus, sterke kaak, een hoog voorhoofd; ze hield van zijn onbreekbare persoonlijkheid en zijn daadkracht. Hij was een mannelijke man, zij een vrouwelijke vrouw.

Haar hakken klikklakten door de ziekenhuisgang. Een jonge verpleegkundige herkende Tom, hakkelde een 'hallo' en begon ter plekke te blozen. Hij zag het niet, of deed in ieder geval alsof, en Amber was daar blij om. Dit deden ze samen. Echt samen.

Voor de deur van Kirstens kamer bleven ze staan. 'Dit is het moment.' Als vanzelfsprekend vonden ook hun vrije handen elkaar. Ze sloten hun ogen en namen een paar seconden rust om het moment volledig te doorvoelen.

Ik ben me bewust van de zuurstof die mijn lijf lucht geeft, van de liefde die ik ervaar, van mijn voeten die me dragen. Bedankt voor dit moment.

Diep vanbinnen voelde Amber een grote vrede. Dit kind, hún kind, ging opgroeien in het beste gezin dat mogelijk was.

Emma.

'Ja, ik ben er klaar voor,' zei ze. Ze opende haar ogen en zag hoe Tom haar aankeek. Had hij haar al die tijd al staan bestuderen? 'Wat is er?' vroeg ze.

Hij schudde zijn hoofd. 'Niets, muze,' zei hij. 'Gewoon. Ik vind je mooi.'

Joël van Santbergen checkte of hij alles in zijn tas had gestopt wat hij nodig had. Camera, licht, laptop, telefoon, oplader, extra batterijen. Verdomme, hij bleef maar het idee houden dat hij iets vergeten was. Hij liet zijn blik door de woonkamer glijden en bleef een moment staan om te genieten van zijn uitzicht over het IJ. Hij woonde hier goed, realiseerde hij zich weer. Hij hoorde hier. Pontsteiger was het nieuwe icoon van Amsterdam en alleen *the rich and famous* konden zich hier een appartement veroorloven. Hij woonde op de eenentwintigste etage, bijna bovenin, had letterlijk en figuurlijk de top bereikt.

Nou ja, bijna dan.

Toen hij zijn ogen in de spiegel die naast het raam hing ontmoette, lachte hij. Hij zag er goed uit, constateerde hij tevreden. Zoals altijd. Zijn witblonde haar had hij nauwkeurig naar achteren gekamd en zijn ringbaard – op z'n Youp van 't Heks een pratende kut – was netjes getrimd. Hij draaide een kwartslag en spande zijn biceps. Ja, de sportschooluren betaalden zich uit. Hij oogde sterk. Vitaal, viriel. Vruchtbaar was zelfs het woord dat in hem opkwam.

Hij schudde zijn hoofd. Niet die kant op gaan, hij moest zich concentreren. Wat was hij vergeten?

Hij wist het niet. Dan eerst nog maar een glas water. In de industriële keuken hield hij zijn glas onder de waterdispenser in de koelkastdeur. Het koude vocht bluste de hitte uit zijn keel, zijn borst, zijn buik. Onwillekeurig liet hij zijn hand over zijn kruis glijden. Man, wat een nacht.

Dat was het. Hoe stom kon hij zijn?

Gefrustreerd om zijn eigen domheid liep hij naar de slaapkamer die nog rook naar seks en pakte het bovenste van de twee identieke cadeautjes in zachtgeel hartjespapier van zijn nachtkastje. Het belangrijkste. Godsamme. Hij stopte het pakje in zijn tas, trok zijn jas aan en nam de lift naar beneden.

Een zure, warme lucht ontsnapte uit de kraamkamer toen Tom Kuijper de deur voor zijn vrouw opende. Zijn ogen moesten wennen aan het schemerdonker van de gesloten gordijnen, zijn oren waren nog niet ingesteld op hard en dwingend babygehuil.

'Hallo?' Een vreemde vrouw keek hem en Amber vragend aan. Ze trok een laken over haar ontblote bovenlijf en drukte haar baby iets dichter tegen haar borst.

'O sorry.' Amber deed een stap naar achteren en stootte daarbij tegen hem aan. 'We uhm, we komen voor iemand anders… Voor Kirsten van 't Woud.' Toen de vrouw hen alleen maar afwachtend aan bleef kijken, lachte Amber verontschuldigend, draaide zich om en keek Tom vragend aan.

'Ze is zeker overgeplaatst,' zei hij rustig. Hij legde zijn hand op haar rug en liet haar voorgaan, de gang op. Zelfs door haar jas heen kon hij voelen hoe mager ze was.

'Misschien weet zij waarnaartoe?' Amber wees op een verpleegkundige van amper vijfentwintig die hun kant uit kwam gelopen. Staartje, Crocs, asymmetrisch gezichtje. Een zes, zesplus hooguit, maar alleen dankzij haar jeugdigheid. Alle vrouwen van vijfentwintig zijn mooi, pas vanaf een jaar of dertig zie je wie er mooi blijven en wie er verleppen.

Hij knikte, liep op het meisje af, vouwde zijn handen tegen elkaar aan en begroette haar met een plechtig uitgesproken 'namasté'. Met zijn lichte buiging maakte hij indruk, dat wist hij omdat ze de giechel lachte van meiden die hem herkenden als de man van vijf miljoen.

Hij voelde Ambers ergernis naast zich op hem afstralen.

'Kun jij ons vertellen op welke kamer Kirsten van 't Woud ligt?' vroeg Amber voordat hij de kans kreeg.

'Jullie draagmoeder, toch?' Zie je, ze herkende hem. Hij kon een glimlach niet onderdrukken. 'Ik dacht dat zij al weg was?'

Hij schudde zijn hoofd, Amber begon uit te leggen dat dat niet kon kloppen. 'We komen haar ophalen. Haar en onze baby Emma.'

De verpleegkundige trok laconiek haar schouders op. 'Dan heb ik het mis. Het is hier ook een gekkenhuis geweest vannacht; het lijkt wel alsof heel Amsterdam gisteravond besloten heeft te gaan bevallen.' Ze glimlachte geruststellend en schonk vooral hem een lieve glimlach. 'Loop maar met me mee,' zei ze. 'Ik zal eventjes voor jullie kijken.'

De billen die zich onder haar verpleegsterstenue aftekenden maakten een hoop van haar matige gezichtje goed.

Met een te holle rug boog de verpleegkundige zich voorover om op de computer te zien waar Kirsten nu lag. Toen het maar duurde en duurde, trommelde Amber op de balie.

'Hmm,' peinsde de vrouw hardop.

'Kun je het niet vinden?'

De verpleegster fronste haar voorhoofd, ging erbij zitten, typte iets in. Ze perste haar lippen op elkaar en keek nadenkend naar het beeldscherm, terwijl ze van alles aanklikte. Niet bijster mooi, niet bijster slim.

'Nieuw computersysteem?' Amber hielp haar haar onkunde te verklaren.

'Nee, dat niet.' Het meisje snapte de handreiking niet en keek naar de computer alsof daar Chinese karakters op stonden in plaats van normale letters. Amber wisselde een blik met Tom. *Dat we nou van alle mensen die hier werken juist dit licht aan moesten spreken.* Hij gaf haar een knipoog en grijnsde.

'Nou uh, tja.' De verpleegkundige keek op.

'Ja?' vroeg Amber geduldig. *Iedereen heeft een talent.*

'Het spijt me maar...' Waarom was de blik van deze vrouw zo serieus opeens? 'Tja, ik weet niet hoe het kan, maar... Volgens het systeem is ze weg.'

'Kirsten?' vroeg Amber. 'Dat kan niet.'

'Kirsten mét Emma.' De verpleegkundige keek weer naar haar computer. Amber wisselde een geïrriteerde blik met Tom. Had dit kind niet door dat ze hen liet schrikken?

'Hoe bedoel je "weg"?' vroeg Tom geduldig.

De verpleegkundige kreeg een rood hoofd. 'Van 't Woud heet Kirsten toch? Met een d en een apostrof t?'

Amber knikte. Dit hadden ze net toch ook al gezegd. Het meisje tikte weer van alles in, maar schudde toen haar hoofd. 'Sorry, ik uh...' Ze stond op, maar ging meteen daarop weer zitten en hervatte het computerstaren. 'Zowel Kirsten als Emma is niet meer bij ons op de afdeling, staat hier.'

Doordat het meisje zo zenuwachtig deed, werd ook Amber onrustig. *Dit is allemaal een misverstand. Gewoon rustig blijven, niet toegeven aan gedachten die niets betekenen. Gedachten zijn niet meer dan betekenisloze verbindingen die ons brein legt, niet de waarheid.*

'Maar is er iets gebeurd dan?' Amber keek voor geruststelling opzij naar Tom, maar die leek de kalmte die altijd om hem heen hing kwijt te zijn. In zijn voorhoofd waren horizontale strepen ontstaan, zijn lippen waren op elkaar geperst.

Was er echt iets gebeurd? Waren Emma en Kirsten overgebracht naar een andere afdeling? Maar waarom? Was er iets met Emma? En als dat zo was, waarom had niemand hen gebeld?

De verpleegkundige maakte een machteloos gebaar. 'Hier staat alleen dat Kirstens kamer vanmorgen om vijf uur aan een ander stel is gegeven.'

'Maar waar zijn ze dan nu?' Terwijl Amber de zin uitsprak, voelde ze de paniek uit haar buik omhoog stromen. 'Waar is Emma?'

Het meisje trok een vragend gezicht. 'Misschien kunt u Kirsten even bellen?'

'Ik háár bellen?' Boosheid was beter dan angst. Amber haalde haar mobieltje uit haar handtas en selecteerde Kirstens nummer. 'Jullie hadden ons wel even mogen bellen. Als er iets met iemands kind aan de hand is, dan bellen jullie toch de ouders om...'

'Ja hoor, je hebt hem te pakken: de voicemail van Kirsten. Doe je ding, geniet ervan!'

Er was geen beltoon geweest. Kirsten had haar mobieltje uitstaan.

Hier, in een van deze kamers in dit ziekenhuis ligt Emma gewoon op ons te wachten. Er is niets aan de hand, niets aan de hand.

'Kirsten, met mij.' Amber keek toe hoe Tom om de balie heen liep en zijn blik over het computerscherm liet glijden. 'We staan hier in het ziekenhuis en ze zeggen dat je weg bent, maar dat kan natuurlijk niet en... Nou ja, bel me even terug, alsjeblieft. Zo snel mogelijk.'

Ze belde Kirsten nog een keer. Weer meteen de voicemail. Een whatsapp dan? *Laatst gez. gisteren om 22:56*, stond er onder Kirstens naam.

'Waarom is dit veld niet ingevuld?' Tom wees op het scherm. 'Overdracht,' las hij voor.

'Tja, uhm sorry, ik weet het ook niet. Ik...'

Was er geen overdracht geweest?

Was Kirsten niet overgeplaatst, maar weg?

Echt weg?

Samen met Emma?

De lift van het Pontsteigergebouw was de Rolls-Royce onder de liften. Je riep hem op door je tag tegen de scanner in de entree te houden, of door op je eigen verdieping op het knopje te drukken. Zonder ergens anders te stoppen bracht de lift je vervolgens naar je eigen etage of de begane grond.

Joël stond in de uit eikenhout opgetrokken gang van zijn etage op de lift te wachten toen zijn nieuwe buurvrouw de gang op liep. Een aantrekkelijke vrouw, constateerde hij vergenoegd. Sappig. Knap.

'Goedemorgen.' Ze had een Julia Roberts-achtige lach. Was ze Spaans? Zuid-Amerikaans misschien? 'Jij bent vast en zeker de buurman.' Ze stak haar hand uit. 'Ana Flores. Sorry dat we elkaar op deze manier moeten ontmoeten. Ik had willen aanbellen, maar het is er nog niet van gekomen.'

'Geen enkel probleem,' antwoordde Joël charmant. Toen de lift kwam deed hij hoffelijk een stap naar achteren en liet haar voorgaan.

Terwijl zij vertelde over haar plannen met het appartement strekte Amsterdam zich achter de glazen achterwand van de lift in de ochtendzon slaperig uit. 'Fabelachtig, niet?' Ana zuchtte verliefd en opende daarna haar mond omdat de lift zo snel ging dat je oren ervan popten.

Nog een week en ze zou, net als Joël normaal gesproken deed, met haar rug naar het uitzicht toe staan, starend naar haar mobieltje. Maar nu genoot ze nog, haar achterwerk pront naar hem toe gestoken. In haar strakke kokerrok kwamen haar smalle taille en brede heupen fantastisch uit. Ze had een lijf om te baren. Ronde heupen, stevige borsten en een middeltje dat door haar riem extra smal leek.

'Fijne dag,' zei ze toen ze op de begane grond uitstapten. 'Leuk je te ontmoeten.'

'Zeker,' antwoordde hij hoffelijk. 'Maak er de mooiste dag van die vandaag in zich heeft.'

'Maar ...' Amber keek de verpleegster aan. Opeens was zij geüpgraded van zomaar een verpleegkundige naar een orakel dat kon weten waar haar kind was. 'Maar dat kan helemaal niet, dat ze weg zijn.'

'Ik uh...' Al het vrolijke dat het meisje twee minuten daarvoor nog had gehad, was verdwenen. 'Ik ga er even iemand bij halen.'

Weg, echode het door Ambers hoofd. *Kirsten is weg. Kirsten is weg met Emma.*

'Tom?' Haar man keek haar niet aan. Zijn blik zat als een

zuignap aan de computer vast. 'Tom?' Ze stak haar arm uit om haar hand op zijn rug te leggen, hij moest haar aankijken, haar geruststellen, zeggen dat dit écht alleen een foutje was, dat dit allemaal niets voorstelde: natuurlijk was Kirsten ergens, natuurlijk was Emma hier. 'Tom!' Ze strekte haar arm uit om hem aan zijn schouder te schudden en zag de sokjes die ze nog altijd vasthield.

Twee roze babysokjes. *Newborn*.

'Meneer en mevrouw Kuijper? Anita Valk, hoofd verpleegkunde.' Een stevige vrouw met blauwe oogschaduw stak haar hand uit. Met haar wafelpermanent leek ze zo uit de jaren negentig te komen. 'Ik begrijp dat er een probleem is?'

Tom knikte. Hij was zo gespannen dat hij alleen knikte ter begroeting.

'Uw collega kan ons kind en onze draagmoeder niet in het systeem vinden.' De woorden verlieten Ambers mond venijnig. Ze bedoelde het niet kwaad, maar ze wilde gewoon zo graag, zo ontzettend graag dat dit dommigheid was, onkunde, want de andere optie was dat er iets met Emma was.

Wat nou als Kirsten haar heeft meegenomen? Als Kirsten zich heeft bedacht...

'Ik zal eens kijken,' zei Anita Valk zonder een spoor van twijfel over wat ze in de computer zou zien: Kirsten en Emma moesten hier ergens zijn. En zo niet, dan was ergens vastgelegd waar ze naartoe gegaan waren. Ze wachtte tot Tom onhandig was opgestaan – onhandig was niets voor hem – en zuchtte toen ze zich op de bureaustoel liet zakken.

'Nou,' zei ze na een paar minuten – waren het minuten? Niet eerder seconden die heel lang aanvoelden? – 'het systeem geeft geen duidelijkheid. Het enige wat ik hier kan zien is dat Kirsten en Emma niet meer in de kamer zijn waar ze gisteren nog lagen. Doorgaans betekent dat dat ze ontslagen zijn, maar omdat het veld van de overdracht leeg is kan ik dat nu niet met zekerheid zeggen.'

'U bent ze kwijt?' Het was de blik in Toms ogen toen hij dat vroeg die ervoor zorgde dat Ambers hartslag versnelde. Hij stond op scherp, allerlei emoties leken door hem heen te schieten.

'Het enige wat ik met zekerheid kan zeggen is dat er veel onduidelijkheid is.'

Amber keek de vrouw vol verbazing aan. Wat was dit voor zin? Wat betekende dit?

'Iets om uit te zoeken.'

Ambers verbazing sloeg om in paniek. Ze keek Tom aan en de waarheid raakte haar als de vuist van een bokser. *Kirsten is weg. Echt weg. Met Emma.* Met een ruk draaide ze zich om en rende naar de dichtstbijzijnde kraamkamer. Ze duwde de deur open en stapte naar binnen.

Man, vrouw, baby, geen Kirsten, geen Emma.

De badkamer? Leeg.

Volgende kamer. Een verlaten bed, een grote puinzooi. Wel een huilende baby in een doorzichtig wiegje – wie, in godshemelsnaam wie, laat zijn pasgeboren kind alleen?

Ze was met drie passen bij het kind en las de naam die op zijn polsbandje stond. 'Mark'.

Shit. Ze opende de badkamerdeur. 'Hé.' De vrouw die op de wc zat keek haar kwaad aan. 'Sorry,' zei ze op de automatische piloot, terwijl ze eigenlijk helemaal geen tijd voor een sorry had, ze moest door. Emma vinden.

Ze vloog de derde kamer in, de vierde.

'Mevrouw.' Anita Valk greep Amber bij haar bovenarmen. 'U kunt niet zomaar alle kraamkamers binnenstormen. Even rustig nu.'

'Maar...' *Dit zijn geen gedachten meer, dit gebeurt echt.* 'Maar Emma, mijn kind, mijn baby is verdwenen.'

Regendruppels spatten in steeltjes uiteen op de voorruit van Joëls Jaguar. Hij stond voor The Coffee Company geparkeerd en dronk zijn dubbele espresso met kleine slokjes.

Hij las de berichten die sinds gisteravond op Facebook waren verschenen. Een paar nieuwe reacties op de update waarin Tom en Amber vertelden dat ze niet konden wachten tot ze hun kind in hun armen konden sluiten, een zakelijk uitziende heer die de *Mindset Manual* had gelezen en Tom daarmee complimenteerde en ten slotte iemand die Tom had getagd in een reactie op een bericht van een vrouw die er op alle mogelijke manieren doorheen zat.

Joël likete het bericht en schreef erbij: *bedankt voor het delen @eviknoops. En @korteharen ik wens je wijsheid en licht. De charme van het verleden is dat het het verleden is. In de toekomst staat er zoveel moois te gebeuren.*

Ja, dacht hij. Zo is het. In de toekomst staat er zoveel moois te gebeuren.

Hij drukte op *post* en zag hoe zijn *comment* onder dat van Evi Knoops kwam te staan, naast het fotootje waarop Tom, zongebruind, op het strand van Ibiza in de camera lachte. Het was een actiefoto waarop hij een strandbal hooghield, een verwijzing naar zijn vroegere carrière als profvoetballer. Op de achtergrond voer een witte catamaran voorbij.

Tom was een held. Een held die hij zorgvuldig gecreëerd had.

Hij pakte het zachtgele cadeautje van de bijrijdersstoel en hield het tegen zijn wang aan. Daarna drukte hij er met droge lippen een kus op.

Amber drukte Emma's sokjes tegen haar neus. Ze roken naar Robijn. Ze had alle kleertjes die ze voor Emma had gekocht gewassen en gestreken. In keurige stapeltjes lagen ze in de kinderkamerkast te wachten op hun thuiskomst.

Stel nou dat ze daar voor altijd blijven liggen.

Ongedragen.

Niet aan denken.

Ze keek op haar mobiel of ze misschien toch per ongeluk een oproep of berichtje van Kirsten had gemist. Nee. En het geluid stond nog steeds aan. Kirstens laatste keer online was ook nog altijd gisteravond.

'Wat ik inmiddels heb kunnen achterhalen, is dat er geen ontslag is geweest.' Anita Valk keek Amber en Tom beurtelings meelevend, maar stellig aan.

'Maar hoe kan dat nou?' Het lukte Amber niet om stil te zitten. Ze hoorde hoe smekend en zwak ze klonk, maar ze kon er niets aan doen. Ze snapte het gewoon niet. 'Iemand die net bevallen is kan toch niet zomaar met haar baby de deur uit lopen?' Ze stond op. Hoe kon iedereen hier zo rustig doen!

'Aangezien de bevalling erg goed is verlopen is het mogelijk dat...' Het hoofd verpleegkunde draaide haar handpalmen naar boven. 'Met een beetje goede wil...' Ze keek hulpeloos naar haar collega die naast haar zat, iemand van communicatie. Een mantelpakje, *kitten heels*, opgestoken haar. Het mens schraapte haar keel. 'Het lijkt erop dat mevrouw Van 't Woud...'

'Kirsten, heet ze.'

'Dat Kirsten op eigen houtje is vertrokken. Zonder iets te zeggen.'

'Maar zoiets zien jullie toch?' Amber legde haar handen op de tafel en keek de vrouwen doordringend aan. Tom legde zijn arm rond haar, maar zij schudde die van zich af. Rustig blijven, betekende die arm. Stijg boven de situatie uit en overzie haar. 'Zoiets zien ze toch?' vroeg ze hem retorisch, met overslaande stem.

'Het was druk gisteren.' Het hoofd verpleegkunde maakte opnieuw een verontschuldigend gebaar.

'Vermoedelijk is Kirsten gewoon het ziekenhuis uit gelopen,' vulde de communicatiedame aan.

'Maar dat kan toch niet zomaar?' Amber begon in herhaling te vallen en stelde haar vragen alleen maar omdat ze zo graag 'nee, inderdaad niet' wilde horen, omdat ze een verklaring wilde, een 'het is allemaal niet zoals je denkt'.

Natuurlijk, ze wist ook wel hoe het hier ging. Mensen liepen zowel overdag als 's avonds in en uit en zelf hadden ze gisteren ook telkens moeten zoeken naar een verpleegkundige omdat de balie het grootste gedeelte van de tijd onbemand was geweest.

'Misschien zijn ze nog ergens in het ziekenhuis?' opperde Tom.

Amber knikte. Hij had gelijk, waarom verdeden ze hier kostbare tijd met uitzoeken wat er gebeurd was? Het enige wat telde was wat er nú gebeurde, waar Kirsten en Emma nú waren. Ze pakte haar telefoon uit haar Louis Vuitton-tas en tikte op de Whatsapp-profielfoto van Kirsten; een professioneel portret dat ze ook voor LinkedIn gebruikte. De fotograaf was door hen betaald. 'Kijk.' Ze draaide het scherm naar de twee dames die tegenover haar zaten. 'Als jullie deze foto nou naar alle beveiligers die hier rondlopen sturen – ik neem toch aan dat jullie hier beveiligers hebben – dan vinden we haar zeker.'

'Maar waarschijnlijk zijn ze al lang weg,' zei de communicatiemevrouw.

'Waarschijnlijk ja.' Tom was op het irritante af kalm. Van

de onrust die ze net op zijn gezicht had gezien was nauwelijks meer iets over. *Jij bent de baas over je eigen gedachten; jij bepaalt welke je serieus neemt en welke niet.* 'Maar we weten het niet zeker.'

Amber opende haar fotogalerij. Een steek ging door haar borst toen ze de foto's zag die ze gisteren hadden gemaakt. 'Kijk.' Ze schoot vol. 'Emma draagt een roze pakje met een vlindertje op haar borst. En een lief, klein mutsje, ze...' Shit. Ze wilde niet huilen. Ze moest sterk zijn. Met gejank kreeg ze haar kind niet terug.

Tom pakte het toestel uit haar handen en keek de communicatiedame aan. 'Wat is je nummer? Dan stuur ik je de foto door.'

De communicatiedame trok een verontschuldigend gezicht. 'Ik wil het met alle liefde van de wereld doen, maar het heeft gewoon weinig nut, vrees ik.'

'Stuur die foto dan voor de zekerheid door.' Tom keek zo stellig dat de communicatiemevrouw knikte. Zo was hij. Het ging niet eens zozeer om wat hij zei, maar om de manier waarop. Hij kreeg dingen gedaan.

'Misschien is Kirsten gewoon naar huis gegaan,' zei Amber. 'Dacht ze dat we het zo hadden afgesproken.'

Tom knikte. 'Ja, misschien,' zei hij. Ze wisten allebei dat het onzin was. Kirsten zat niet thuis. Kirsten had de afspraak niet verkeerd begrepen. Maar ze moesten ergens in geloven.

'Het komt allemaal goed,' zei Tom voor de honderdste keer binnen een halfuur. En ook dat, wisten ze, was eerder een bezwering dan de waarheid.

Brandon bracht met duim en wijsvinger zijn joint naar zijn lippen en nam een diepe hijs. Het moest daarboven rustig worden. Rustig! Kutzooi.

Eén lullig whatsappje en het hele afgelopen jaar was naar

z'n zodeflikker, alles wat hij had opgebouwd in één klap weg.

Het begon te miezeren en hij trok de klep van zijn pet iets naar beneden. De portiek waarin hij stond te schuilen – binnen roken wilde zijn moeder niet hebben, laat staan dat hij in huis mocht blowen – was fucking klein.

Daar stond hij dan, ingeklemd tussen David de tuinkabouter en die verrekte Ramen-was-laaf die ze op de huishoudbeurs of zo had gekocht. Zijn moeder had echt geen smaak.

Hij nam nog een haal en dacht aan de vraag die Kirsten hem gisteren had gesteld. *En hoe gaat het met jou?* Ze had het hem in willen peperen, dat haar leven helemaal was veranderd, terwijl hij nog steeds niets echt concreets had opgebouwd. Hij werkte nog altijd bij Lou, woonde nog steeds bij zijn moeder en had zijn nieuwe creditcardschuld afbetaald met een lening bij Huis, die inmiddels echt vervelend begon te worden.

Maar hij dacht in ieder geval niet meer aan haar.

Tot gisteravond dus.

Hij opende het gesprek en keek naar de selfie die Kirst hem gestuurd had. In haar mollige armen een klein, roze proppie. *Ze heet Emma.*

Emma.

Echt een kutzooi.

Hij nam de laatste, hete haal en drukte zijn joint op de kruin van de grijzende laaf uit.

'Bran?' Het gezicht van zijn moeder verscheen boven hem, een van de slaapkamergordijnen wapperde langs haar krullen. 'Kun jij me even helpen met de dekbedden?'

'Ik heb een afspraak.'

'Ja, nog effe... Je hebt een afspraak met mij, ja. Zolang je hier woont help je gewoon mee met...'

'Ja-ha.' Hij ging met zijn rug tegen het muurtje staan, zodat zijn moeder hem niet meer kon zien. Waarom kon zij toch nooit gewoon normaal doen?

Rustig worden. Rustig worden! Maar hij was gewoon zo opgefokt.

Tom en Amber haastten zich naar de uitgang van het ziekenhuis. In de centrale hal kwam Joël hen tegemoet. Zijn lange trenchcoat wapperde achter hem aan. Met zijn hagelwitte overhemd, witte stropdas en lichtgrijs gilet leek hij volkomen misplaatst in de ziekenhuisomgeving, als een filmster die naar de normale-mensen-wereld was geteleporteerd.

Als Tom in íémand geen zin had...

'Van harte gefeliciteerd, jullie.' Hij bleef staan en spreidde zijn armen. 'En, waar is de kleine Emma May Theresa?'

'Niet nu.' Tom negeerde hem verder en zette de pas erin.

'Wat is er? Tom? Amber?' Joël begon achter hen aan te lopen – een hondje dat achter zijn baas aan rent –, de hakken van zijn suède Van Bommels klonken nog vrouwelijker dan die van Ambers pumps.

'Ze is weg, dat is wat er is,' gromde Tom.

'Weg? Weg als in "ze is alvast vooruit"?'

'Weg als in "ze heeft ons kind ontvoerd". De trut.'

'Maar waar gaan jullie nu dan naartoe?'

'Naar haar huis, kijken of ze daar is.'

Joël haalde hen in, kwam naast Tom lopen. 'Naar haar huis, of naar jullie huis? En hoe weten jullie dan dat ze daar is?'

Typisch Joël, om zich er meteen helemaal in te vleien.

'Ja, dat kan natuurlijk ook.' Amber bleef vlak voor de uitgang stilstaan. Haar blik was een noodkreet. Ze had Tom nodig.

Hij pakte haar bij haar onderarm en keek haar recht in haar ogen. 'Oké,' zei hij vastberaden. 'Jij neemt de auto en rijdt naar

Kirstens huis, Joël en ik gaan naar ons.'

Ze knikte en gaf hem een vluchtige kus.

Een tel bleef hij staan om haar na te kijken. Ze was en bleef een mooie vrouw. De zijne. 'Kom,' zei hij tegen Joël. Hij was en bleef de baas.

Ontvoerd, denderde het door Ambers hoofd. *Emma is ontvoerd.* Aan die term had ze nog helemaal niet gedacht.

Ze drukte op de startbutton van haar witte Tesla en scheurde de parkeerplaats over. Kom op jongens, met die slagboom. Ze reed zo hard mogelijk – wat maakte boetes uit op een moment als dit? Met één hand aan het stuur liet ze haar navigatiesysteem de snelste route naar Kirstens huis berekenen. Ze was daar de afgelopen maanden al heel wat keren geweest, maar vanaf het ziekenhuis wist ze de weg niet goed.

Gelukkig zat ze binnen no time op de A1. Met honderdveertig kilometer per uur drukte ze alle trage slakken naar rechts. Als Kirsten straks niet thuis bleek te zijn, moest ze de politie bellen. Misschien kon die een Amber Alert laten uitgaan? Hoe moeilijk kon het zijn om een moeder met een pasgeboren baby te vinden?

Ze gaf haar telefoon via *voice command* de opdracht om Kirstens nummer te bellen. Weer de voicemail. 'Dit is al mijn zesde bericht. Bel me terug,' zei ze kwaad.

Ze stak de snelweg schuin over naar de afslag en stuurde haar auto over de kronkelige weggetjes die door het groene landschap slingerden. Pas na twintig minuten parkeerde ze in Kirstens straat, een fantasieloze aaneenschakeling van bruine huizen met zwarte daken. Voormalige huurwoningen die voor een zacht prijsje op de markt gekomen waren. Man, wat was Kirsten blij geweest met haar paleisje.

Amber vloog uit haar auto, drukte op de deurbel en ging meteen daarop voor het woonkamerraam staan om naar binnen te kijken. Kirstens woning lag er verlaten bij. De tulpen hadden wat blaadjes losgelaten, over de leuning van de bank hing een opgevouwen sprei. Nergens brandde licht, nergens was beweging. Kirstens auto stond op de oprit, maar dat was niet verbazingwekkend. Amber en Tom hadden haar hier opgehaald toen de weeën waren begonnen, ze waren met z'n drieën naar het ziekenhuis gereden. Haar Aygo hadden ze laten staan.

Ze belde nog een keer aan. Langer. Harder.

Geen reactie. Dan maar achterom.

Ze liep het steegje achter Kirstens huis in en telde de deuren. Die waarvan ze vermoedde dat hij toegang gaf tot Kirstens tuin zat op slot. Ze deed haar hakken uit en klauterde over de schutting. Regenwater zoog zich omhoog in haar panty, maar het deerde haar niet. Op kousenvoeten liep ze over de bemoste klinkers naar de keuken. Het aanrecht was smetteloos, op het kleine tafeltje tegen de muur lag de krant.

Amber kon maar één conclusie trekken: Kirsten was hier niet en was hier ook niet meer geweest. Alles zag er precies zo uit als ze het hadden achtergelaten.

Shit.

Tom legde zijn vingertoppen tegen elkaar en keek uit het raampje van Joëls auto.

'Gaat het?' vroeg Joël.

Hij knikte zakelijk, draaide zijn hoofd nog verder van zijn communicatiestrateeg weg en sloot zijn ogen. Hij moest zich afsluiten. Voor Joël. Maar vooral voor zijn eigen gedachten. *Dit is alleen het reptielenbrein dat spreekt.*

Het reptielenbrein… Hij legde het zo vaak uit op conferenties – *ons reptielenbrein zorgt ervoor dat we blijven doen wat we doen, omdat dat een bewezen tactiek is gebleken om te overleven.* Zelfs voor hem bleef het lastig om dat primitieve stukje hersenen te overstemmen.

In een poging daartoe daalde hij in zijn gedachten af naar zijn voeten. Hij voelde hoe ze contact maakten met de ondergrond, werd zich bewust van zijn kuiten, zijn schenen, zijn knieën. Terwijl hij zijn ademhaling onder controle hield, ging hij zijn hele lijf af.

Wat ik voel is alleen de onrust in mijn brein. Meer dan dat is er niet aan de hand. Ik moet dit overzien.

Adem in, adem uit.

Rustig blijven.

Adem in.

Dit gaat goed komen.

Adem uit.

Dit gaat zó goed komen.

Maar zijn onrust bleef.

Ambers schoenen knelden toen ze, terug in het steegje, haar natte voeten erin stak. Elke stap die ze zette maakte een zuigend geluid. Het weerhield haar er echter niet van om aan te bellen bij de buren. Ze moest het zeker weten.

Een vrouw van middelbare leeftijd deed open. Ze had een handdoek om haar hoofd gewikkeld en was nog in ochtendjas.

'Sorry dat ik u stoor.' Amber stak haar hand uit en zei haar naam. 'Maar ik vroeg me af of u Kirsten, van hiernaast, vandaag toevallig nog gezien heeft. Of gisteravond, misschien? Vannacht?'

'Ha.' De vrouw lachte een slecht gebit bloot. 'Nou, voor zover ik weet is die aan het bevallen. Zo'n toeter heeft ze. Of "had ze", moet ik misschien wel zeggen – het kan natuurlijk best al geboren zijn.'

'Ze is bevallen, weet ik.' Amber glimlachte. 'Ze heeft een meisje op de wereld gezet. Emma.' Haar maag balde samen toen ze de naam van haar dochtertje uitsprak. 'Maar Kirsten is uit het ziekenhuis weggegaan zonder daar iemand gedag te zeggen. We weten niet waar ze is.' Ze keek de vrouw smekend aan. Hun draagmoederschapconstructie was nationaal nieuws geweest, maar Kirstens naam was nooit genoemd. Amber had geen idee in hoeverre deze dame van de zaken van haar buurvrouw op de hoogte was. 'Ik maak me zorgen,' zei ze.

De buurvrouw keek haar verbaasd aan. 'Is ze echt gewoon zomaar weggegaan? Da's toch niets voor Kirst.'

'Nee, daarom ook.'

'Tjonge.' De vrouw leunde tegen de deurpost en keek peinzend over Ambers schouder heen. 'Dat verwacht je ook niet, hè.'

'Dus daarom mijn vraag of u haar gezien heeft.'

'Nee. Maar ik moet eerlijk zeggen dat dat niet zoveel zegt. Ik ben net terug van sporten.'

'Misschien hebben de andere buren iets gezien?'

'Dat denk ik niet, schat. Die zijn op vakantie.' Ze wees naar rechts. 'En die van hier tegenover zitten op hun werk.'

'Hebben jullie misschien een buurtapp waarop u het zou kunnen vragen?'

'Een buurtapp...' De vrouw keek argwanend. Dit ging wel ver. Ze maakte een hoofdbeweging, maar of het ja of nee was?

Amber begreep daaruit dat ze haar niet verder wilde helpen. 'Oké, bedankt,' zei ze. 'Ik wil niet aandringen, u zult wel denken, maar ik maak me echt ongerust. Misschien kunt u me bellen als u toch nog iets hoort?' Ze haalde een visitekaartje uit haar tas.

De buurvrouw floot tussen haar tanden: 'Zo, zo, da's een mooie.' Ze draaide het goud-witte kaartje een paar keer om. 'Goh, de Mindset Academy. Da's toch van die goeroe, die, kom op, hoe heet-ie ook alweer?'

'Tom Kuijper.'

'Ja. Ja, die bedoel ik.'

'Tom is mijn man,' zei Amber. Ze zag het kwartje bij de buurvrouw vallen. Met krachtige, rechte letters stond er AMBER KUIJPER op het kaartje.

'Ah, daarom komt je gezicht me zo bekend voor... Ja, nu je het zegt, ja... Ik heb jullie weleens op televisie gezien.'

Amber lachte plichtmatig. Zelden kwam ze iemand tegen die het niets kon schelen dat ze te maken hadden met een BN'er.

'Nou.' Alle twijfel was plotsklaps van het gezicht van de buurvrouw verdwenen. 'Ik zal bellen als ik Kirsten zie. En ik zal ook even voor je rondvragen.'

'Fijn.' Amber gaf de buurvrouw een warme hand en keek haar kort recht in haar ogen. Oprechte aandacht, dat is wat iedereen wil. Gezien worden. Meetellen. 'Fijn u gesproken te hebben.'

'Nou, succes ermee.'

Toen Amber in de auto stapte zag ze de base van de Maxi-Cosi. Ze begon over haar hele lijf te trillen.

'Kirsten!' Toms stem galmde door de uit natuursteen opgetrokken entree. 'Kirsten! Ben je hier?'

Er volgde geen antwoord, geen beweging. Hij wisselde een blik met Joël. 'Ze is er niet.'

'Misschien is ze toch naar haar eigen huis gegaan,' zei Joël.

'Dan zou Amber hebben gebeld.' Hij liet Joël beneden achter, liep met twee treden tegelijk de trap op, controleerde voor de vorm alle kamers, nam de trap naar de tweede verdieping en keek uit het raam. In het bijgebouw op hun buitenterrein zag hij Tara zitten. Ze viel op door het puntje van haar sigaret. Hij deed een stap naar achteren, hij wilde niet dat zij hem zag. Hij mocht haar niet en vroeg zich af wat ze eigenlijk kwam doen, waarom ze na al die jaren opeens deel uit wilde maken van het leven van Amber. En daarmee dat van hem.

Zelfs familie trok de roem en hun verlichting dus aan.

Voor hij terug naar beneden ging, stelde hij de sauna in. Hij had rust nodig. Rust en stilte. Om negen uur zou het hok vijfenzeventig graden zijn.

Hij plensde koud water in zijn gezicht, droogde zich af met een van de handdoeken die altijd klaarlagen en legde zijn wijs- en middelvingers op zijn slapen. *Mind your life, Kuijper. Net als die loopbanden op Schiphol. Mind your step. Nadenken over je volgende stap. Focus. Jíj hebt de controle. Jíj alleen.*

Tara zat met haar ogen gesloten achter haar laptop en nam de tijd om te voelen hoe de sigarettenrook via haar keel, hals en borst haar longen binnendrong. Haar handen waren steenkoud, haar nek was stijf van het veel te lang in één houding zitten.

Alhoewel ze al de hele dag een half oog op de villa hield – 'bunker' vond ze een beter woord – zag ze Tom niet. Ze verwachtte reuring in de keuken en de woonkamer, een buggy, een baby, gedoe. Niet haar zwager in zijn eentje op de tweede verdieping.

Ze strekte haar handen voor zich uit, rekte haar hals en opende haar ogen. Met een knoop in haar maag liet ze haar blik over de grijze bakstenen en spiegelende ramen glijden. Niets verried enige activiteit.

Een tikje op haar telefoon vertelde haar dat niemand haar had proberen te bereiken. Ze was vergeten, niet meer nodig. En hier *too much*.

Die asshole *van een Tom ook. Als hij er niet was geweest, dan was alles anders geweest tussen Amber en mij.*

Met een door woede ingegeven drang om de waarheid boven tafel te krijgen richtte ze haar aandacht weer op haar laptop. De foto die ze geopend had verontrustte haar tot diep in haar kern.

De paniek die de afgebeelde mannen en vrouwen gevoeld moesten hebben toen de eerste van hen stierf, moest zo intens geweest zijn, dat Tara elke keer als ze eraan dacht misselijk werd. De negen hadden niet eens ruimte gehad om het lijk neer te leggen. De dode had tussen hen in geperst gestaan. Hoelang? Uren? Dagen?

Op de foto lag de vrachtwagen met de verborgen cabine gekanteld in de berm, de laadklep open, de grond bezaaid met dozen waar rijen hamburgerbroodjes uit gevallen waren. Vogels pikten door het plastic heen en zaten op de lijken.

De redactie van *The New York Times* stuurde Tara wel meer gruwelijke foto's, maar toch kon ze juist deze niet loslaten. De vrouw die met haar hand uitgestoken naar de fotograaf toe lag deed haar denken aan zichzelf. Zwart haar, een sluike pony, blanke huid en dan die tatoeage op haar onderarm. Een lotusbloem waarvan de steel vanaf haar pols naar haar elleboog kronkelde. Zij had er net zo een.

Alhoewel ze de foto inmiddels tot in detail kende, wendde ze toch haar blik af. Ze staarde naar de steriele tuin, waarin een trampoline of schommel absoluut zou misstaan, en vroeg zich af of het geluid van de koelinstallatie waar die arme mensen tegenaan hadden gestaan alles had overstemd, of dat ze elkaar hadden kunnen horen.

Wat was er gezegd? 'Het komt allemaal goed'? Of: 'We gaan hier allemaal dood'?

Welke uitspraak was erger?

Een van de vrouwen had sperma in zich gehad dat afkomstig was van een van de twee bestuurders, stond in het politierapport.

Ze nam nog een laatste, diepe trek van haar sigaret. De hitte schroeide haar kootjes, maar ze zoog door. Ze moest het voelen; dat ze door moest gaan, ook nu het moeilijk werd en ze het idee had dat ze vastliep.

Zij had die vrouw die daar lag kunnen zijn. Makkelijk. Niemand zou haar missen als zij plotseling zou verdwijnen.

'Het probleem is dat een moeder haar eigen kind niet kán ontvoeren.' Rechercheur Priscilla de Rooij zat aan het hoofd van de vergadertafel die midden in de conferentiezaal, boven in het ziekenhuis, stond.

Amber keek haar smekend aan en deed haar uiterste best om rustig te blijven. 'Maar ík ben Emma's moeder.' Ze legde het voor de zoveelste keer uit. 'Emma is ontstaan uit mijn eicel en Toms zaad. Ik ben geboren zonder baarmoeder en daarom heeft Kirsten haar voor ons gedragen. Dus Emma heeft honderd procent ons DNA.'

'Maar juridisch gezien is de vrouw die het kind gedragen heeft de moeder.' De Rooij tikte met haar pen op haar notitieboekje, waar ze nog geen woord in had geschreven en trok een meelevende blik. 'Het spijt me.'

Wat ze ook probeerde, Amber kwam er niet doorheen bij

deze vrouw. Ze schoof het contract dat Tom van huis had meegenomen over tafel naar voren. 'Maar dit heeft toch wel íéts van rechtswaarde?'

Ze richtte haar blik ten einde raad op de man van de kinderbescherming die ook aan tafel zat – er was een heel blik professionals opengetrokken om de situatie te managen: het hoofd verpleegkunde en de communicatiedame die ze vanmorgen al ontmoet hadden, twee man politie, de kinderbescherming dus (maar goed, die zou vandaag sowieso langskomen om de definitieve overdracht te regelen) en zelfs de directievoorzitter van het ziekenhuis. Tom had aan Joël gevraagd of hij bij het gesprek kon zijn. Deze zaak ging over meer belangen dan alleen dat van hen: dit kon het imago van het ziekenhuis schaden, dat van de Mindset Academy en door Toms bekendheid zelfs het imago van het draagmoederschap an sich. Niet dat Amber zich ook maar over een van die dingen zorgen maakte. Al verging de wereld, als zij Emma maar in haar armen had.

De man van de kinderbescherming plukte wat pluisjes van zijn Noorse trui. 'Maar we hebben dit toch al maanden geleden besproken?' Hij klonk zenuwachtig. 'Totdat de adoptiepapieren getekend zijn, is Emma voor de wet gezien het kind van Kirsten. De draagmoeder is altijd degene die juridisch gezien de moeder is.'

'Maar waarom hebben we dit dan allemaal opgesteld?' Amber gaf het contract dat getekend voor haar op tafel lag een zet en keek hulpeloos naar Tom die erbij zat alsof hij bij de tegenpartij hoorde. Hij had zijn handen tegen elkaar gevouwen en zijn wijsvingers tegen zijn lippen aan gelegd. Hij zag eruit alsof hij berustte in de situatie, was één met zijn *core*.

Verdomme.

Ja natuurlijk, zij wist ook wel hoe het zat. Alles was hun van tevoren uitgelegd. Maar dit kón toch gewoon niet? Hij kon het toch niet zomaar opgeven?

Er ontsnapte een traan uit haar oog, die ze, kwaad op zichzelf, wegveegde. Een voor een keek ze de mensen die aan tafel zaten aan. 'Maar Kirsten kan zich toch niet gewoon zomaar bedenken?' Waarom hielp niemand haar?

Haar ogen bleven rusten op de man van de kinderbescherming. Zonder hem ging De Rooij niets onderzoeken. 'Nou?' vroeg ze paniekerig.

'Ja, sorry,' zei hij. 'Maar sec gezien kan dat dus wel.'

Een halve ton. Brandon liet de omvang van het bedrag eens goed tot zich doordringen. Vijftigduizend euro. En dat was alleen nog maar de bonus die Kirst had gekregen voor het uitbroeden van dat koekoeksjong. Honderd euro per dag erbij. Hoeveel was dat? *Negen maanden keer eenendertig keer honderd...*

Vanaf de plasma-tv die aan de muur hing, keek Altaïr, de hoofdpersoon van *Assassin's Creed* hem uitdagend aan – *Kom op, homo, druk op play. Ik heb er zin in, laten we losgaan!*

Hij knakte zijn vingers, nam een slok bier en krabde zijn hiel aan de rand van de salontafel.

Het antwoord was: veel. Daarvoor hoefde hij de berekening niet eens te maken. Natuurlijk was het meeste geld al op, maar daar stond dat nieuwe bedrijfje van haar weer tegenover.

Webdesigner. Godsamme, hoe ver omhoog was ze wel niet gevallen?

Vijftigduizend euro... Hij stelde zich het bedrag in briefjes van honderd euro voor. Een fractie daarvan en hij was van Huis af. Een fractie daarvan en hij kon weg uit deze porseleinkast, die naar hutspot meurde. Zijn echte leven beginnen. Eindelijk. Welbeschouwd had hij natuurlijk ook gewoon recht op dat geld. Kirst kon niet verwachten dat ze hem zo kon bellen omdat ze hem nodig had en daar niets voor terugverwachten. Niet na een jaar. Hij was goed, maar niet gek.

Hij pakte zijn controler weer op en hervatte zijn videospel. 'Sterf *motherfucker*!' riep hij naar de vijand.

'Moet dat nou?' riep zijn moeder uit de keuken.

'Sterf hard!' Het was zo ontzettend tijd dat hij zijn eigen leven ging beginnen.

'We kennen Kirsten via de Academy,' beantwoordde Tom Priscilla De Rooijs vraag. 'Ze hoorde van onze wens en besloot ons te helpen.'

'En daar kwam ze zelf mee?'

Tom schudde zijn hoofd. 'Ik heb haar gevraagd.'

'En wat kreeg Kirsten daarvoor terug?'

'Onze dank... Een goed gevoel.'

De Rooij trok vragend haar wenkbrauwen op. Tom spreidde zijn vingers en keek de rechercheur, die niet van plan was hen te gaan helpen, onbewogen aan.

'We betaalden haar een vergoeding van vijfhonderd euro per maand.' Amber had een snik in haar stem, maar ze was nog niet in huilen uitgebarsten. Ze hield zich staande. Ze was zo sterk, die vrouw van hem.

'Vijfhonderd per maand? Niet meer?' De Rooij boog zich wat naar voren en liet haar blik over Amber, Tom en Joël glijden. Drie goedverzorgde mensen, gekleed in dure merkkleding. Om te weten wat er op hun bankrekening stond, hoefde je alleen maar even te googelen. 'Dat kan ik amper geloven.'

'En toch is het zo.' Amber klonk fel.

Tom knikte. Vijfhonderd euro per maand was het maximum bedrag dat je wettelijk gezien aan je draagmoeder mocht geven. Een armzalige fooi, niet meer. Hij vond het belachelijk hoe het draagmoederschap in Nederland geregeld was. Betaalde je een hoger bedrag dan dat beetje zakgeld, dan hield je je voor de wet bezig met mensenhandel.

Daarvoor zouden ze de gevangenis in kunnen gaan.

'Kirsten mocht gratis meedoen aan onze programma's.' Tom wist dat hij zich op glad ijs begaf – zette je de programma's om in geld, dan had Kirsten tienduizenden euro's aan coaching ontvangen – maar hij vond zijn standpunt zo verdedigbaar dat hij de gok graag nam. Kom op zeg, het was toch niet meer dan logisch dat je de vrouw die je kind draagt zo goed mogelijk wilt helpen? De een doet dat in de vorm van koken, de ander geeft een voetenmassage, dit was wat hij deed: mensen in hun kracht zetten, zodat ze uit hun leven konden halen wat er maximaal in zat.

'En ze heeft nooit aangegeven dat ze ermee wilde stoppen?'

Amber schudde haar hoofd. 'Nooit. We vertrouwden Kirsten.' Onder tafel legde ze haar hand op Toms been. Hij nam een andere houding aan en pakte haar hand vast. Hij kneep er even in. Dit deden ze samen.

Rustig keek hij de rechercheur in haar vermoeide ogen.

Vertrouwen. Het hele leven komt aan op vertrouwen. Natuurlijk. Maar vertrouw je op de goede afloop: dat het universum het voor je regelt? Of vertrouw je op jezelf: op jouw innerlijke kracht waarmee je het heft in eigen handen kunt nemen en je een goede afloop kunt creëren?

'We vertrouwden haar,' herhaalde hij Ambers woorden.

Joël had last van zijn maag. Een kwaal die altijd opspeelde als hij onder grote stress stond. Hij keek naar het knappe gezicht van Amber dat zo boos stond en ging vanbinnen weer een beetje meer kapot. Ze deed wel sterk, maar onder die perfect aangebrachte make-up zat zoveel pijn, zo'n groot verlangen! Hoe graag zou hij haar troosten, zijn armen om haar heen slaan, zacht haar haren strelen.

Maar dat was zijn plaats niet.

Hij nam een slok uit het glas water dat voor hem op de vergadertafel stond.

Zijn plaats was dit spinnen, het verhaal zo draaien dat Tom en Amber rechtop zouden blijven staan in de media. De haaien die bij de roddelbladen en nieuwsshows werkten smulden van dit soort ellende, wist hij. Hier werd Nederland blij van, dit verkocht advertenties. Zodra dit nieuws naar buiten zou komen, zou zijn telefoon dagenlang roodgloeiend staan. Iedereen zou een interview met Tom en Amber willen, in elke talkshow zouden ze welkom zijn, elk magazine, elk onlinekanaal, zelfs in het buitenland zouden ze dit verhaal vreten als een stel uitgehongerde wolven.

Het was zijn taak ervoor te zorgen dat Tom en Amber niet aan hun bekendheid zouden bezwijken – zij hadden al genoeg aan hun hoofd – en zijn taak was bovendien ervoor te waken dat zij niet door de media gereduceerd zouden worden tot het stel dat door hun draagmoeder was belazerd. Tom en Amber moesten het stel blijven dat Nederland via de Mindset Academy verlichting en inspiratie bracht. Dit overkwam hun alleen, dit definieerde hen niet.

Hij was tevreden over die laatste gedachte. *Dit overkomt Tom en Amber alleen, dit definieert hen niet.*

Altijd drie stappen vooruitdenken, dat was waar zijn kracht lag.

Amber perste haar lippen op elkaar en liet Toms hand los. Haar blik kruiste die van Joël, hij voelde hoe de tranen achter haar ogen brandden. Ze had geen idee, géén idee, hoezeer haar lot in zijn handen lag.

'We gaan haar vinden, muze. Echt.' Terwijl Tom zijn ogen op de weg hield, legde hij zijn hand tegen Ambers wang. Haar gezicht paste bijna volledig in zijn palm en een moment stond zij zichzelf toe zich klein te voelen. Veilig. Hij ging het oplossen. Hij kreeg altijd alles voor elkaar.

'Als er één stel op de wereld is dat hiermee om kan gaan, dan zijn wij het,' zei hij. 'Wij zijn zo sterk met z'n tweeën en we zijn zo krachtig, ieder apart. Het is gewoon een kwestie van zoeken. Van niet opgeven. Van *total commitment*.'

Ze knikte. Total commitment. Dat was het antwoord, dat was de waarheid. 'Alles is haalbaar,' vertelden zij de mensen die ze mochten helpen altijd. 'Wat je ook wilt, waar je ook van droomt, als jij bereid bent er *all the way* voor te gaan, dan is niets onmogelijk.'

Wrang dat het voorbeeld dat ze op hun try-outdagen altijd gaven ging over een vader of moeder die dreigde zijn of haar kind kwijt te raken.

Stel dat jouw kind morgen doodziek wordt en er een medicijn op de markt is dat zijn of haar leven kan redden, maar dat dat medicijn honderdduizend euro kost... Nou, reken maar dat jij dat geld dan bij elkaar gaat krijgen. Je gaat alles op alles zetten om dat medicijn te kopen, want je bent volledig gecommitteerd.

En nu kost deze training je tienduizend euro. 'Dat heb ik niet,' denk je. 'Ja, het klinkt allemaal wel goed en ja, ik wil mijn leven graag veranderen, maar...' En dan komen er honderd excuses waarom je je leven niét zou veranderen – heel logisch, want het is altijd makkelijker om iets niet te doen, dan om iets wel te doen. Dat is het reptielenbrein waar ik je net over vertelde.

En ik snap je: tienduizend euro is een gigantisch bedrag – maar wij zijn geen academie waar je een beetje halfslachtig aan kunt meedoen, waar je aan kunt beginnen en het 'dan wel verder ziet'. Nee, wij werken alleen met mensen die total commitment tonen. Die écht die verandering in hun leven willen realiseren. Die niet alleen zeggen dat ze hun leven maximaal willen leven, maar die dat ook daadwerkelijk gaan doen. En daar is dit, deze instap-fee, het eerste bewijs van.

Is jouw leven jou net zoveel waard als dat van jouw kind? Dit is het moment om te kiezen. Blijf je leven – leven zoals je dat al jaren doet – of ga je eindelijk beginnen met LEVEN*?*'

'Maar stel nou dat we Kirsten niet vinden?' vroeg Amber. 'Óf dat we haar wel vinden, maar dat zij Emma gewoon per se wil houden? Dat we aan kunnen komen met wat voor bedrag ook, maar dat dat niets uitmaakt.'

'Je bedoelt: stel dat wij iets niet voor elkaar krijgen? Wíj?' Tom lachte cynisch en keek Amber zelfverzekerd aan. 'Luister muze, Emma is ons kind. Óns kind. En we gaan haar terugkrijgen. Zo niet linksom, dan wel rechtsom. En zo niet rechtsom, dan wel achterom. En lukt dat niet, dan gaan we er dwars doorheen.' Hij haalde zijn vingers door zijn grijzende haar en trok laconiek zijn schouders op. 'Kirsten zit gewoon helemaal onder de hormonen, nu. Die kan niet helder nadenken. Maar geloof me, morgen heb jij je kind in je armen.'

'Echt?'

'Echt.'

Amber keek naar buiten, naar de omgeving die ze zo goed kende, maar waar haar opeens nieuwe dingen aan opvielen: gras dat tegen hectometerpaaltjes aan groeide, een aparte afslag voor de bus, een trein die een weiland doorkruiste.

Hoe is Kirsten in vredesnaam het ziekenhuis uit gekomen?

'Ze heeft dit niet alleen gedaan.' Het was alsof de oplossing van een puzzel haar opeens te binnen schoot. Ze sprak eerst, dacht pas daarna. Maar ze had gelijk!

Tom fronste.

'Ga maar na, hoe is ze anders het ziekenhuis uit gekomen? Haar auto staat nog bij haar thuis en je gaat niet met een kind van een dag oud in de tram zitten, toch?'

Tom stak halfslachtig zijn handen op.

'Nou ja, misschien ook wel, maar daarna dan? Kirsten heeft niets bij zich. Geen melk, geen schone kleertjes, geen luiers, niks. En ze heeft slaap nodig. En kraamhulp. Hoe goed je bevalling ook is gegaan, je gaat niet na een dag vol op de vlucht.' Een lach brak door op haar gezicht. Dit was het. Ze hoefden alleen maar logisch na te denken! 'Misschien was weglopen wel een impuls van Kirsten, maar nu, of op z'n minst straks, móét ze hulp hebben.'

'Ja, misschien. Maar wie...'

Amber was al aan het zoeken. Kirsten had haar een paar maanden geleden een lijstje ge-e-maild met de gegevens van mensen die ingeschakeld moesten worden in geval van nood. *Hi Am, hierbij al die dingen waar je om hebt gevraagd. X.* Drie smileys in zo'n korte tekst. Was dat overdreven vrolijke een teken geweest? Wist Kirsten op het moment dat ze deze mail stuurde al dat ze hun kind zelf wilde houden? Was er op z'n minst twijfel?

Kirstens lijstje bestond uit slechts twee adressen. Als eerste haar ouders en als tweede Vera. Dat ze bij haar vriendin was, leek Amber het meest logisch. Ze voerde het adres in in de navigatie. 'Bij de eerstvolgende afslag moeten we keren.'

Het liep tegen drieën. Tara's lunch bestond uit twee sigaretten en een mueslireep. Nog altijd was er geen beweging in de bunker te zien en behalve wat spam was er geen enkel bericht of telefoontje binnengekomen.

Ze pakte haar telefoon, opende Whatsapp en typte een bericht aan Amber. *Hoe is het?*

Neutraal. Attent, maar niet *in your face*. Meelevend, maar zonder al te veel emotie.

Ze tuitte haar lippen en staarde naar het berichtje. Als vanzelf vergrootten Tara's vingers voor de zoveelste keer de profielfoto van haar zus: Amber met een zomerjurkje in de branding aan het strand van Ibiza, achter haar hing een roze, ondergaande zon in een paars-oranje lucht. De fotograaf – vermoedelijk Tom – was zo gaan staan dat de zon voor haar buik hing. Ze hield haar hand erop en keek vol liefde naar beneden.

Zwanger van de zon.

Met een misselijk gevoel in haar lege buik deletete Tara haar berichtje en gooide haar telefoon aan de kant.

Hè bah, waarom moest ze nou toch meteen denken aan John en wat er gebeurd was? Wat er níét gebeurd was, beter gezegd. Waarom? Alsof hij aan haar dacht. Hij had haar al maanden niet meer gebeld, net als de vrienden die ze in Amerika had gemaakt en die de zijne waren gebleken, niet de hare.

'Je bent nergens goed voor.' Ze hoorde in gedachten de woorden van haar moeder.

Ze drukte haar sigaret uit in de mandarijnenschil die al uitdrogingsplekken begon te vertonen. *Ik ben wel ergens goed voor,* dacht ze strijdlustig.

Iemand moet wraak voor de vrouw in de laadruimte nemen.

'Dus Kirsten heeft niets van zich laten horen?' Tom keek Vera, de beste vriendin van Kirsten, vragend aan. Hij was teleurgesteld. Bij een 'Vera' had hij zich een lief, innemend meisje voorgesteld, maar de vrouw die tegenover hem zat was smoezelig en slecht gekleed. Daarnaast was ze zo dik dat ze jaloers moest zijn geweest op Kirstens figuurtje toen die op alledag liep.

Maar ze was wel behulpzaam. Dat moest gezegd.

Behulpzaam en onder de indruk.

Ze had hen meteen binnengevraagd, had gezegd dat ze zich vereerd voelde dat zij, dé Tom en Amber Kuijper, zomaar opeens bij haar aanbelden en was meteen gaan redderen met thee en koekjes.

Haar tweekamerappartement was bijzonder klein. De openstaande slaapkamerdeur bood zicht op een tweepersoonsbed waar ze met lichtblauwe sjaals een hemelbed van had proberen te maken. Het bed had gouden spijlen aan het hoofd- en voeteneind en lag bezaaid met kleding.

Eén blik en je zag dat Kirsten en Emma hier niet waren.

'Ik heb Kirstie al iets van tien keer gebeld.' In een dappere poging haar vetrollen te verhullen trok Vera een sierkussen tegen zich aan.

'Ik kreeg steeds haar voicemail, maar dacht: die ligt vast te baren, die heeft wel iets anders aan haar hoofd. Maar nu jullie hier zijn, ga ik me ineens ook zorgen maken.'

Tom legde een hand op zijn hart en maakte een kleine buiging. 'Volgens mij ben jij een heel warm mens, Vera.' *Haar doen zou voelen als neuken met een matras.*

Vera begonnen te stralen.

'We dachten dat jij misschien wel een idee hebt waar Kirsten kan zijn,' zei Amber. Ze keek Vera lief aan. 'Als Kirstens hartsvriendin ken jij haar het best.'

Tom was trots op zijn vrouw. Ze was niet alleen knap, ze was ook innemend en ontwapenend. O zo ontwapenend! Zonder aarzelen vertelden mensen haar hun hele levensverhaal, wildvreemden zouden haar zonder twijfel hun pincode geven. Maar ondertussen wist Amber altijd precies wat ze wilde.

Hij had het gemeend in de auto: ze was sterk. Misschien nog wel sterker dan hij. Misschien zelfs moest hij niet haar, maar zij hem hier doorheen slepen.

Vera trok haar neus op. 'Sorry, maar ik weet het echt niet.'

'Heeft ze geen andere vriendinnen?' probeerde Amber. 'Of misschien een vriendje? Iemand met wie het broeit? Een ex wellicht?' *Pas bij die laatste vraag leek er een lichtje bij Miss Piggy te gaan branden.*

'Brandon,' zei Vera peinzend. 'Maar volgens mij is het al een jaar geleden dat ze elkaar voor het laatst zagen. Ze hebben nog weleens contact over de app, maar verder... Nee.'

'Je denkt niet voor niets aan hem,' zei Amber.

Vera maakte een verontschuldigend gebaar.

'Wat voor jongen is het?'

'Wat voor jongen Brandon is. Tja...' Vera's bril besloeg toen ze in haar thee blies. 'Ik weet het niet... Of nou ja, ik weet het eigenlijk wel, maar het is gewoon niet zo aardig om te zeggen...'

Brandon zat op bed. In zijn ene hand had hij zijn mobiel, in zijn andere zijn lul. Op XTube kon je letterlijk alles vinden. Lesbisch, sm, *teens*, *black*, *soft*, anaal. Hij had gekeken bij de filmpjes die de hoogste *overall* rating hadden en trok zich af bij een video waarop een man zijn vrouw wakker neukte en zij pas na een paar minuten doorhad dat er een camera op hen gericht stond. *Home made shit. The best.* Alleen was dit filmpje bedroevend saai.

Hij sloot zijn ogen en zijn gedachten dwaalden meteen af. Man, het was echt veel te lang geleden dat hij seks had gehad. Zo ongeveer een maand geleden was hij nog wel uit geweest met een meisje dat hij op Tinder was tegengekomen, maar dat was zo'n arrogant kutje geweest dat hij haar niet eens had wíllen doen, al had ze hem erom gesmeekt.

Hij moest zijn profielfoto op Tinder wijzigen.

De vrouw op het filmpje kreunde. Hij kneep zijn ogen dicht, rukte snel en ritmisch. '*Yes, yes!*' gilde de vrouw. Ooit had hij zo'n homevideo gemaakt met Kirst.

Hij barstte uit, het sperma stroomde traag over zijn hand heen. Shit.

Hij veegde het vocht af aan zijn onderlaken, trok zijn broek op en opende Tinder. In de selfiestand haalde hij eerst zijn hand door zijn haar, daarna maakte hij een foto. Hij moest de wereld laten weten dat hij verdergegaan was.

Fuck Kirsten.

Fuck die verrekte Emma.

Vera tuitte fatsoenlijk haar lippen – ze was niet het type dat kwaad sprak over een ander. Maar toen Tom nog een keer zijn hand op zijn hart legde en haar smekend aankeek, ging ze toch enthousiast door. 'Laat ik het zo zeggen: ik was geen fan. Ik zei tegen Kirstie: "Lieve schat, als jij je leven wilt veranderen, is het eerste wat je moet doen stoppen met die jongen." Hij hield haar gewoon tegen: altijd te laat komen, overal ruzie zoeken, schulden maken...' Ze keek Tom en Amber samenzweerderig aan. 'Hij heeft vastgezeten, zelfs.'

'Vastgezeten?' Amber wisselde een blik met Tom, maar richtte haar focus daarna meteen weer op Vera, haar reddingsboei. 'Waarvoor?'

'Mishandeling van een of andere jongen in de kroeg. Hij heeft niet lang gezeten hoor, en het was van voor Kirst. Maar toch.'

Tom wist dat het totaal misplaatst was, maar hij kon een lach bijna niet onderdrukken. Beet! 'Wat vond hij ervan, dat

Kirsten het uitmaakte?' Hij keek geïnteresseerd.

'Hij was woest natuurlijk,' antwoordde ijverige Vera terwijl ze met haar ogen draaide. 'Hij zei dat jullie haar gebrainwasht hadden en dat dat draagmoederschap haar leven zou verzieken.' Ze keek naar Amber. 'Wil je zijn nummer?'

Toen Amber knikte, schoof ze op haar billen naar voren en wipte ze van de bank. 'Dan moet ik even mijn mobieltje uit de slaapkamer halen.'

Zodra ze in de andere kamer was, pakte Amber Toms hand. Veelbetekenend keek ze hem aan. 'Het zegt niets,' fluisterde hij. Deze kant moest Ambers hoofd niet op gaan. Ze moest zichzelf onder controle houden. Hij moest haar onder controle houden.

'Ik heb trouwens je boek gelezen.' Triomfantelijk hield Vera de *Mindset Manual* omhoog. 'Ik durf het bijna niet te vragen, maar...'

'Vanzelfsprekend,' zei Tom hoffelijk. Hij nam de groene fineliner van Vera aan en signeerde met krulletters de titelpagina.

Het leven geeft ons waar we het om vragen. Met liefde, Tom.

Amber noteerde Brandons telefoonnummer en adres in haar mobieltje.

'Wat denk je?' vroeg Amber toen ze in de lift naar beneden stonden. 'Als die Brandon echt vast heeft gezeten...'

'Dan?' Tom keek haar argeloos aan.

'Stel nou dat Kirsten niet uit zichzelf is weggegaan, maar dat Brandon haar heeft gedwongen.'

'Muze, alsjeblieft.' Tom trok Amber tegen zich aan en legde zijn hand geruststellend op haar haren. 'Haal je toch niet zulke gekke dingen in je hoofd.'

Was dat zo? Was deze gedachte gek?

'Kirsten is alleen even de weg kwijt. Die heeft in een vlaag van verstandsverbijstering Emma meegenomen en zit zich nu ergens heel erg rot te voelen. Die komt binnen no-time weer terug, dat zul je zien.'

Amber wilde haar man ontzettend graag geloven. Ze snoof diep zijn lichaamsgeur in. *Ze is vast bij haar ouders. Dit gaat goed komen. Dit gaat allemaal goed komen.*

'Kom,' zei ze toen de lift eindelijk beneden was. Ze liep snel naar de auto, ze hadden geen tijd te verliezen.

Tara keek voor de zoveelste keer naar de gezichten uit het mapje ALS VERMIST OPGEGEVEN. Mooie mensen, lelijke, jonge, oude, mannen, vrouwen, blank, getint; ze hadden qua uiterlijk niets met elkaar gemeen. Het enige wat overeenkwam was dat zij allemaal vermist werden. Zij wel, in tegenstelling tot de personen uit de hamburgerbroodjesvrachtwagen. Voor deze mannen en vrouwen had iemand aangifte gedaan. Dit waren de mensen die gemist werden. Degenen met een naam.

Met het gevoel dat ze nu meteen iemand moest spreken stond ze op van haar bureau. Omdat ze Amber niet lastig wilde vallen belde ze haar hoofdredacteur bij *The New York Times*. De enige andere die het waarschijnlijk zou opvallen als zij opeens van de aardbodem verdween.

Terwijl ze naar de beltoon luisterde liep ze heen en weer door de kamer. Groot was de ruimte waar ze nu al twee weken in woonde niet, maar als je je bedacht dat dit een tuinhuisje was – bijgebouw noemden Tom en Amber het gewichtig –, was het meer dan riant. Ze had zelfs een aparte keuken, badcel en slaapkamer.

'*Yes?*' klonk het geïrriteerd aan de andere kant van de lijn.

Shoot, het was daar natuurlijk nog zo vroeg dat ze hem wakker maakte met haar telefoontje. '*Hey, it's Tara Mook*,' zei ze echter zonder een krimp te geven. 'Mag ik je even storen?'

Godzijdank was Tara's hoofdredacteur net zo'n workaholic als zij. Ze hadden weinig contact, omdat Tara slechts een freelancer was, maar hij wist meteen waar ze het over had. Dit was een zaak waarmee de NYT zijn nek kon uitsteken. Deed Tara dit goed, dan zou ze in één keer naam kunnen maken.

'En? Heb je al een doorbraak?'

'Nee, en daar bel ik ook voor. Hebben jullie nog nieuws?'

'Dan zou ik je dat hebben laten weten.'

'Hmm.' Tara ging weer achter haar computer zitten en klikte de foto's van de vermiste personen weg. De zwart-wit portretfoto van Alec Morozov die ze open had staan, kwam tevoorschijn; de Rus voor wie ze terug naar Nederland was gekomen. Dat Morozov bij de mensenhandel tussen Zuid- en Noord-Amerika was betrokken, was wel duidelijk. Hij had een directe link met zowel Vladimir Novikov als Dmirti Soechov: de chauffeurs van de vrachtwagen die 'de lading' vervoerde. Daarbij kwam de naam Morozov simpelweg te vaak voor in zaken die het daglicht niet konden verdragen: slavernij, prostitutie, uitbuiting. Bovendien kon Tara de mensen uit haar vermistmapje een voor een met hem in verband brengen.

Dat het de politie maar niet lukte om Morozov achter de tralies te krijgen had ermee te maken dat hij in Nederland woonde. Hij had een handige combinatie gemaakt tussen Europa, Rusland en de VS; zijn bloednetwerk besloeg simpelweg te veel continenten voor een politiemacht om te bevatten.

'Wat zegt je broer?' vroeg Tara's hoofdredacteur.

'Mijn zwager bedoel je.'

Tara keek naar de lelijke paddenkop die de Rus had. Er waren meerdere foto's waarop hij bij Tom stond, die naast hem nog knapper leek dan hij in werkelijkheid was. Maar ook had Tara een paar foto's gevonden van Morozov met zijn veel te jonge, veel te mooie vrouw; ze was een kop groter dan hij, stond altijd in dezelfde pose, met haar rechterhand in haar zij en een brede, grandioze lach op haar ingespoten lippen. Ze kon zo doorgaan voor een fotomodel.

'Tara, ben je er nog?'

'Ja, ik zat te denken... Maar het antwoord is: hij zegt weinig. Ik kan hem er moeilijk rechtstreeks naar vragen.'

'Dan neem je de omweg. Zeg, ik hoor je weer als je iets hebt.' Zonder te groeten verbrak Tara's hoofdredacteur de verbinding.

Great.

De omweg...

Tara tikte de naam Judith Morozov in de zoekbalk van Google. Geen enkele hit. Natuurlijk niet.

Op de automatische piloot greep ze naar haar pakje sigaretten. In haar ooghoek zag ze een auto de oprijlaan op draaien.

'In het echt bent u groter,' zei Kirstens moeder tegen Tom. Zij en haar echtgenoot zaten net aan het eten, boerenkool met uitgebakken spekjes en rookworst. Op het gebloemde tafelkleed stonden de pannen op gevlochten rieten onderzettertjes tussen hen in.

Ook hier is Kirsten dus niet.

Tom legde zijn hand op zijn hart als teken dat hij het compliment nederig aanvaardde en zei dat hij dat wel vaker hoorde. 'Ik schijn ook dikker te zijn op tv.'

Het stak Amber dat hij zo rustig bleef. En het viel haar weer op dat hij automatisch met u werd aangesproken. Kirstens moeder moest van zijn leeftijd zijn, maar toch was er een vanzelfsprekende afstand tussen hen.

'Zo,' zei Kirstens moeder. 'Vertel eens rustig wat er is gebeurd.'

Amber draaide rondjes met haar glas water en voelde zich misplaatst aan de eettafel die er zo huiselijk uitzag. Onder haar emoties dook het verlangen dat ze vroeger zo vaak gevoeld had als een oude bekende op. Dit was hoe het geweest was bij vriendinnetjes. En niet bij hen thuis.

Wat voor nut heeft het om te denken aan het verleden? Gedachten zijn maar gedachten, geen betekenisvolle waarheden. En het verleden is dood.

Kirstens moeder keek Amber vriendelijk aan.

'Het begon drie dagen geleden,' vertelde Amber. 'Kirsten had een klein beetje vocht verloren. Zelf zei ze nog dat het misschien niets was, dat het ook gewoon wat urine kon zijn, maar toch hebben we haar meteen opgehaald en naar het ziekenhuis gebracht.'

Terwijl Amber vertelde, zag ze Kirstens gezicht voor zich. Er was geen enkel teken geweest dat ze zich bedacht had. Ze had zelfs nog gezegd: 'Nu gaat het gebeuren, Am. Jullie gaan ouders worden.' Ze hadden elkaars hand nog vastgehouden.

'Het bleek dus wel degelijk vruchtwater.' Tom nam het verhaal van Amber over. 'Maar verder had Kirsten nog nergens last van.'

'Klopt.' Amber keek haar man aan. Dit moest zij vertellen. *Liever doen dan denken.* Ze mocht niet instorten. 'In het ziekenhuis deden ze een weeënmeting. Kirsten had harde buiken, maar voelde er gek genoeg niets van. We werden naar huis gestuurd omdat het nog makkelijk een dag kon duren en besloten om naar ons huis te gaan. Zo konden we Kirsten meteen opvangen als het écht ging beginnen en konden we haar tot die tijd nog een beetje verwennen. We hebben een film gekeken, gewoon nog geslapen, Kirsten wilde lasagne eten...'

Werkelijk waar, er was niets aan de hand geweest. Kirsten had gelachen om Kate Hudson in *How to Lose a Guy in 10 Days* – een film die Tom en zij nooit uit zouden zoeken, maar die best grappig was.

'Pas de volgende dag, eergisteren dus, begon de bevalling. In totaal heeft die zes uur geduurd en alles is goed gegaan. Om vijf uur 's morgens is Emma geboren.' Amber keek de ouders van Kirsten om beurten warm aan. 'Jullie hebben een dappere dochter.'

Kirstens vader schraapte ongemakkelijk zijn keel. Zo te zien had hij er moeite mee gehad dat zijn dochter zwanger was geworden voor een ander.

'Omdat er zo lang tussen Kirstens gebroken vliezen en de geboorte van Emma had gezeten, moest ze een nachtje in het ziekenhuis blijven om er zeker van te zijn dat er geen infecties waren. Maar alles was helemaal goed toen we weggingen.'

'Dus jullie hebben haar alleen gelaten?' Kirstens moeder keek zorgelijk.

Amber knikte. Ze kon niet geloven dat ze zo stom was geweest. Natuurlijk hadden ze bij Emma willen blijven, maar Kirsten had hen gevraagd, gesmeekt bijna, of ze een nachtje alleen mocht zijn met Emma. Eén nachtje. *'Ik heb dit mooie meisje negen maanden gedragen. Voordat ik haar voor de rest van haar leven aan jullie geef, wil ik zo graag afscheid van haar nemen. Ik weet dat dat raar klinkt en dat jullie dat vast niet willen, maar alsjeblieft. Alleen deze nacht. Daarna is ze voor altijd van jullie.'*

En daarbij was er natuurlijk nog dat gedoe met Tom geweest.

'Vanmorgen kwamen we Kirsten en Emma halen, maar toen waren ze weg,' zei Tom. Hij had het met geen woord meer gehad over wat er gebeurd was. 'Het lijkt erop dat Kirsten gewoon het ziekenhuis uit is gelopen, want ze is niet officieel ontslagen.'

Amber zag dat Kirstens moeder moeite had met slikken en dat haar hand licht trilde toen ze haar glas melk naar haar mond bracht.

'Onze dochter is weg,' zei Amber. Ze huiverde. 'Maar jullie dochter is dat ook. We hebben haar geprobeerd te bellen, te whatsappen, we zijn al bij Vera geweest, maar geen spoor van Kirsten.'

'Dus ze is gewoon weggegaan, zeggen jullie?'

'Daar lijkt het op,' zei Tom.

'Maar we vinden dat niets voor Kirsten,' vulde Amber aan. 'Het moeten de hormonen zijn. We dachten dat ze misschien naar u gegaan was.'

Kirstens moeder stond op van tafel en liep naar de keuken, waar een draadloze telefoon in zijn houder stond. Kirsten stond blijkbaar op *speed dial*, want nadat zij een knop had ingedrukt, hield ze het toestel al tegen haar oor. Er gleed een angstige blik over haar gezicht toen ze haar echtgenoot aankeek. 'Voicemail.'

Kirstens vader wreef over zijn kin en schoof ongemakkelijk op zijn stoel heen en weer. 'Heeft u de politie al ingeschakeld?'

'Die kan niets doen,' antwoordde Amber. Ze legde uit hoe het draagmoederschap juridisch in elkaar stak: dat een moeder haar eigen kind niet kan ontvoeren. 'Daarom zijn we ook hier. Hebben jullie enig idee waar Kirsten kan zijn?'

Kirstens moeder schudde haar hoofd en belde haar dochter nog een keer. Toen ze weer de voicemail kreeg, liet ze het toestel langzaam zakken. 'Dus ze worden vermist, Kirsten en Emma.'

Vermist. Dat ze daar zelf nog niet aan gedacht had. *Vermist. Kirsten en Emma worden samen vermist.*

'Dat lijkt me een voorbarige conclusie,' zei Tom.

'Ja.' Kirstens vader knikte. 'Ze moeten ergens zijn.'

'Vanzelfsprekend,' zei Tom. 'Alleen weten we niet waar.'

Kirstens moeder schudde haar hoofd. 'Ik ga de politie bellen. Als wij haar niet te pakken krijgen en jullie niet en Vera weet niet waar ze is en ze zomaar uit het ziekenhuis verdwenen is met een pasgeboren kind, dan...'

Hulp. Godzijdank. Hulp!

Joël liet zijn hand over het strakgetrokken lakentje van Emma's wiegje glijden. Er ging een siddering door hem heen. In zijn onderbuik voelde hij het verdriet dat hij in Ambers ogen had gezien. Hij zou haar tranen weg willen kussen, het zout dat uit haar ogen kwam op zijn tong willen voelen prikken.

Het kamertje was een stilleven van verwachting. Alles was maagdelijk. Eigenlijk moest hij dit vastleggen, zijn gevoelens documenteren. *Waarom ook niet?*

Hij liep terug naar de werkvleugel op de benedenverdieping en pakte zijn camera. Het was een beetje gek dat hij dit deed, dat wist hij ook wel. Maar erg was het niet. *Wat niet weet wat niet deert.*

Hij nam de trap met twee treden tegelijk en stelde vanuit meerdere standpunten zijn herinneringen veilig. Overzichtsfoto's en close-ups: de grijze bus talkpoeder naast een vrolijke houten kralenrups, de schudbol van Nijntje naast de verdamper van essentiële olie.

Klik, klik.

Zittend op de schommelstoel maakte hij een foto van zijn uitzicht. De commode, het lieve behang, de zachte gordijnen. Het was alsof hij Amber in deze stoel kon voelen.

Toen hij de babykamer verliet zorgde hij ervoor dat alles weer precies zo stond als hij het had aangetroffen.

Het huis waar Tom hun Tesla voor parkeerde was allesbehalve dat wat Amber verwachtte van een zesentwintigjarige monteur met een strafblad. Het was een ruime rijtjeswoning met een voortuin vol met beelden. Op de vensterbank stonden drie identieke bloempotten met varens, witte vitrage hing er in bogen gedrapeerd boven.

Amber wisselde een blik met Tom. 'Dit is toch echt het adres dat Vera heeft opgeschreven.' Ze was zo moe dat ze haast stond te tollen op haar benen, maar opgeven was geen optie.

Ze liep langs de lavendelstruikjes en buxus en drukte op de dingdongbel. Een gedrongen vrouw met grijsblonde krullen deed open. 'Ja?'

'Tom Kuijper. Goedenavond. Is Brandon ook thuis?'

'Brandon?' De vrouw hield de deur vast en keek Tom en Amber wat argwanend aan. 'En wie is Tom Kuijper, als ik vragen mag?'

Het kwam niet vaak voor dat mensen Tom niet herkenden. Amber zag hoezeer het hem van zijn stuk bracht. 'We zijn kennissen van zijn ex, Kirsten,' legde ze uit. 'Is hij thuis?'

'Kennissen van Kirst?' De vrouw trok een vragende blik. 'En wat willen jullie van Bran?'

'Dat vertellen we hem liever even zelf,' antwoordde Tom.

De vrouw sloeg haar armen over elkaar heen en keek Tom en Amber afwachtend aan. Ze maakte geen aanstalten Brandon te gaan roepen.

'Kirsten is verdwenen,' zei Amber. 'Ze is spoorloos. We willen weten of hij misschien iets van haar gehoord heeft.'

'Verdwenen?' De gezichtsuitdrukking van de vrouw veranderde ogenblikkelijk. 'Hoe bedoel je, verdwenen?'

'Dus: is Brandon thuis?' vroeg Tom nog een keer.

De vrouw leek even te twijfelen, maar keerde zich daarna

om, opende de deur van het halletje en riep 'Bran!' naar binnen. Daarna liep ze weer terug naar Amber en Tom. Ze hield de kraag van haar vest vast tegen de kou, maar het leek niet in haar op te komen de bezoekers binnen te vragen. 'Sinds wanneer is Kirst weg? Ik ben Brandons moeder, vandaar. Ik ken Kirsten goed. Kende, moet ik zeggen. Het is al een tijd uit namelijk. Nadat het misging tussen Bran en haar is hij hier weer komen wonen en...' Midden in haar zin hield ze op. Ze realiseerde zich dat haar zoon er nog niet was. 'Bran!' riep ze nog een keer naar binnen. 'Kom nou effetjes! Er zijn hier mensen voor je!' Daarna keerde ze zich weer naar de voordeur. 'Maar jeetje, wat erg zeg.'

De tussendeur ging open en een jonge man met een kaal hoofd, een grote zwarte baard en een piercing in zijn wenkbrauw sjokte naar de deur toe. 'Ja?'

'Ben jij Brandon?' vroeg Amber. Het kostte haar moeite om vriendelijk te blijven. Ze was kapot van haar slapeloze nacht en alles wat er vandaag gebeurd was.

Hij knikte.

'Wij zijn Amber en Tom Kuijper. Ik weet niet of Kirsten ooit over ons verteld heeft?'

Brandon haalde zijn schouders op. Er hing een wietwalm om hem heen.

'We vroegen ons af of jij toevallig weet waar Kirsten is.'

'Hoezo?'

'Jullie zijn lang samen geweest.' Amber deed haar uiterste best met haar voorkomen het vertrouwen van de jongen die tegenover haar stond te winnen.

'Geweest ja. Maar hoezo zou ik weten waar ze nu is?'

'Wanneer heb je voor het laatst iets van haar gehoord?' vroeg Tom.

‘Je bent toch niet van de politie, of wel?’

Tom schudde zijn hoofd.

‘Kirsten is spoorloos,’ zei Brandons moeder tegen haar zoon. Ze zette grote ogen op. ‘Deze mensen zoeken haar.’

‘Fijn voor ze.’

‘Brandon, als jij weet waar Kirsten is, dan zou het ons heel erg helpen als je zou vertellen waar we haar...’

‘Luister, jullie kunnen niet zomaar naar mijn huis komen en me allemaal vragen stellen alsof ik daar iets mee te maken heb.’ Hij snoof. ‘En als Kirsten opeens weg is met jullie kind, dan zal dat wel haar eigen keuze zijn, lijkt me. Kom, ma.’ Hij pakte de deur en wilde die dichtdoen.

‘Wacht!’ Amber zette haar voet tussen de deur. ‘Als je nog iets van haar hoort...’ Ze gaf Brandon haar visitekaartje. ‘Alsjeblieft, het is belangrijk.’

Brandon keek met een afkeurende blik naar het stukje karton en liet de deur wat los om hem daarna hard tegen Ambers voet aan te knallen.

Ze keek hem onbewogen aan. Total commitment.

‘Bedankt.’ Brandons moeder pakte het kaartje uit haar hand. ‘Als we iets horen...’

‘Graag,’ zei Amber. Ze trok haar voet terug.

Brandon deed de deur zo hard dicht dat de sponning ervan trilde.

‘Als ze elkaar al heel lang niet gezien hebben,’ zei Amber, ‘hoe kan hij dan weten dat ze ons kind gekregen heeft?’

Het was inmiddels donker. In de villa van Tom en Amber brandde alleen licht in het kantoorgedeelte. Dat was Joël. Tara had hem door het huis heen zien lopen. Van Tom en Amber ontbrak ieder spoor. Moest ze niet toch een berichtje sturen?

Nee. Ze schudde onwillekeurig haar hoofd. Ze moest haar zus en zwager met rust laten. Dat was beter.

Ze stond op uit haar stoel en opende de koelkast om te zien wat ze nog te eten had. Er was genoeg: tomatensoep van de versafdeling, een broccoli, krieltjes, kaas, olijven, eieren en melk. Allemaal gezonde dingen. Ze sloot de deur weer, pakte een zak paprikachips en stak nog een sigaret op. Ze ging weer op haar stoel zitten, in het donker.

Tom Kuijper. De man haalde tegenstrijdige gevoelens bij haar naar boven. Amber leek gelukkig met hem, maar hij was ondertussen de zakenpartner van Morozov. Ze had geen enkele link kunnen vinden tussen de Mindset Academy en illegale handel, maar waar rook is, is vuur.

Een omweg.

Het raam weerspiegelde het rode puntje van haar sigaret, een handvol chips viel op de bekleding van de stoel.

Tom zou haar verguizen.

Misschien dat ze dit juist daarom wel deed.

De hele dag was Amber sterk geweest, had ze gehandeld in plaats van gevoeld, maar toen ze bij Brandon wegreden en op weg naar huis waren – *naar huis zonder Emma* – sloeg de radeloosheid toe.

Emma is weg.

Opeens voelde ze wat dat inhield. Wat dat écht inhield. Ze zou haar kindje niet in de wieg leggen. Ze zou haar geen flesje geven. Zou een moeder zonder kind zijn.

Mijn kindje is verdwenen.

Het deed fysiek pijn.

Kirsten heeft Emma ontvoerd. En ze wordt vermist.

Emma wordt vermist.

In krap zestien uur was haar wereld door elkaar geschud. En de dag was nog wel zo mooi begonnen. Samen in bed. 'We gaan ons meisje halen,' had zij gefluisterd. Tom had haar gekust en zij had zeker geweten dat het allemaal wel goed zou komen met hem. Dit was gewoon weer een van die dingen die hij had.

Maar toen... Dat gezicht van die vrouw in Kirstens bed, het hele circus erna.

Eerst die verpleegkundige die Kirsten niet in het systeem had kunnen vinden. Daarna het hoofd van de afdeling. De communicatiedame. Het nieuws dat Kirsten en Emma zonder officieel ontslag uit het ziekenhuis waren verdwenen.

Ze waren naar buiten gerend. Zij was naar Kirstens huis gescheurd waar niets erop wees dat Kirsten daar was, of was geweest. Tom was naar hun eigen huis gegaan, wat ook helemaal niets had opgeleverd.

Ze hadden een bijeenkomst gehad met allerlei mensen van het ziekenhuis, met Joël en de politie – hoe heette die rechercheur ook alweer? Priscilla toch? Priscilla de Rooij, ja dat was het. Maar niemand had iets voor hen kunnen doen. Of wíllen doen.

Ze waren naar Vera gereden die al dagen niets van Kirsten gehoord had en die in de richting van Brandon wees. Naar Kirstens ouders die hun dochter als vermist zouden gaan opgeven. En naar Brandon, die een geweldsdelict op zijn naam had en die hen nauwelijks te woord had willen staan.

Het was de meest bizarre dag uit Ambers leven. De meest treurige dag.

Maar Kirsten moet ergens zijn. Ergens. Met Emma.

'Stil maar, muze,' zei Tom. Hij reed hun straat in. Ze wist hoe slecht hij ertegen kon als ze huilde. Maar hoe kon ze daar ooit mee ophouden?

Het grind knerpte onder de banden. Tom parkeerde naast hun villa. Verlamd door haar verdriet bleef Amber huilend in de auto zitten. Ze had geen idee meer hoe haar benen werkten.

Tom liep om de auto heen en opende haar portier. Hij tilde haar op alsof ze een klein meisje was en droeg haar, zonder een woord te zeggen, hun donkere huis in. Ze sloot haar ogen en legde haar hoofd tegen zijn borst, voelde hoe hij de trap op liep, naar hun slaapkamer ging, haar op bed neerlegde, haar schoenen uittrok, toen haar broek, haar blouse, haar behaatje. 'Stil maar,' zei hij nog een keer. 'Het komt allemaal goed.' In zijn ogen zag ze tranen.

'Weet je echt zeker dat Kirsten lief zal zijn voor Emma?' vroeg ze tegen beter weten in.

Hij knikte. 'Ja, muze.' En kuste haar lief en warm op haar lippen. 'Dat weet ik heel zeker.'

Iedere dag, ieder moment, kunnen we onze eigen werkelijkheid creeren.

'Hoe is het?' Joël stond meteen op toen Tom de kamer binnenkwam. Voor hem, op het bureau, stond zijn laptop, daarnaast lag een uitdraai van de perslijst die hij opgesteld had.

'We hebben geen idee waar ze is.' Toms gezicht was witter dan normaal en hij had wallen onder zijn ogen. Voor het eerst sinds Joël hem kende, zag hij er oud uit.

'En Amber?'

'Die heb ik net in bed gelegd.'

'Hebben jullie wel iets gegeten?'

Tom schudde zijn hoofd.

'Ik kan iets laten komen? Thais? Of iets van die nieuwe vegan traiteur?'

'Graag. Wat is dit?' Tom pakte de perslijst en bekeek snel de titels van tv-programma's, magazines en dagbladen.

'Ik weet nog niet hoe, maar we moeten dit voor ons laten werken,' antwoordde Joël.

Tom knikte.

'We moeten jullie verhaal krachtig aan de media pitchen. Dit overkomt jullie, maar definieert jullie niet. We moeten...'

'Ja, ja, ik hoor het allemaal morgen wel.' Tom legde de perslijst terug. 'Ik heb rust nodig.' Hij maakte een handbeweging naar de deur, waarmee hij waarschijnlijk bedoelde dat hij boven zou gaan mediteren. 'Als het eten er is, zet het dan maar op tafel.'

'Yes sir,' fluisterde Joël zodra Tom verdwenen was. 'Joël lost het wel weer op.'

Tom is een ondankbare hond. Laat dit een leerzame les zijn voor meneer de grote goeroe.

JIJ BEPAALT WAT ER IN JOUW LEVEN GEBEURT

‘Goedemorgen, schat.’ Joël kreunde. Hij had de halve nacht wakker gelegen. ‘Hoe voel je je?’

Amber keek hem alleen maar aan.

‘Och och, meisje van me.’ Hij trok haar tegen zich aan en streek liefdevol haar haren uit haar gezicht. ‘Maar weet je? Ik heb een oplossing bedacht. Ik heb de manier gevonden waarop we Emma terug gaan krijgen.’

Hij liet zijn hand tussen haar lange, slanke benen glijden. Hij had wel een beloning verdiend, dacht hij zo. Amber liet zich gewillig op haar rug draaien en hem zijn gang met haar gaan. Hij mocht alles met haar doen. Alles. Graag zelfs.

Bah. Joël trok ogenblikkelijk zijn hand terug toen hij voelde hoe vies ze was: een natte, schilferige boel.

Hij sloeg het dekbed van zich af en liep zonder nog een woord te zeggen op blote voeten naar de keuken om een dubbele espresso voor zichzelf te maken. Op het keukeneiland lag zijn Hugo Boss-tas, waar zijn cadeautje voor Emma nog in zat. Hij haalde het eruit en borg het op in de kamer met de zwarte deur.

Daarna smeerde hij op zijn gemak twee crackers, die hij at

terwijl hij op zijn iPad de headlines van NOS.nl las. Er was een lang artikel verschenen over een tbs'er die zijn ex en haar familie had vermoord, een stuk over de Amerikaanse verkiezingen en een item over *space waste*. Helemaal nergens was iets over Amber, Tom en Emma geschreven. Natuurlijk niet, maar je wist het nooit zeker. Ook op Toms socialmediakanalen werd met geen woord over Kirstens verdwijning gerept.

Hij had nog alle controle.

Na een tweede kop koffie zette hij de ontbijtboel in de vaatwasser en liep hij terug naar de slaapkamer waar zijn Amber nog altijd in bed lag, in precies dezelfde houding als daarnet. 'Kom,' zei hij. Hij tilde haar op en droeg haar naar de badkamer.

Terwijl de stralen over zijn rug liepen, maakte hij haar grondig schoon met Lactacyd. Het wond hem op. Dat hij degene was die voor haar zorgde, dat hij de oplossing voor haar lijden had bedacht, dat hij de held was.

Hij boog Amber zo dat haar kont naar achteren stak en drukte haar vervolgens met haar borsten tegen de glazen douchewand aan. Hij neukte haar langzaam en diep.

Hij was de held. Het werd tijd dat zij dat ging zien.

Tara lag in bed te roken. Het was verleidelijk om met de gordijnen dicht te blijven liggen; op het appje dat ze Amber gisteren toch nog had gestuurd – *mag ik langskomen?* – had ze geen antwoord gekregen. Maar goed, in bed blijven luieren zou haar geen stap vooruithelpen.

Ze moest eruit. Nu.

Met een lichte kater van de goedkope wijn die ze de vorige avond had gedronken trok ze de sokken aan die ze naast haar bed had neergegooid. Kreunend liet ze het zonlicht binnen in haar slaapkamer.

In de bunker zag ze Tom in de keuken zitten. Hij zat met zijn rug naar haar toe aan de bar. Ze kon zich zijn gezicht goed voorstellen. Een zelfgenoegzaam lachje op zijn eeuwig gebruinde huid, zijn natuurlijk geverfde haren perfect in model, een bio-katoenen T-shirt waar geen enkele vlek op zat stak om zijn zorgvuldig afgetrainde lijf heen. Hij dronk ongetwijfeld verse muntthee of een of andere gore maar hypergezonde smoothie met groene kool en mangopulp

Ongelooflijk hoeveel Amber en zij van elkaar verschilden.

Ze plukte haar joggingbroek en sweater van de stoel, schoot haar sneakers aan en liep door het bedauwde gras naar de villa. De glazen gevel strekte zich uit van de woonkamer via de eetkamer naar de keuken. Toen ze op het raam klopte, veerde haar zwager omhoog alsof hij plotseling onder stroom stond.

Als je niets te verbergen hebt, hoef je ook niet te schrikken, zei hun moeder altijd.

Met een ruk draaide hij zich om.

'Hé.' Ze stak haar hand op.

De keuken van Tom en Amber was een parallel universum. Uit de Sonos-boxjes kwam zachte pianomuziek, de broodbakmachine verspreidde de geur van vers, glutenvrij brood en alles was er schoon, gestyled en bedacht.

'En?' Tara perste een zo vriendelijk mogelijke blik op haar gezicht. 'Hoe is het met Emma?'

Tom schudde zijn hoofd en maakte een machteloos gebaar.

'Wat is er? Heeft ze jullie de hele nacht wakker gehouden?' *Het bioritme van de heilige Tom Kuijper mag natuurlijk onder geen beding verstoord worden.*

'Emma is weg.'

'Weg? Waarnaartoe?'

'Kirsten heeft haar meegenomen.'

'Kirsten?' Tara fronste haar voorhoofd. 'Maar...'

'Ik heb even geen zin om te kletsen, Tara.' Tom keek haar onverholen vijandig aan. Hij voelde het, dat ze hier niet was om de band met haar zus aan te halen. Noch om de betrokken tante te spelen die er vanaf nu altijd zou zijn. Met zijn staalblauwe ogen leek hij dwars door haar heen te kunnen kijken.

Strak keek ze terug. Ze zou hem niets laten zien, gewoon haar spel blijven spelen.

'Amber ligt in bed.' Tom maakte een achteloze beweging naar de trap.

Tara knikte. Toen ze net te lang bleef staan, zich afvragend of ze moest vragen naar Morozov, trok hij zijn wenkbrauwen op. Of ze hem nog alleen ging laten.

Amber zat op de stoel in Emma's kamertje en schommelde heen en weer. De mobile die boven de wieg hing draaide zachtjes rond. Daar lagen ze: de luiers, de billencrème, badolie, kruiken, hydrofiele doeken... Dit kamertje wachtte op een baby. Alles hier wachtte op een baby.

Ze vergrootte de foto's van Emma: een ingebakerd bundeltje geluk met dichte oogjes en een merinowollen mutsje.

Waarom hadden ze niet meer tijd genomen om het perfecte plaatje te schieten? Bijna alle foto's waren van slechte kwaliteit. Korrelig en met Emma helemaal ingepakt, of net met haar hoofdje weggedraaid.

Hoe stom. Ze hadden gedacht: morgen komt Joël toch professionele foto's maken.

Amber vergrootte Emma's gezichtje en drukte haar lippen tegen het beeldscherm aan.

Voor de zoveelste keer checkte ze Whatsapp. Haar berichtjes aan Kirsten waren nog altijd niet aangekomen. Haar eigen inbox was ondertussen volgestroomd. Allerlei mensen van de Mindset Academy feliciteerden hen bij voorbaat – zij hadden het bericht gelezen dat Joël uit hun naam online had gezet: *De weeën zijn begonnen. Onderweg naar het ziekenhuis. #dankbaar #grootgeluk #mindyourlife* –, een journalist vroeg of hij alvast een fotootje kon krijgen en Judith, de vrouw van Alec Morozov, Toms beste vriend, wenste haar geluk. Zij had Amber een foto gestuurd van haar eigen dikke buik. *Ooo, ik wou dat ik ook alvast mijn kleintje vast kon houden. Geniet ervan. X*

Gisteren was Judith spontaan op kraambezoek gekomen. Ze was eenenveertig weken zwanger en had in het ziekenhuis moeten zijn voor controle. 'We kregen het berichtje van Tom met het goede nieuws en dachten...'

'Natuurlijk,' had Amber trots gezegd. 'Kom erin, jullie hoeven niet zo voorzichtig te doen, hoor.' Ze had Judith en haar man Alec glunderend aangekeken. 'Dit is onze mooie Emma. Wil je haar even vasthouden?'

Voorzichtig had Judith Emma overgenomen. 'Wat is ze mooi,' had ze gefluisterd. Maar meteen daarna had ze een pijnscheut in haar buik gekregen.

'Voor jou gaat het ook niet lang meer duren,' had Tom nog lachend gezegd.

Amber perste nu haar lippen op elkaar. Een gemene steek van jaloezie ging door haar heen.

'O, hier ben je.' Tara bleef in de gang staan. Verontschuldigend haast. 'Tom zei dat ik door mocht lopen, dat je in bed lag, maar ik weet niet of jij wel wilt dat ik hier... Gaat het?'

Amber schoot vol. Weer. De aanwezigheid van haar zusje was zo fijn en tegelijkertijd zo treurig. Vroeger hadden ze samen een front gevormd. Toen waren ze er altijd voor elkaar geweest. Hoe kon het dat ze zo uit elkaar gegroeid waren?

‘Hé.’ Tara liep naar haar toe en sloeg haar arm om haar heen. ‘Hé, kom eens hier.’ Amber legde haar hoofd tegen de buik van haar zus aan. ‘Tom vertelde het me net. Ik... Ik weet gewoon even niet wat ik zeggen moet.’

Rust. Tom had rust in zijn kop nodig.

Omdat de sauna gisteren niet meer was gelukt – het hok was al afgekoeld toen ze de voordeur hadden geopend – deed hij ’s morgens een nieuwe poging om tot zichzelf te komen.

Hij kleedde zich uit, trok zijn zwembroek aan – *die verrekte Tara ook, moet ik opeens rekening houden met pottenkijkers* – en dook het zwembad in. Kort prikkelde het koele water zijn huid, maar na twee slagen was hij al door.

Het was zijn idee geweest om het zwembad van de tweede verdieping te laten verzinken in de eerste. Het had hem zo mooi geleken om Amber voorbij te zien zwemmen, terwijl hij door de hal liep, of in zijn werkkamer zat.

Het wás ook mooi. Het water filterde het licht dat door de koepel in het dak naar binnen viel en gaf de eerste verdieping een surrealistisch tintje.

Alleen voelde hij zich zo verdomd bekeken. Eén moment onzichtbaar zijn, in zijn eigen huis even niet bestaan. Wat zou hij daarvoor geven.

Hij moest nadenken. Rustig nadenken. De wereld een stap voor zijn.

Hij haalde diep adem, dook onder en keek om zich heen. De hal was verlaten. De deuren bibberden in hun sponningen. Geen Tara. Geen Amber. Een vloeibare wereld. Hij sloot zijn ogen en probeerde van zijn gewichtloosheid te genieten.

Het ging niet. Het beeld van Amber, huilend naast hem in bed, zat in zijn hoofd.

Hij zwom naar de kant en zette zich zo hard mogelijk af. Binnen vijf slagen was hij aan de overkant van het bad. Soepel draaide hij zich om en zette hij opnieuw zijn voeten tegen het glas. Het water week voor hem en toen hij uitademde gleden luchtbelletjes langs hem heen.

Pas toen hij bovenkwam en de pianomuziek hoorde, besefte hij hoe stil het onder water geweest was. Hij liet zich opnieuw zakken, maar de stilte leek met zijn ontdekking ervan te zijn verdwenen.

'Ik heb er de hele nacht over nagedacht.' Amber keek haar zusje somber aan. 'Maar dit is gewoon zo enorm niets voor Kirsten.' Ze schudde haar hoofd. Ze kon nog steeds niet geloven dat dit écht gebeurde. 'Je weet toch dat de minimale instap-*fee* voor coaching van ons tienduizend euro is?'

Tara knikte. 'Een stok achter de deur, zei je.'

'Klopt. Tienduizend euro doet pijn. En dát zorgt ervoor dat deelnemers echt gecommitteerd zijn om een verandering in hun leven te maken.' Ze keek naar het onbeslapen wiegje van Emma. Ze waren zo stom geweest! 'Kirsten heeft alles van ons cadeau gekregen. Al die masterclasses, al die een-op-eengesprekken... Haar opleiding hoefde ze alleen maar te kiezen uit het lijstje dat ik al voor haar opgesteld had. We hebben haar de meest vette klussen toegeschoven: websites maken voor bedrijven als de Nuon, Levi's en de Rabobank, sites voor BN'ers, de nieuwe portal van de Mindset Academy. Ik heb haar meegenomen naar een fotograaf om professionele foto's te laten maken, heb een personal shopper voor haar geregeld en betaald. Meerdere malen een kapper, manicure... Dat haar zaak nu loopt als een trein is het werk van Tom en mij. Niet dat van haar.'

'Dus?'

'Dus Kirstens leven mag veranderd zijn, zijzelf is ondertussen dezelfde gebleven.' Amber keek haar zus veelbetekenend aan, maar Tara leek het niet te snappen. 'Een kind ontvoeren doe je toch niet zomaar?' legde ze daarom uit. 'Je kunt nog zo overweldigd zijn door hormonen, maar het ziekenhuis uit lopen en met andermans baby verdwijnen is echt een ding. Kirsten is daar...' Het was niet vriendelijk om te zeggen. Maar wel de waarheid. 'Kirsten is daar niet sterk genoeg voor.'

Tara vouwde haar vingers in elkaar. 'Denk je niet dat er een oerkracht in je naar boven komt bij een bevalling?'

'Maar Emma is Kirstens kind niet.'

'Maar ze heeft haar wel negen maanden gedragen.'

Amber stond op. Ze had hier geen zin in, in ruis. En wat wist haar zus er eigenlijk van? Die had ze nog nooit gehoord over moeder worden.

Kirsten was niet krachtig genoeg. Punt uit. Zij had dit niet alleen gedaan. Daar moest ze in geloven.

Door de openstaande deur heen zag ze Tom voorbijzwemmen: een lichtblauw lichaam dat van de ene kant van het bad naar de andere schoot. Hij was volledig de weg kwijt. In de vijf jaar dat ze inmiddels samen waren, had ze hem nog nooit zo uit zijn doen gezien.

Amber wreef over haar gezicht. 'We zijn gisteren onder anderen bij Brandon geweest, Kirstens ex-vriendje. Ik denk dat hij er meer van weet.'

'Wat denkt de politie?'

'Volgens de politie ben ik Emma's moeder niet, dus ik zou het niet weten.'

Kirsten heeft hulp gekregen. Dat kan niet anders. Iemand móét weten waar zij is.

Brandon werkte aan een Opel Astra waarvan de eigenaar tegen een muurtje aan gereden was. Er zat een enorme deuk in de bumper, het hele ding moest vervangen worden. Geen grote klus, wel haastwerk. Welbeschouwd had elke klus haast. Alleen zijn baas gaf voorrang aan mensen met een grote portemonnee, of die met grote voorgevels.

'Kutzooi,' vloekte hij.

Terwijl hij de bumper van de Astra losschroefde zat zijn baas in het kantoortje koffie te drinken met een zonnebankbruine blondine. Hij vertelde haar vast over zijn vakantie naar Curaçao. Hij was amper drie weken terug. Zo'n vakantie maakte altijd indruk. Zeker als je er niet bij vertelde dat je vrouw en kinderen ook mee waren.

Toen hij aan de bumper rukte, omdat die bleef klemmen, haalde hij zijn hand open. Shit. Hij stak zijn duim in zijn mond en nam de schade op. Hij was het type niet voor verbandjes of pleisters, maar hij had even een break nodig.

De ogen van zijn baas ontmoetten de zijne tussen de lamellen van de luxaflex door. Hij keek ongeïnteresseerd terug. *Kan je het zien?*

De blondine zat iets op haar telefoon te tikken.

Hij moest ook op vakantie. Even weg uit deze ellende. Eruit! Maar van welk geld?

Op de kalender die boven het koffiezetapparaat hing zat een vrouw in een string op een zonovergoten strand. Al zijn centen gingen meteen naar Huis.

'Zeg.' Zijn baas stond opeens achter hem. 'Ik betaal je niet om voor tienen al drie keer pauze te nemen.'

'Ik heb mijn klauw opengehaald, ja.'

Brandon keek zijn baas kwaad aan, maar liep toen terug naar de Astra. Hij moest een plan verzinnen om uit deze shitzooi te komen.

Het zwemmen en mediteren hadden Tom goedgedaan. In zijn yogakleren liep hij naar de keuken waar hij tot zijn verbazing zowel Amber, Tara als Joël aan de bar zag zitten.

'Goed dat jij er nu ook bent.' Joël zag er opgetogen uit. 'Ik heb een plan.'

Ogenblikkelijk was Toms gevoel van onrust terug. Hij wisselde een blik met Amber. Er zat mascara onder haar ogen en haar haren hingen futloos langs haar hoofd. Het was niets voor haar om zich zo beneden te vertonen, vooral niet met anderen erbij.

Ze wendde haar ogen af en keek naar een onbepaald punt op het aanrecht.

'Joël, ik denk niet dat iemand hier nu op zit te wachten. Amber en ik hebben tijd voor onszelf nodig.'

'Maar ik weet hoe we Emma terug kunnen krijgen.'

Amber richtte haar blik op.

'Hoe júllie haar terug kunnen krijgen,' verbeterde Joël zichzelf.

Als het toch eens mogelijk was om van die vent af te komen.
Tom sloeg zijn armen over elkaar.

'We hebben morgen toch een *Mindset Academy Live* staan?'

'Je bedoelt die waarin we Emma zouden laten zien?'

Joël knikte. 'Die laten we doorgaan.' Er zat een triomfantelijke glans in zijn ogen die Tom van hem kende, maar die hij nooit kon plaatsen. Het was een haast diabolische bezetenheid, een misplaatste drive om zich als een teek in hun leven in te graven. 'Jullie hebben een groter bereik dan de politie. Doe een oproep. *Wie heeft Kirsten en Emma gezien?*'

Hoe vaak had Tom in het afgelopen jaar wel niet op het punt gestaan de samenwerking met Joël op te zeggen? Om hem in te ruilen voor iemand die meer op afstand was, die gewoon zijn of haar eigen leven had, die hem met rust liet.

Maar Joël en hij zaten aan elkaar vast.

De gladde aal die voor hem stond was zijn stem in de media. Zonder hem zou hij het online nog geen week uitzingen. Hij mocht dan alles bedenken, foutloos spellen lukte hem door zijn dyslexie niet. Überhaupt goede zinnen creëren was al lastig.

Simpelweg iemand anders vragen was helaas geen optie. Niet alleen zouden mensen dat merken – het zou tijd kosten voordat een nieuw iemand zijn 'taal' zou spreken en Joël zou hem of haar echt niet willen inwerken –, hij wist daarnaast zeker dat Joël de media haarfijn zou gaan vertellen hoe hun samenwerking er al die jaren uit had gezien.

Er waren zoveel interviews verschenen waarin hij vertelde dat hij altijd zelf op social media reageerde, dat hij, en hij alleen, zijn boek had geschreven, dat de Mindset Academy authentiek was... Joël de laan uit sturen was karakterzelfmoord plegen. En aangezien hij het gezicht van de Academy was, zou dat het eind van zijn bedrijf betekenen.

'Wat een goed idee,' zei Tara, de zus die er nooit was geweest en die nu opeens een godsgeschenk was, waarop Amber hem opgetogen aankeek.

'Het is laster,' zei Tom. Hij moest snel denken, met argumenten komen waarom dit een slecht idee was. Alleen zeggen 'het voelt niet goed' was niet voldoende. Inmiddels niet meer.

'We hoeven Kirstens naam niet te noemen,' zei Joël. 'En we hoeven haar foto niet te laten zien.'

'Klopt,' beaamde Tom. 'Maar binnen een uur staat die natuurlijk toch overal online. Iedereen gaat dit oppikken. Ze gaan graven.'

'Dus?' Joël glimlachte triomfantelijk. 'Dan hebben we dus

precies wat we willen, zonder zelf onze handen te hebben vuilgemaakt.'

Dit was een van de dingen waarom Toms haat richting Joël alleen maar verder groeide.

Hij schudde zijn hoofd. 'We gaan dit niet doen. Dit is niet de manier waarop de Mindset Academy, waarop *wij*, in de media willen komen.'

'Maar we zullen toch iets moeten zeggen tegen de media,' zei Amber. 'Ik heb al een whatsapp van een journalist gekregen.'

Tom zuchtte diep. Hij probeerde iets van de innerlijke rust die hij net was begonnen te voelen terug te vinden.

'Luister,' zei Joël. 'Dit is júíst waar de Academy voor staat. Voor verdergaan dan je comfortzone. Total commitment. Ik denk dat dit ons juist meer positieve aandacht zal geven dan negatieve. Ik heb gisteren toch die perslijst gemaakt? Als ik nou vandaag een aankondiging verstuur dat we morgen met iets belangrijks komen... En als ik vervolgens een of twee journalisten de primeur geef – nog onder embargo natuurlijk...'

'Alle mensen, wat ben jij ziek.' Tom schudde nog een keer zijn hoofd. 'Het gaat om ons kind, Joël. Om Emma. Niet om de Academy.' Kwaad liep hij de keuken uit.

Hij moest van Joël van Santbergen zien af te komen. Liever vandaag dan morgen.

When the student becomes the teacher...

Joël voelde een diepe vrede. Een jaar geleden zou Toms reactie hem kwaad hebben gemaakt, zijn afwijzing zou hem diep geraakt hebben. Maar inmiddels had hij zijn *mind* zo goed op orde dat een akkefietje als vanmorgen hem eerder plezier deed dan pijn.

Want Amber wil het wel, die livestream.

Beheerst voerde hij Toms wachtwoord in op zijn computer. Meteen sprong diens bureaublad in beeld: een foto waarop Tom de minister-president een hand geeft. *Zwak, om die bevestiging nodig te hebben. Om elke dag met je eigen ogen te moeten zien hoe goed je bent om dat te blijven geloven.*

Joël kende Tom beter dan hij zichzelf kende.

Zo ontzettend veel beter.

Rustig scrolde hij door Toms e-mails. Een hoop spam, nieuwsbrieven, de meeste e-mails die Tom had ontvangen had hij hem zelf geschreven.

Hij nam een slok van zijn koffie en opende Toms contacten. Slechts een paar namen was *recent toegevoegd*. Ene Vera: het contact was één dag oud. Dat moest die vriendin van Kirsten zijn. Amber had over haar verteld.

Ook de *ouders van Kirsten* en *Brandon* waren nieuw, maar die waren ook allebei niet interessant, vond hij. Dat gold echter niet voor ene Didi. Tom had Didi vijf dagen geleden in zijn telefoonboek gezet.

'Didi.' Hij proefde de klank op zijn lippen. 'Di-di.' Hij liet de lettergrepen lang klinken, zijn tong gleed langs zijn lippen.

Hij kopieerde het contact eenvoudig naar zijn eigen telefoon en hervatte zijn bezoekje. Tom had een paar opzetjes voor nieuwe lezingen gemaakt en de aanzet voor nieuwe plannen geschetst. Het zou niet lang duren of Tom zou de documenten op zijn bureau neerleggen met de vraag of hij er even naar wilde kijken.

Of hij het werk kon doen.

Op de gang hoorde Joël gerommel. Met een klik op de muis werd Toms computer vervangen door een Excellijst met perscontacten.

Joël ging zijn zin krijgen. Het was gewoon een kwestie van tijd.

'Bepaalt Tom altijd alles voor jullie?' Tara had sterke thee gezet, maar Amber hoefde niet. Ze wilde geen theïne binnenkrijgen. Ze probeerde iets van vroeger in het gezicht van haar zus te ontdekken, iets van het zachte wat ze altijd had gehad, maar Amber was zo ontzettend veranderd.

Waar was het meisje gebleven dat moest huilen van de slappe lach, dat dierenverzorger wilde worden en dat altijd voor iedereen zorgde?

God, wat had ze haar grote zus nodig gehad, vroeger.

'Tom bepaalt helemaal niet alles.' Amber toonde geen emotie. Tara's opmerking leek haar niets te doen.

'De belangrijke dingen wel.'

'Tom en ik hebben met z'n tweeën een ander soort gesprekken.'

Tara's grote zus was zo zakelijk geworden. Misschien was dat wel begonnen op de dag dat Amber haar van het ene op het andere moment in de steek had gelaten. De jaren dat Amber in het buitenland studeerde en dat Tara nog thuis woonde, waren de zwaarste van haar leven geweest.

Tara wreef over haar armen. 'Ik blijf het gewoon moeilijk vinden.'

'Wat?'

'Dat je met Tom bent. Hij is zo... zo anders.'

'Zo geslaagd?'

'Zo hard.'

'Jij kent hem niet zoals ik hem ken.' Er zat iets kouds in Ambers stem.

Tara knikte. 'Hij is bevriend met Alec Morozov toch?'

'Begin je nu weer over Alec? Jezus, Taar, wat heb jij toch met die man?'

'Hij intrigeert me gewoon.' Tara fronste.

'Dat iemand die zo lelijk is, zo'n mooie vrouw kan krijgen.' Tara haalde haar mobieltje tevoorschijn. 'Ik heb haar gegoogeld weet je. Judith Morozov. Maar dat levert geen enkele hit op.'

Het leek Amber niet te kunnen schelen.

'Wat is haar meisjesnaam? Je was op hun bruiloft, toch? Misschien kan ik daar iets op vinden.'

Amber tilde haar handen op en liet ze met een plof terug op haar schoot vallen. 'Ja, sorry hoor, Taar, maar ik heb echt wel iets anders aan mijn hoofd.'

'*I know, but*... Ik dacht alleen: misschien is wat afleiding welkom?' Ze hield met een vragende blik in haar ogen haar mobieltje op.

Amber keek haar zusje hoofdschuddend aan. De blik in haar ogen verried dat zij zich niet kon voorstellen dat iemand zo ongelooflijk bot kon zijn. 'Weet ik het. Overdevest of zo, geloof ik. Zoiets. Het enige wat ik weet is dat ze uit Duivendrecht komt.' Ze slaakte een geïrriteerde zucht. Daarna stond ze op, draaide zich om en liep naar boven. Tara bleef zitten en staarde naar de twee koppen thee op tafel. Ze wilde het echt wel, lief zijn, meeleven met haar zus, maar het ging gewoon niet. Er was te veel gebeurd.

Ze legde haar hand op haar buik.

En te weinig.

'Het is toch zeker een goed plan?' Amber zette haar handen in haar zij en keek Tom vragend aan. Zijn laptop stond opengeklapt op zijn bureau, het kaarsje in de oliebrander op de hoek van het werkblad was – in tegenstelling tot anders, wanneer hij werkte – uit.

'Het is helemaal geen goed plan. Kijk hoe we er allebei uitzien, hoe we doen... Moeten wij echt in deze staat live een oproep gaan doen?'

'Dan nemen we het eerst op.'

'Dat hebben ze door.' Tom keek Amber aan. 'Authenticiteit en eerlijkheid, weet je nog? Dát verkopen wij. De Academy draait op dialoog.'

'Maar gaat het hier om wat we verkopen, of om Emma terug krijgen?'

Tom wendde zijn blik af en keek naar buiten. Hij had zijn armen over elkaar geslagen.

'Geef me één goede reden waarom we het niet zouden doen.'

'Het voelt niet goed.'

'Het voelt niet goed...' Amber trok haar wenkbrauwen op. 'En wat betekent dat?' Haar hoofd deed pijn, haar ogen waren beurs van het huilen. 'Weet je wat voor mij niet goed voelt, Tom?' Ze was zo moe. En zo machteloos. 'Dat Emma weg is. En dat jij al dagenlang raar doet.'

Hij maakte een achteloos gebaar. En wat kan ik daaraan veranderen? sprak daaruit.

'Je weet waar ik het over heb,' ging Amber door. Ze keek hem recht aan. Al drie dagen lag het op het puntje van haar tong, maar had ze niets gezegd omdat ze hem niet wilde kwetsen. Maar inmiddels was ze er helemaal klaar mee. 'Waarom, Tom?'

Hij wendde met een stoïcijnse blik zijn ogen van haar af, trok zijn laptop iets verder naar zich toe, begon iets te typen.

'Dus je zegt gewoon niets meer? Is dat het plan?' Kwaad klapte Amber de laptop dicht. 'Wat ben je nou toch allemaal aan het doen, man? Waarom zoek je Emma en Kirsten verdomme niet?'

'Je vindt het mijn schuld.' Tom richtte zijn hoofd op en keek Amber recht aan. Zijn pupillen waren groot, in zijn ooghoeken meanderden rode adertjes. Hij was boos, maar nog veel meer gekwetst, zag ze. Gekwetst tot op het bot.

Maar ze kon niet meer terug. Het enige wat ze nog kon doen was haar woorden inslikken.

'Ja hè.' Tom klonk hees. 'Dat is het. Je denkt werkelijk dat Kirsten Emma heeft meegenomen door mij.'

'Zeg ik dat?'

Kwaad trok Tom zijn laptop onder Ambers hand vandaan. 'Zeg je dat dan niet?'

Amber perste haar lippen op elkaar. 'Ja' zeggen was oneerlijk. Maar 'nee' kreeg ze ook haar mond niet uit. 'Weet je wat, laat ook maar zitten.' Haar stem stond bol van de ingehouden woede. 'Als het jou allemaal niets kan schelen...'

Boos beende ze de kamer uit. In de weerspiegeling van de glazen wand van het zwembad zag ze zichzelf voorbijlopen: de vrouw wier kind ontvoerd was.

Machteloos bleef ze midden in het kamertje van Emma staan. Als er een manier was om Emma terug te vinden, dan moesten ze dat doen. Ongeacht wat voor consequenties het had. Woest liep ze terug naar Toms kantoor. *Hij zet zijn issues maar eens een keer opzij.*

Ze was klaar om allerlei argumenten op hem af te vuren, maar ze slikte haar woorden in toen ze hem met zijn hoofd in zijn handen zag zitten. Hij keek op. 'Het spijt me.' Hij klonk nog heser dan net. 'Maar ik...' Ze kende hem zo goed. En hoe groot en sterk hij ook mocht zijn, er was altijd dat deel van hem dat ze moest beschermen.

'Het spijt me.' Zijn ogen waren rood. 'Het spijt me echt.' Er lag iets hulpeloos in zijn blik. 'Ik weet ook niet waarom ik Emma niet gewoon vast kon houden. Wat bezielde me? Waarom kon ik niet normaal doen? Ik...' Hij klemde zijn handen om zijn hoofd. 'Maar ik kon het niet. Ik kon het gewoon niet. Ik... Zo'n klein poppetje staat nog zo open, is nog zo ontvankelijk voor alles in de wereld. En ik wilde ze niet doorgeven: mijn gedachten, mijn angsten. Al die pijn, al dat zwart. Ik... Ik wilde dat de eerste keer dat ik haar vast zou houden mooi zou zijn, dat mijn wezen, mijn hele wezen gevuld zou zijn met puurheid, met schoonheid, met léven.' Hij drukte zijn duim en wijsvinger tegen zijn ogen. 'Ik kan haar maar één keer voor de eerste keer vasthouden.'

Amber legde haar hand zachtjes op zijn sterke, gespierde schouder. 'Het komt wel goed,' fluisterde ze.

'Goedenavond, Susie's Escorts.'

Joël was niet écht van zijn stuk gebracht. Hij had het niet verwacht, maar had het natuurlijk best zelf kunnen bedenken.

Vanuit zijn bureaustoel zag hij Tom in zijn werkkamer zitten. Hij was een kwartier geleden naar beneden gekomen om te zeggen dat de livestream toch door zou gaan. 'Morgenochtend, elf uur. Regel jij het allemaal maar,' had hij gezegd.

Het universum geeft je niet alleen waar je om vraagt, ook waar je recht op hebt.

'Ja,' improviseerde hij. 'U spreekt met Bruijnzeel.' Het was de naam die op de zijkant van zijn pen stond.

'Hoe kan ik u helpen, meneer?'

'Ik vroeg me af of Didi vanavond beschikbaar is,' zei hij.

'Didi... Heeft u al een keer eerder met haar afgesproken?'

'Een goede vriend raadt me haar aan.'

'Dat kan ik me voorstellen. Didi is een heel leuke meid. Eens even kijken... Hoe laat had u in gedachten?'

'Uur of acht?'

'Halfnegen moet gaan lukken.'

'Da's goed.'

'Heb ik even uw adres nodig.'

Terwijl Joël zijn gegevens gaf en alle informatie over de kosten aanhoorde, zag hij door het raam waar hij schuin op uitkeek Amber Tom een knuffel geven.

Didi...

Het was toch niet te geloven wat voor schoft zijn opdrachtgever was.

'Goed meneer, dan wens ik u straks een hele fijne avond.'

Zonder terug te groeten beëindigde hij het gesprek.

Ambers telefoon piepte. Ze graaide naar haar toestel, maar tot haar teleurstelling was de binnengekomen whatsapp niet van Kirsten, maar van Kirstens buurvrouw: *Ik heb het even op de buurtapp gevraagd, maar niemand heeft Kirsten hier gezien. Weet je al iets?*

Amber klikte het berichtje weg en opende haar chat met Kirsten. Achter alle berichtjes die ze had gestuurd stonden nog steeds alleen maar grijze vinkjes. Kirsten was drie dagen geleden voor het laatst online geweest.

Haar ogen gleden over de berichtjes die zijzelf had gestuurd. Ze waren van bezorgd, naar boos, naar woedend gegaan. Ze was stom geweest, bedacht ze zich. Als Kirsten ooit weer online zou gaan en haar verwensingen zou lezen, zou ze er wel drie keer over nadenken om terug te komen.

'*Lieve Kirsten,*' typte ze in een poging recht te zetten wat ze eerder geschreven en ingesproken had. '*Ik weet niet precies wat er is gebeurd natuurlijk, maar alles lijkt er nu op dat jij je hebt bedacht en je Emma liever zelf wilt houden. Lieverd, sorry voor alle boze berichtjes, we zijn in paniek, dat begrijp je vast wel. Zou je me alsjeblieft willen bellen? Of op z'n minst een berichtje willen sturen om te laten weten dat alles goed is met jou en Emma? Jij bent ons zo dierbaar en we houden ongelooflijk veel van Emma. Laten we samen bekijken wat de beste oplossing is: een oplossing waar we allemaal mee kunnen leven. We zijn niet boos op je. Hoe zouden we dat ooit kunnen zijn? Je hebt ons kindje gedragen. Ik weet dat jouw hart goed is en dat het waarschijnlijk de hormonen zijn die je hiertoe hebben aangezet. Het is niet erg. Het is niet erg, als je maar terugkomt. Wanneer dan ook. Neem je tijd, maar weet dat we op Emma wachten. Met liefde, Amber.'*

Ze las haar bericht terug en veranderde alle ik'jes in wij's. Onder het bericht zette ze zowel Toms naam als die van haar. Ze las het geheel nog een keer terug en drukte toen op *send.*

Daarna belde ze Kirstens ouders. Het was inmiddels vierentwintig uur nadat zij hun dochter als vermist hadden opgegeven. Ook zij hadden nog niets van Kirsten gehoord en ook voor hen wilde de politie niets doen.

Kirsten kreeg nog vierentwintig uur. Daarna zou heel Nederland haar en Emma gaan zoeken.

Judith Overdevest.

Met een opgewonden gevoel drukte Tara op *enter.* De hits die Google tevoorschijn toverde waren echter teleurstellend. Op het eerste gezicht waren er geen vrouwen die zo heetten, of in ieder geval niet als meisjesnaam.

Ze klikte op 'afbeeldingen' en scrolde door de resultaten. Een uiteenlopende selectie gezichten keek haar aan, maar de Judith van Morozov zat er niet tussen.

Misschien had Amber zich vergist en heette Judith voorheen net iets anders? Tara probeerde verschillende spellingen van Judiths naam en allerlei achternamen die leken op Overdevest. Maar ook dat leverde frustrerend weinig op. Ook niet wanneer ze de naam Morozov erbij typte.

Na vijftig minuten moest ze wel inzien dat haar speurtocht geen nut had. Met deze naam zou ze op het net niet verder komen. Ze moest een omweg nemen. Weer.

Kwaad stond ze op en keek naar het raam van Amber en Toms slaapkamer. Nu pas, nu ze wel een pauze móést nemen van haar werk, had ze ruimte om te voelen wat er net was gebeurd; terwijl Amber haar steun nodig had gehad, had zij zitten pushen op informatie over Morozov. Haar zus zat er op een verschrikkelijke manier doorheen en het enige waar zij aan kon denken was haar artikel. Aan zichzelf.

Uit automatisme legde ze haar handen op haar buik. 'Je kunt de leegte daar niet opvullen met je werk, Tara,' had John in een van hun laatste ruzies gezegd. 'Want het lijkt wel veilig, vluchten in andermans verhalen, maar vroeg of laat zul je je eigen verhaal aan moeten gaan.'

Welk verhaal? Er was geen verhaal en er zou nooit een verhaal komen.

'Op een dag ben je niet alleen mij, maar iedereen kwijt. Wil je dat? Alleen zijn?'

Ze snoof diep in en greep haar sigaretten. Ze was alleen. Iedereen was in wezen alleen. Grote zussen verhuisden naar Amerika voor hun stages, echtgenoten verlieten je voor vrouwen die wel vruchtbaar waren.

Maar toch kon ze het verdriet dat Amber voelde niet van zich afschudden. Het schuldgevoel dat ze bij John ook zo vaak gevoeld had, het gevoel dat ze tekortschoot, niet goed genoeg was, drong zich aan haar op.

Ze trok haar sneakers aan en liep de tuin in. Als Amber niet voor zichzelf zorgde, dan moest zij dat doen. Alsnog.

Brandon stond zijn handen te wassen toen hij het gebrul van een motor hoorde. Hij keek achterom en herkende Huis meteen. Hij droeg een motorpak met een doodskopembleem op de borst. Op zijn rug was die afbeelding groot uitgewerkt.

Huis klapte het donkere vizier van zijn helm omhoog en keek Brandon strak aan. Fuck.

'Heer.' Brandons baas liep nietsvermoedend op hem af. 'Hoe kan ik u helpen?'

Huis stapte soepel van zijn motor af en wees op Brandon. 'Ik kom voor hem.'

'Voor Brandon? Heeft hij u eerder geholpen? Ik kan me niet herinneren dat...'

Voordat Brandons baas uitgesproken was, liep Huis de garage al binnen.

'Heer, het is niet de bedoeling dat u...'

Hij gaat me niets doen. Veel te veel getuigen.

'Gast.' Huis kwam net te dicht op Brandon staan en greep hem keihard in zijn nek, zogenaamd vriendschappelijk, maar het deed zoveel pijn dat Brandon moeite had rechtop te blijven staan. 'Vertel eens, hoe staat het ermee?'

Brandons baas kwam erbij staan. 'Ik zei dat...'

'Niets aan de hand,' onderbrak Huis hem. 'Brandon en ik zijn oude vrienden. Toch?'

Wat kon Brandon anders doen dan knikken?

'Dus, hoe staat het ermee?'

'Het kan altijd beter, hè.' *Kan die klootzak me niet loslaten?*

'Dat meen je toch niet? En ik had nog zo gehoopt dat je inmiddels al je zaakjes op een rij zou hebben.'

'Heer.' Brandons baas klikte zijn mobiel uit de houder aan zijn broeksriem. Wat ging hij doen? De politie bellen? 'Als u niet komt voor onderhoud aan uw motor, dan wil ik u vragen...'

'Hier.' Huis wierp Brandons baas zijn motorsleuteltje toe. 'De koplamp doet het niet.'

'Het is zes uur. We gaan dicht. Het wordt morgen pas.'

'Morgen...' Huis keek Brandon agressief aan. 'Moet ik morgen terugkomen?'

'Volgende week zou beter uitkomen.'

Huis begon hartelijk te lachen. 'Hoor je dat?' Met zijn gehandschoende hand wees hij op Brandon. 'Volgende week.' Hij pakte zijn sleuteltje terug en greep Brandon nog een keer hardhandig beet. 'Hoeveel boetes denk je dat ik met een kapot licht in een week ga krijgen, pik? Ga jij die boetes betalen? Hé.' Hij gaf Brandon een kleine tik in zijn gezicht. 'Ik vroeg je iets. Of jij die boetes gaat betalen.'

Brandon schudde zich los. '*I guess.*'

'Kijk, zo mag ik het horen. Volgende week, *Bran*.' Huis liet hem los en liep nonchalant de garage uit. Hij gooide zijn been zwierig over zijn motor en stak zijn sleuteltje in het contact. Ogenblikkelijk ging zijn koplamp aan.

Hij lachte nog een keer voordat hij zijn vizier naar beneden klapte en reed toen zo hard weg dat hij een spoor op de straattegels achterliet.

'Wie was dat?'

'Niemand,' zei Brandon.

'Heb je problemen?'

'Niets wat jou aangaat, Lou.'

Amber was vroeg naar bed gegaan. Ze was licht in haar hoofd geworden toen ze 's middags iets te snel van de bank was opgestaan en was het daarna met Tara eens geweest dat ze beter voor zichzelf moest zorgen. Niemand had er iets aan als Emma straks gevonden werd en zij niet eens meer in staat was om normaal te functioneren.

Tara had haar een bord spaghetti bolognese voorgezet. 'Het maakt me niet uit hoe vegan jullie zijn, je hebt vlees nodig.

Kracht,' had ze gezegd. 'En ik heb drie sterren biologisch rundergehakt gebruikt, dus niet zeuren.'

Het eten had Amber moeite gekost, al na een paar happen was haar maag gaan protesteren, maar ze had doorgezet, want haar zusje had gelijk: ze moest íéts te verbranden hebben.

Ze trok het dekbed dichter om zich heen, warmde haar voeten aan de kruik die ze met heet water had gevuld en vroeg zich af waarom Tara en Tom het toch zo slecht met elkaar konden vinden.

Koud en hard, had haar zusje hem genoemd.

Niemand, helemaal niemand, vond Tom ooit koud en hard. Juist het tegenovergestelde was waar.

Die eerste keer dat zij hem zelf in zijn ogen had gekeken, had ze ogenblikkelijk geweten wat een goed en bijzonder mens hij was: iemand die echt iets betekende voor de wereld. Ze was zelfs zo onder de indruk geweest dat ze hem tegenover haar vriendinnen had omschreven als 'een brenger van hoop, liefde en geluk'. Daar was ze ogenblikkelijk mee opgehouden toen een van hen droog had opgemerkt 'je hebt dus een relatie met Jezus', want ze wilde niet pathetisch overkomen. Maar ondertussen was dat wel wie Tom in zijn kern was.

Hij was een heel mooie man. Zowel vanbuiten als vanbinnen. Nog steeds.

Amber was met een vriendin geweest op de dag dat ze Tom ontmoette. Ze was net zesentwintig geworden, werkte als officemanager en had een relatie met een IT'er die even knap als saai was.

Haar leven was goed en voorspelbaar geweest: 's avonds voor de tv, 's weekends naar zijn ouders of stappen met vriendinnen, sparen voor de bruiloft, af en toe ruzie over wie wat wel of niet deed in het huishouden, om de vrijdag pizza-en-spelletjes-avond met hun vaste vriendengroep. Niets mis mee.

Behalve dan dat als ze naar haar werk reed en ze het bord KOPENHAGEN 781 KM zag, ze weleens dacht: *Ik zou ook door kunnen rijden.* Of dat ze op grijze dagen waarop de regen tegen haar voorruit tikte en ze weer een dag tegemoet ging die er precies zo uitzag als de dag ervoor en die er precies zo uit zou zien als die van morgen, de gedachte opdook: *Er is maar een klein rukje aan mijn stuur voor nodig om in het ziekenhuis te belanden. Als ik zou willen, zou ik een break kunnen nemen van dit leven.*

Maar ze was gelukkig. Ja, dat vond ze.

En toen ontmoette ze Tom.

Haar vriendin – het prototype treurige happy single – droomde er al tijden van om voor zichzelf te beginnen. Zij had een aankondiging gezien van een lezing van Tom Kuijper en vroeg Amber mee. 'Toe Am,' had ze smekend gezegd. 'Het wordt hartstikke interessant. Die man heeft net een boek geschreven en hij schijnt echt dé nieuwe goeroe van Nederland te worden. O, en hij is lekker.'

Het Van der Valkhotel waar de lezing werd gehouden had vol gestaan met mensen. Vanaf lichtblauwe banners lachte het gezicht van Tom haar toe. MIND YOUR LIFE stond er boven hem geschreven. En daaronder: JOUW ECHTE LEVEN BEGINT VANDAAG. In de zaal waar de lezing werd gegeven was het zo druk dat sommige mensen moesten staan.

Toen Tom werd aangekondigd keek Ambers vriendin haar opgetogen aan. 'O, wat leuk dat we dit doen!' Amber had geknikt, maar had ondertussen eigenlijk naar huis gewild. Ze zat midden in een boek dat erom smeekte uitgelezen te worden. Totdat Tom het podium op liep. Hij was jonger dan op de banners. Vrolijker, minder serieus. Knapper.

Midden op het podium bleef hij staan. Hij vouwde zijn handen tegen elkaar en sprak door zijn headset met een prachtige stem de groet 'namasté' uit. Vanaf dat moment had de zaal aan zijn lippen gehangen.

Amber had nog nooit iemand met zo'n groot charisma gezien. Als een magneet trok hij de aandacht van het publiek naar zich toe. Er was geen ontkomen aan. Je móést naar hem kijken, naar hem luisteren. Hij stond daar zo krachtig, zo zelfverzekerd.

'Kijk eens naast je.' Zo was hij begonnen. 'Kijk eens naar de persoon die naast je zit. En naar de persoon aan je andere kant. Degene voor je. Achter je...

Wat wij allemaal met elkaar gemeen hebben – jij, ik, de zakenman, schoonmaakster, elk kind, elke man, elke vrouw – is dat we allemaal geboren zijn én allemaal doodgaan. Een vast gegeven. Niets aan te veranderen.

We worden gemiddeld een jaar of tachtig en in die tijd leven we allemaal – jij, ik, de zakenman, íédereen – totaal verschillende levens. De variabelen. Ieder van ons richt zijn of haar leven in naar zijn eigen wensen, gewoonten, verwachtingen en dromen. De een doet dat bewust, de ander onbewust, maar hoe we het ook doen: ieder van ons leeft. Ieder van ons leeft anders. En niemand van ons overziet het geheel.

Tachtig jaar... Die periode is natuurlijk ook niet te overzien. Eén jaar is al niet te overzien. We denken in dagen, weken, een paar maanden misschien. En dus wil ik met jou die tachtig jaar opbreken in stukjes die wél behapbaar zijn.

Stel dat jij, net als ik, vijfenveertig bent. Dan heb je nog vijfendertig jaar over als je uitgaat van die gemiddelde levensverwachting van tachtig jaar. Dat zijn 12.740 dagen. Dat zijn 1820 weken. En dat zijn 420 maanden.

Maar 420 maanden.

Laat het even goed tot je doordringen: je hebt nog maar 420 maanden, misschien iets meer, misschien iets minder, tot het moment dat je niets meer kunt veranderen in je leven, je sterft en "dit het dus was".'

Amber had een knoop in haar maag gekregen. Ze had zichzelf herkend in zijn woorden. Terwijl ze een kwartier daarvoor nog gelukkig was geweest, realiseerde ze zich opeens dat er méér was.

'Ik weet niet hoe het met jou zit, maar toen ik deze rekensom maakte, dacht ik: verdorie, dat is een verrekt telbaar aantal, en ook: dat zijn helemaal niet zoveel maanden als ik dacht. Het is een aantal waarvan je je kunt voorstellen dat het op een dag op is.

Als je wilt leven, moet het NU. De luxe om verandering uit te stellen kunnen we ons niet permitteren. Of nou ja, het kan natuurlijk wel, hele volksstammen doen het, die zetten gewoon de ene stap na de andere zonder daarover na te denken – hoe je ook leeft, we komen allemaal vanzelf bij de eindstreep – maar de vraag is of je dat wilt van het leven. Als je inziet hoe kostbaar het is, hoe ongelooflijk kort en eindig, zeg jij waarschijnlijk "nee".

Dus: leef jij, of lééf jij?

Neem afgelopen maand. Wat heb jij toen gedaan? Ik bedoel het serieus. Sluit je ogen en denk terug aan vorige maand. Wat heb je allemaal gedaan? Weet je het nog?

Ja, natuurlijk weet je het nog. Afgelopen maand ligt nog vers in je geheugen. Maar nu deze vraag: wat heb jij de maand daarvoor gedaan? En de maand dáárvoor? Op hoeveel dagen lééfde je – maakte je *life-changing* keuzes, werd je overspoeld door geluk, voelde je tot in het diepst van je wezen de sensatie van de liefde en de smaak van succes – en op hoeveel dagen leefde je – draaide je je routine af, zat je vast in het patroon waar je al jaren niet blij mee bent, keek je naar buiten terwijl je dacht: had ik maar uitdagender werk, een leukere partner, een betere band met mijn kind, een mooier huis en deed je eigenlijk niets anders dan ouder worden?

Hoeveel dagen, weken of maanden heb jij daadwerkelijk gelééfd? Is jouw antwoord "weinig", dan heb ik goed nieuws voor je. Je hebt nog genoeg tijd voor je liggen om je leven te veranderen. Tot je laatste ademtocht kun je elk moment het roer omgooien en de regie over je leven pakken.

En is jouw antwoord "veel", dan feliciteer ik je. Maar jij zit hier niet voor niets. Ik ga je laten zien hoe je nóg meer uit de rest van je leven haalt.

Stel je voor dat je op Schiphol bent. In je hand heb je een ticket, naast je loopt je grote liefde. Je ziet eruit hoe je wilt, je hebt genoeg geld om uit te geven en binnen in je voel je een diepe vrede. Je stapt op een van die loopbanden die je naar de gate brengen en op het eind hoor je de waarschuwing "*mind your step*".

Die waarschuwing wil ik dat je telkens in je hoofd hoort. Alleen verander ik hem in "*mind your live*". Pas op: jouw leven is eindig. Je hebt maar één kans om het te leven.

Eén kans.

Wat ga jij daarmee doen?

JIJ bepaalt wat er in JOUW leven gebeurt. JIJ bepaalt of je leeft, of LÉÉFT. Niet ik, niet de zakenman, de schoonmaakster, je kind of je man, je vrouw, of degene die nu naast je zit. Nee: JIJ. En jij alleen.

Mind your life.'

'O, kijk, daar is-ie,' had haar vriendin op de naborrel gezegd. 'Kom.' Ze had Ambers hand vastgepakt en was op Tom afgesneld. Anderen waren haar echter voor geweest. Ze hadden moeten wachten. Maar Ambers vriendin had geduld.

Toen ze Tom eindelijk te pakken had, begon ze meteen te vertellen hoezeer ze onder de indruk was geweest van zijn verhaal. Ze was begonnen te wauwelen over haar businessplan, had gevraagd naar de mogelijkheden van coaching en had ook nog een selfie met hem gewild.

Tom had al haar vragen rustig beantwoord. In de zee van opgewonden mensen was hij een rots. Zo kalm, zo zelfbewust. Hij had Amber recht in haar ogen gekeken. Hij was twintig jaar ouder dan zij, maar de blik die hij haar gaf deed haar meer leven dan ooit iemand eerder had gedaan. Ze voelde zijn blik in haar tenen, begon te blozen. Wat was dit? Wat deed hij met haar?

'Heb jij ook een visitekaartje bij je...'

'Amber,' vulde ze aan.

'Amber.' Het was de manier waarop hij haar naam uitsprak. Opeens was het niet alleen maar haar naam, hij gaf het de kleur van de steen. Diepbruin, oranje. Warm. Edel.

Bij het afscheid had hij haar hand met allebei zijn warme handen vastgehouden. Hij had haar aangekeken en ze was meteen gaan blozen. Eén brok niet aan te ontkomen charme.

'Hier heb je mijn kaartje,' had hij gezegd. 'Als ik ooit iets voor je kan betekenen.'

Het had nog een week geduurd voordat zij hem een e-mail had gestuurd. Dat ze nog steeds onder de indruk was geweest van zijn lezing. Ze had binnen een uur een bericht teruggekregen. Dat hij heel blij was om dat te horen en hij zich haar goed herinnerde. Hij nodigde haar uit voor een nadere kennismaking. Hij kon haar dan alles vertellen over de Mindset Academy.

Een maand later maakte Amber het uit met haar vriendje. Een jaar later was ze mevrouw Amber Kuijper. Ze voelde zich verheven.

Didi – als dat tenminste haar echte naam was – was vroeg. Al om tien voor halfnegen belde ze bij Joël aan. Hij deed open in zijn kamerjas – *het voordeel van een hoer is dat je haar niet hoeft te versieren, toch?*

'Goedenavond.' Ze rook naar zoete, goedkope parfum, knoopte haar trenchcoat open en gaf die aan Joël. 'Wat fijn dat ik vanavond mocht komen.'

'Fijn dat je kon.' Joël hing Didi's jas aan de kapstok en liet zijn blik over haar signaalrode jurkje glijden. Ze was te mollig naar zijn zin, maar had in ieder geval een zandloperfiguur. Goede tieten, romige heupen.

'Wauw.' Op haar hoge hakken tippelde ze naar de glazen pui om het uitzicht te bekijken. Overal lichtjes, vliegtuigen gleden als vuurvliegjes door de lucht, de boten die over het IJ voeren waren deinende lampen op het water. 'Wat een uitzicht!'

Joël dronk met een ferme teug zijn glas cognac leeg. Hij had alcohol nodig voor dit bezoek. 'Wat drink jij?'

'Heb je iets van bubbels?' Didi gaf hem een knipoog. 'Een wijntje is anders ook goed.'

Hij knikte en haalde de fles supermarktwijn die hij op zijn weg terug naar huis gekocht had uit de koelkast. Zelf schonk hij zijn glas nog eens vol.

'Lekker.' Ze hupte op het keukeneiland en sloeg haar benen over elkaar. Haar zwarte panty glom in de spotjes die hij – godzijdank – gedimd had. Ze had roodgelakte gelnagels. 'Met extra ijsklontjes graag.'

Zie je wel, hij had het geweten. Zo'n hoertje was echte wijn niet waard.

'Zo,' zei ze toen ze de ijsklontjes door haar glas liet tinkelen. 'Dus jij kon vanavond wel wat gezelschap gebruiken?'

'Ik ben niet zo het type van smalltalk.'

'O.' Didi giechelde. 'Nou, in dat geval.' Ze liet zich van het werkblad glijden en kwam dicht op Joël staan. Ze bracht haar mond dicht bij de zijne en keek hem uitdagend aan. Zonder zijn blik los te laten knoopte ze de sjerp die om zijn middel zat los en liet ze haar hand over zijn borst glijden. 'Vertel me eens, waar hou je van? Ik ben hier om jou eens lekker te verwennen.'

Hij legde zijn handen rustig op haar schouders en duwde haar naar beneden. Hij had zich na de beurt die hij Amber vanmorgen had gegeven niet meer gewassen, maar ze deed het er maar mee.

Het enige licht dat Tom had aangedaan was zijn bureaulamp. Uit de Sonos kwam Chopin. Hij probeerde iets te doen qua werk, maar kon zich niet concentreren. Er waren te veel emoties geweest de afgelopen dagen en hij bleef het allemaal maar voor zich zien. Al die details. Al die stemmen.

Hij schudde zijn hoofd, alsof hij daarmee zijn herinneringen van zich af kon schudden. Het had geen nut.

Hij vouwde zijn handen in elkaar en probeerde de woorden die hij zo vaak op conferenties had uitgesproken te doorvoelen. *Elk moment kunnen we onszelf opnieuw definiëren. Geluk en tevredenheid staan altijd tot onze beschikking, ook in moeilijke tijden.* Maar zijn eigen filosofie kwam hem opeens onhaalbaar voor. Hij kon zijn herinneringen niet vergeten. En zijn jeugd bleef zijn fundament. Hij was een bunker op verrotte palen.

Zijn mobiel piepte. Het was een bericht van Alec. *Hoe gaat het daar?*

De flikker.

Kort en zakelijk typte hij terug dat ze morgen een live oproep zouden doen. Zodra hij op *send* had gedrukt, belde Alec hem op. Hoe kon het ook anders.

Kwaad zette Tom het geluid uit en schoof hij zijn mobiel aan de kant. Kon niemand hem ook maar vijf tellen met rust laten? Ja, hij wist het, wat Alec wilde zeggen. Maar hij wilde het gewoon niet horen.

Hij zou willen dat hij in Ambers armen kon vluchten. Dat hij tegen haar aan kon liggen, haar aan het lachen kon maken, haar kon troosten, met haar kon neuken. Maar zij lag al oververmoeid in bed, huilend waarschijnlijk. Al zou zij het willen, hij zou 'm bij haar op dit moment niet eens overeind kunnen krijgen. *Wat een puinhoop.*

In zijn ooghoek lichtte zijn telefoon op. Hij wilde het bericht niet lezen, maar zijn blik gleed als vanzelf naar het schermpje toe. Weer Alec. *Waar ben je GVD mee bezig?*

Nog een berichtje van hem. *Niet doen, die oproep.*

Tom pakte zijn telefoon en opende zijn contactenlijst. Hij selecteerde het nummer dat nog maar zo kort in zijn mobiel stond en opende Whatsapp. *Hoe is het?* typte hij. Een vrouw zonder geschiedenis, die hem alleen maar zag als Tom Kuijper, de goeroe.

Hij wachtte op antwoord, maar het enige wat kwam was nog een *ik meen het, niet doen,* van zijn 'beste vriend'.

Nadat Joël klaargekomen was hoopte hij dat Didi zo snel mogelijk zou vertrekken. 'Ik moet nog even naar de wc,' zei zij echter.

Nou, vooruit dan maar. 'Naast de voordeur. Kun je de slaapkamerdeur achter je dichtdoen?' Ze irriteerde hem mateloos en daarbij werd hij te oud voor deze gekkigheid. Zijn lul deed pijn.

Hij was verdorie geen twintig meer!

Met zijn ogen dicht visualiseerde hij hoe de livestream morgen zou gaan verlopen. Het ging een succes worden, dat voelde hij. Emma zou worden gevonden, Amber zou hem eeuwig dankbaar zijn en als bonus zou zijn aandeel in de Mindset Academy *skyhigh* gaan. Dit was de best mogelijke free publicity.

Hij had alles tot in de puntjes geregeld. Het enige wat hij niet moest vergeten was om morgenochtend, voordat hij naar Amber en Tom reed, naar de bloemist te gaan. Een mooi boeket zou het plaatje afmaken. Witte bloemen, om de onschuld van Amber en Tom te onderstrepen. Misschien lelies: het symbool van vrouwelijkheid, zuiverheid en liefde?

Door zijn slaapkamerdeur heen hoorde hij Didi een deur opendoen. Meteen daarna begon ze te gillen.

Kak.

Met twee tellen stond hij naast zijn bed. Bloot stapte hij de woonkamer binnen, waar Didi haastig haar kleren stond aan te trekken. De zwarte deur van de kamer naast de slaapkamer stond open.

Hij keek er naar, en richtte zijn blik daarna terug op het hoertje. *Hoe dom kun je zijn? Je trekt een witte deur achter je dicht en opent daarna een zwarte?*

'Wat is dat?' vroeg Didi met afgrijzen op haar gezicht, wijzend op de kamer.

'Dat is niets. Hé, kom eens hier.' Hij liep op haar af, maar zij deinsde naar achteren.

'Niet doen.'

'We hebben het toch gezellig gehad.'

'Ik ga,' zei ze. Met een blik vol minachting keek ze hem aan. 'Ik vind jou een beetje een enge man.'

'Ik vind jou een beetje een dikke vrouw, maar dat zeg ik toch ook niet.'

Didi griste haar tas van de bank en drukte haar jas tegen haar borst aan. Voor Joël het goed en wel doorhad was ze zijn appartement uit gevlucht.

Hij liep naar de kamer, krabde aan zijn kruis en wierp een tevreden blik op het zoete tafereel: de foto's van de babykamer uitgeprint aan de muur, het tafeltje waar een brandend waxinelichtje op stond, zijn thuis-Amber op de Egg Chair, gekleed in de mooie lingerie die hij met zoveel zorg en liefde voor haar had uitgekozen.

Een enge man. Wat een kind!

Hij liep naar binnen, pakte Amber op en tilde haar naar zijn bed. Terug waar ze hoorde. Hij sloeg zijn arm om haar heen en knipte het licht uit. 'Welterusten, lieverd. Morgen gaan we jouw kindje terug zien te vinden.'

WAT ONS OVERKOMT IN HET LEVEN
HEBBEN WE NIET IN DE HAND.
HOE WE EROP REAGEREN WEL

Mindset Academy Live was een vast onderdeel van de marketingstrategie van de Academy. Elke week logden op zondagochtend, elf uur stipt, zo'n driehonderd mensen in op het kanaal. Om toegang te krijgen hoefde je alleen je e-mailadres maar achter te laten.

Het format was simpel: de deelnemers stelden hun vragen via de chat en Tom, met Amber naast zich, beantwoordde er in dertig minuten zoveel als mogelijk was.

Alhoewel zestig procent van de kijkers wegklikte zodra Tom overschakelde op het aanprijzen van het coachingsprogramma, waren er na afloop altijd meer dan genoeg mensen zo enthousiast dat ze een abonnement op het onlineprogramma kochten of zich direct al inschreven voor een van de workshops of – dat waar de Academy echt op draaide – personal coaching.

De rest kwam automatisch op de inspiratie-mailinglist terecht en daarvan schreef dertig procent zich na verloop van tijd toch nog in voor een van de trainingen. Het was dé manier om business te genereren.

Voor de opnamen was er in de werkvleugel van de villa speciaal een hoek ingericht. Daar hing boven de designbank een originele Louis Poulsen. De muur was met Eijffinger behangen en in het verfijnde Iittala-vaasje stond een enkel lelieblad. Het was de ideale mix tussen warm en zakelijk, huiselijkheid en succes.

Deze speciale oproep viel op een donderdag, geen ideale dag, maar Joëls persbericht was inmiddels door zoveel media verspreid dat hij zeker wist dat de sessie vol zou zitten. De vijftien minuten beeld die ze gingen maken zou uiteindelijk door miljoenen mensen bekeken worden, zowel nationaal als internationaal, en dus wilde Joël de opname liever vanuit het woongedeelte van de villa doen dan vanuit de ingerichte hoek. Het moest zo authentiek mogelijk zijn. Dichtbij. Vol gevoel.

Hij nam ruim de tijd om de huiskamer te stylen. Hij stofzuigde de bank, schikte het prachtige boeket met lelies, leeuwenbekjes, vergeet-me-nietjes en gladiolen, stak waxinelichtjes en sfeerlampjes aan en verving het naakt dat boven de bank hing door een abstract werk van de bovenverdieping.

Goedkeurend controleerde hij uiteindelijk het beeld op zijn camera. De box met tissues stond net buiten beeld, net als de twee glazen gefilterd water. Op geen enkele manier mocht het verdriet van Amber en Tom geëtaleerd lijken. Het kwam aan op details. *Alles in het leven komt neer op details.*

'Klaar?' Tien minuten voor tijd liep Tom de woonkamer in. Hij droeg een polo op een nette broek, plofte neer op de bank, gooide een van de azuurblauwe kussentjes – een subtiel accent in alle grijstinten – aan de kant en richtte zijn aandacht, zonder Joëls antwoord af te wachten, op zijn telefoon.

'Fijn.' Joël glimlachte vals.

Tom staakte zijn getyp een moment om dommig op te kijken.

'Dat je precies hebt aangetrokken wat er in mijn briefing

stond,' vulde Joël aan. 'Heel toegankelijk, zo.' *De goeroe die met zijn beide benen op de grond is blijven staan.*

Tom richtte zonder iets te zeggen zijn aandacht weer op zijn iPhone, met een blik die zei: je bent slechts personeel, niet meer, niet minder.

Denk jij dat maar, mister goeroe, maar wie is hier nu werkelijk de marionet?

Ambers entree was honderd procent anders. Hij rook haar parfum eerder dan hij haar zag en ondanks haar verdriet voelde het alsof de woonkamer door haar binnenkomst oplichtte. 'Is dit goed zo, Joël?' Ze droeg een prachtige, zandkleurige jurk, had haar make-up subtiel gehouden en droeg haar haren los. Ook exact volgens de briefing.

'Perfect,' zei Tom, die zijn telefoon aan de kant legde.

'Wacht.' Joël stond op, liep op Amber af en plukte behoedzaam een lange haar van haar mouw af. Hij stond zo dicht op haar dat hij haar lichaamswarmte kon voelen en hij haar lichaamsgeur door haar Dior-parfum kon ruiken. De stof die onder zijn vingertoppen door gleed vulde hem met een genot dat hij tot in zijn tenen voelde. 'Kijk, een haar,' zei hij.

'O, bedankt.' Amber lachte.

Ook dat voelde hij in zijn hele lijf. Terwijl zijn hartslag versnelde legde hij zijn handen op haar bovenarmen en keek hij haar recht in haar prachtige ogen. 'Ik ga voor jullie zorgen,' zei hij, ieder woord oprecht uitgesproken. 'Het komt allemaal goed.'

In Ambers ogen zag hij dat zij zag dat hij het meende. Er school dankbaarheid in, een hunkering, ze wílde gered worden.

Had hij het goed gezien? Werden de haarscheurtjes in Toms en Ambers relatie groter? Kon het moment waar hij al die maanden al op zat te wachten binnen afzienbare tijd aanbreken?

De val van Tom Kuijper, the rise of Joël van Santbergen.

Terwijl Amber ongemakkelijk naast Tom ging zitten, stak Joël haar haar nonchalant in zijn zak.

Ze zat op het puntje van de bank, alsof ze elk moment kon opstaan en weghollen.

'Gaat het?' vroeg hij.

Ze keek hem aan met een bleek gezichtje en knikte.

'Zo,' zei Tom, hij wierp nog een blik op zijn mobiel en wreef daarna in zijn handen – het leek haast wel alsof hij zin had in de opname –, dit moest Amber toch ook zien? 'Ik ben er klaar voor. *Let's get this show on the road.*'

Wat ben je aan het doen?

Vera lag nog in bed en staarde met grote ogen naar het berichtje dat Tom Kuijper haar een tel geleden gestuurd had.

Dit was geen foutje meer, dit was écht een flirt.

Toch?

Gisteravond, iets voor twaalven, had Tom haar al een whatsappje gestuurd met de vraag hoe het met haar ging. Tom Kuijper. Dé Tom Kuijper. Dé Tom Kuijper die heel Nederland kende. Ze had er de hele nacht van wakker gelegen, want had hij zijn vraag serieus bedoeld, of nam hij haar in de maling?

Maar nu stuurde hij dit er dus achteraan.

God, natuurlijk is dit geen flirt. We hebben het over dé Tom Kuijper. Hij verwart mijn nummer met dat van iemand anders. Die man is hartstikke getrouwd en al was hij dat niet: hij kan alle vrouwen krijgen die hij wil. Die gaat echt niet jagen op iemand zoals ik. Die zoekt alleen maar contact omdat ik Kirsties beste vriendin was. Ze schudde haar hoofd. *Bén.*

Vera nam een slok water uit het glas dat op haar nachtkastje stond en keek naar de blauwe voile die boven haar bed hing. Er lag een zilvervisje op. Ze moest stofzuigen. En haar benen ontharen. En ze moest eindelijk eens gaan afvallen.

Ook al was dit dus geen flirt.

Hij is natuurlijk dag en nacht bezig met de verdwijning van Kirst. Hij is al het besef van tijd kwijt en staat er niet bij stil dat het flirterig kan overkomen om een vrouw zulke berichtjes te sturen.

Ze sloeg het dekbed met rozenprint van zich af en gaf het zilvervisje een zetje. Het beest viel in een boogje op de grond en schoot, nog voordat ze de kans kreeg hem te doden, onder het bed.

Op de wc las Vera Toms berichtje nog een keer.

Hij wil gewoon weten of ik iets van Kirstie heb gehoord. Dat bedoelt hij met 'hoe is het?'. En hij wil weten of ik aan het zoeken ben. Vandaar 'wat ben je aan het doen?'.

Haar benen vormden een zee van blanke huid. Met gemak pasten allebei de benen van skinny Amber in één van haar.

Die man houdt van mager. En daarbij, ik zou zijn dochter kunnen zijn.

Ze haalde diep adem en typte een zakelijk berichtje terug. Ze moest zich niet aanstellen en zich vooral niets in het hoofd halen. *Niets, eigenlijk. Ik lag nog in bed.*

Pas na twintig minuten volgde een antwoord.

Lekker hoor.

De basisschool van Duivendrecht was een modern gebouw dat werd geflankeerd door hoge flatgebouwen. Het rook er naar gymspullen en lunchtrommeltjes. Tara spiekte tussen de knutselwerkjes die voor de ramen hingen naar de kinderen die ofwel aandachtig naar het digibord keken of afgeleid op hun stoeltjes zaten te wippen.

Kinderen veranderen nooit, dacht ze. Je kunt ze in nog zo'n nieuwe school stoppen, de sociale structuur blijft. Kom je in oude kleren naar school, zonder lunch, zonder je gewassen te hebben, dan word je nog steeds gepest.

Het waren geen fraaie herinneringen die ze aan haar eigen schooltijd had.

'Kan ik u helpen?' Een getinte vrouw bleef voor haar staan en keek haar vragend aan.

'Ik hoop het,' lachte Tara. 'Ik ben op zoek naar de conciërge.'

'Dat ben ik.'

Een moment was Tara van haar à propos. Bij een conciërge had ze een belegen oude man voorgesteld, een chagrijn die geen idee had van wat er in een kinderhoofdje omging, hoe moeilijk het was om telkens op een nieuwe school te moeten beginnen. De vrouw die voor haar stond zag er echter vrolijk uit, ze had de vijfendertig nog niet aangetikt.

'Ik ben journalist,' legde Tara uit. 'Voor het artikel waar ik aan werk probeer ik meer informatie te krijgen over een van jullie oud-leerlingen: Judith Overdevest.' Ze klonk zelfverzekerd, maar was dat allesbehalve. Duivendrecht had meerdere basisscholen en de naam Overdevest was niet zeker.

'Zat zij hier op de Bekema?'

'Voor zover ik weet wel,' antwoordde Tara. 'Ik zou graag praten met iemand die Judith als kind gekend heeft. Ik wil meer te weten komen over hoe zij vroeger was, voor de verdieping in mijn verhaal.'

'Van wanneer tot wanneer zat ze hier op school?'

'Een goeie vraag, die ik, toen ik hier net naar binnen liep, mezelf ook stelde. Stom genoeg heb ik haar dat niet gevraagd.' Tara hield haar mobieltje omhoog. 'Ik heb haar net geappt, maar ze heeft nog niet gereageerd. Het enige wat ik weet is dat het ergens in de jaren tachtig moet geweest zijn.'

'Ik kan u niet verder helpen,' zei de conciërge. 'Maar ik kan u wel het adres geven van een van onze oud-docenten. Zij woont hier vlakbij, hierachter in de flat. Ze is nog altijd betrokken bij onze school, als voorleesoma inmiddels.'

Tara knikte dankbaar. 'Dat zou geweldig zijn.'

'Gaat het?' vroeg Tom.

Amber knikte terwijl ze haar ogen op haar laptop gericht hield. Ze waren nog maar anderhalf uur geleden live geweest en de teller van haar inbox stond nu al op 517. Tot haar grote frustratie had ze pas zo'n honderd e-mails gescand, stuk voor stuk berichten waarin helemaal niets nuttigs stond.

De meeste mails kwamen van fans die hun medeleven betuigden – goed bedoeld natuurlijk, maar de vriendelijkheid vormde alleen maar een gigantische horde die voor vertraging zorgde –, daarnaast was er de nodige spam, mensen die informeerden naar het coachingsprogramma, een hele hoop gekken die hen uitmaakten voor alles wat slecht en lelijk was – dit was hun verdiende loon, een straf van God, dit hadden ze over zichzelf afgeroepen met hun boodschap dat geluk maakbaar was –, meerdere helderzienden, fanatiekelingen die vonden dat ze deze oproep nooit hadden mogen doen en ten slotte een heleboel mensen die tot in detail hun eigen levensverhaal mailden, omdat verdriet nu eenmaal verdriet aantrekt.

'Laat je niet gek maken, hè,' zei Tom.

Amber schudde haar hoofd. 'Ik ben gebeld door de politie,' zei ze. 'Door die Priscilla de Rooij.'

'En?'

'Ik heb niet opgenomen.'

Tom kwam achter haar staan. Zij leunde met haar hoofd tegen zijn buik en keek hem ondersteboven aan. 'Vroeg of laat moet hier toch de gouden tip bij zitten?'

Hij knikte en perste zijn lippen op elkaar. Vragend trok ze haar wenkbrauwen op.

'*De Telegraaf* heeft een foto van Kirsten gepubliceerd. En *De Wereld Draait Door* wil ons in de uitzending hebben, straks.'

Precies zoals Joël al zei.

'Ik heb natuurlijk "nee" gezegd.'

Joël heeft nee gezegd, bedoel je.

'Dank je wel.'

Tom bleef doelloos in de kamer staan.

'Wat is er, schat?'

'Niets...' Hij schudde zijn hoofd, haalde zijn schouders op. 'Gewoon...' Hij zag er onzeker uit. Als een jongetje dat weet dat hij elk moment op zijn kop kan gaan krijgen. 'Het is alleen dat Alec en Judith...'

'O.' Amber sloot haar ogen. 'Dat...'

Judiths leven staat los van dat van mij.

'Ze is vannacht bevallen. Van een zoon. Xavier.'

Jaloezie is niet meer dan je eigen onverwerkte pijn.

'Ze vragen of we eind van de middag op kraamvisite komen.'

Amber knikte. Wat wilde hij dat ze zou zeggen? Leuk?

In een poging rustig te blijven staarde Amber naar de teller in Outlook. 529 stond er inmiddels.

'Je wilt denk ik niet, hè, op kraamvisite...' Het voorzichtige in Toms stem irriteerde Amber.

'Natuurlijk wel, alleen... ik heb geen tijd.' *En hoe zou ik het kunnen, naar het geluk van Judith kijken, terwijl Emma zoek is.*

'Ik kan ook alleen gaan. Dat snappen ze heus.'

Amber knikte en rolde zichzelf op haar bureaustoel iets dichter naar het bureau. Ze wilde niet dat Tom zag dat ze huilde.

‘Hé.’ Hij deed een stap naar voren en boog zich zodat hij haar een kus in haar nek kon geven. ‘Het komt wel goed, muze. En weet je wat ik zat te denken? Ja, je wilt er natuurlijk nog niet aan op dit moment, maar toch... We hebben nog een aantal embryo’s in de vriezer. We kunnen er zo weer één laten terugplaatsen. Het enige wat we nodig hebben is een...’

Ze schudde haar hoofd zo resoluut dat Tom geschrokken ophield met praten.

‘Sorry,’ zei hij. ‘Daar... Daar ben je natuurlijk nog helemaal niet aan toe.’

Waar was die charismatische leider gebleven waar ze voor was gevallen? Wanneer had deze zwakke figuur die alleen maar onzekerheid uitstraalde en haar op de meest foute manier probeerde te troosten hem overgenomen?

‘Weet je wat,’ ging hij verder. ‘Ik neem dit even over. Ga jij lekker in bad, of een stuk hardlopen of zo. Probeer het van je af te zetten, al is het maar vijf minuten. Ik weet het, dat kan niet en dat wil je niet, maar we krijgen Emma echt niet sneller terug door hier elke seconde mee bezig te zijn.’

Ze schudde nog een keer haar hoofd. Tom moest weg. Tom moest zijn mond houden.

‘Muze, ik wil ook graag iets doen.’ Zorgzaam streelde hij haar over haar haren.

Alsof zijn handen onder stroom stonden, veerde ze op. Ze moest weg. Nu. Hoe kon Tom zo ongevoelig zijn?

In de deuropening draaide ze zich om. ‘Je zegt het meteen als je iets tegenkomt.’

‘Natuurlijk!’ Hij probeerde te lachen. ‘En sorry, het was niet handig van me.’

Ze keek hem alleen maar aan. Toen draaide ze zich om en liep de gang op.

'Heb je niet gehoord wat ik zei?' Alec Morozov was boos. Woedend. Hij keek naar zijn computerscherm waarop hij de oproep van Tom en Amber stil had gezet en beende door zijn kamers – de volledige bovenverdieping van hun huis was van hem; hij had er zijn werkkamer met het glanzende, mahoniehouten bureau en de kroonluchter daarboven en de twee lounges met luxe, antieke stoelen en brede, fluwelen banken.

Aan de muur van de lounge hing een geschilderd portret van Judith – die trouwens geen toegang tot deze verdieping had –, daartegenover had hij een foto van zijn moeder laten hangen. Zijn echte trots was echter de schildering die de volledige wand van het kantoorgedeelte van de ruimte besloeg: de Exodus, het moment dat God het volk Israël uit Egypte leidt. Mozes was knap, charismatisch en bezield geportretteerd. God, die zijn profeet en zijn volk voorging op een wolk had Alec naar zijn eigen beeltenis laten schilderen. De Rode Zee week al uiteen.

'Ik kon niet anders,' antwoordde Tom, hij klonk even laf als hij eruitzag op de *still*. 'Amber was niet op andere gedachten te brengen en...'

'Je bent je vrouw niet de baas.'

'Ik respecteer Amber.'

'Da, da,' hoonde Alec. Als hij geïrriteerd was bleef hij de voorkeur houden aan Russisch boven Nederlands.

'Ik weet wat je denkt,' zei Tom. Alec kon hem zich precies voorstellen: spartelend, onzeker, de man die hij werkelijk was in vol ornaat. 'Maar dit past bij mij. Dit, deze oproep, is waar de Mindset Academy voor staat. Dit is wie ik ben.'

'Je blijft maar vergeten wie jou gemaakt heeft, Tom.'

Tom zweeg, geïmponeerd door het volume en de dreiging die Alec in zijn stem had gelegd.

'En laat mij je één ding vertellen.' Alec opende de la van het dressoir dat in zijn ouderlijk huis had gestaan, pakte het doosje dat daar, op een paar bundeltjes eurobiljetten van vijftig, in lag en streek over de loop van het pistool dat hij daarin had opgeborgen. 'Jij hebt geen idee wat ik denk. Géén idee.'

Opnieuw zweeg Tom. Alec pakte het pistool en richtte het op Toms kop op de computer. Hij kon het niet uitstaan dat Tom juist nu er zoveel te doen was, nu hij zich hoorde te richten op zijn eigen familiegeluk, nu het tijd was voor zijn vrouw en pasgeboren kind en hij alleen maar gelukkig hoorde te zijn, domme dingen ging doen. 'Vanaf nu doe je niets, helemaal niets meer zonder dat ik het weet. Begrepen?'

'Ja.' Tom klonk weerloos. Maar het was niet genoeg voor Alec.

'Wat zeg je? Ik kan je niet horen.'

'Ja,' zei Tom nog een keer.

'Ga je me alles vertellen?'

'Ja.'

'Ja wie?'

'Ja, Alec.'

'Wat ga je me vertellen?'

'Alles.'

'Niet vergeten.' Alec klikte het telefoongesprek weg en ademde op de loop van zijn pistool omdat hij een vlekje zag zitten. Hij poetste het staal op met de stof van zijn hemd. Beneden begon Xavier te huilen. Hij legde het pistool op zijn bureau en voelde zich rustig. Dit was hun kraamtijd, voor woede was geen plek. Alles was geregeld.

Hij klikte zijn computerscherm uit en liep de trap af.

Amber lag in bad en keek naar haar lichaam dat onder het water heen en weer golfde. Ze dacht aan Judith. 'De vrouwelijkste vrouw die ik ken,' had Tom ooit een keer gezegd.

Alhoewel er geen vezel in haar lijf was die met Judith wilde ruilen, was er toch altijd die afgunst. Nee, zij mocht zelf ook niet klagen met haar figuur en persoonlijkheid, maar Judith hing in alles wat ze was en deed tegen het perfecte aan. Ze had lange benen van zichzelf, maar droeg altijd hoge hakken, haar rondingen zaten op precies de juiste plaatsen en met haar verleidelijke maniertjes en onvermoeibare charme wond ze moeiteloos elke man om haar vinger.

Er was maar één ding onaantrekkelijk aan Judith en dat was dat ze dol was op geld. Waarom was ze anders met Alec getrouwd, een onooglijke vijfentwintig jaar oudere hork, met een paar miljoen op de bank en een zakenimperium waar je u tegen zei.

Judith was een van die zeldzame vrouwen naast wie Amber zich zwak voelde.

Ze sloot haar ogen en snoof de badoliegeur diep op. Ze moest haar tijd niet verdoen met dit soort gedachten. Geërgerd duwde ze zich tegen het badkussen dat ze bij haar voeten had gelegd omhoog – de tweepersoonskuip was net te groot om er alleen in te zitten – en nam een slok van haar verse gemberthee.

Onzingedachten waren het. Moest je haar hier nu eens zien zitten in deze badkamer. Zou willekeurig wie hier een kijkje kunnen nemen, dan zou hij of zij hetzelfde denken over haar als zij over Judith. Op het smetteloze, drie meter lange werkblad stonden verse bloemen, achter de schuifpui strekte het lavendelbed dat toegang gaf tot de rozentuin zich uit, zachtgroene gordijnen hingen aan weerszijden van het glas. 'Er is een groot verschil tussen een badcél en een badkámer,' had hun architect gezegd. 'In een badcel draait het om de functionaliteiten: hoe plaats je een douche, bad, wastafel en eventueel wc zo efficiënt mogelijk in de ruimte. Een kamer, echter, richt je in, daar maak je een fijne plek van om in te verblijven: een interieur, dat toevallig gevuld is met sanitair.'

Ja, het zag er perfect uit, dit plaatje. *Maar ondertussen stelt Tom doodleuk voor om Emma te vervangen. Alsof het hier gaat om een verloren zonnebril of portemonnee.*

Amber boog haar knieën en liet zich onder water zakken.

Waar is Emma? Waar is mijn kind?

Het water omsloot haar gezicht en verwarmde haar pijnlijke ogen. Ze probeerde zo lang mogelijk onder water te blijven. Stel dat Emma nooit meer terugkwam, dat Kirsten gekke dingen had gedaan...

Als dat zo is, dan wil ik niet meer leven.

Door het water heen klonk het geluid van een binnenkomend whatsappbericht. Meteen duwde Amber zichzelf omhoog. Ze veegde het water uit haar gezicht en pakte in een vloeiende beweging door met natte handen haar mobieltje.

Ik weet waar Kirsten is.

Het was geen whatsapp van Kirsten, maar een bericht van Brandon.

Voor € 50.000 vertel ik het je.

'God, wat ben je mooi.' Judith Morozov lag in bed en streek met haar vinger over Xaviers ieniemienie neusje. Ze kon niet ophouden met kijken naar haar perfecte baby. Die kleine dichte oogjes, die lieve handjes, die ongecontroleerde bewegingen. In haar leven had ze heel wat gezien en meegemaakt, maar dat er zoveel volmaaktheid bestond, had ze niet kunnen bevroeden. Dit kleine wezentje maakte alle duistere momenten van de afgelopen achtentwintig jaar goed.

Om haar vinger prijkte een gloednieuwe ring. 'Omdat we

nu een gezin vormen,' had Alec gezegd. Hij had het niet hoeven doen, maar hij hield ervan haar te verwennen. En daarom hield ze van hem. Hij maakte haar mogelijk. En dankzij Xavier vormden ze nu voor altijd een eenheid.

Na een huwelijk kun je scheiden, maar een kind verbindt je tot de dood je scheidt.

'Ah, mooi, je bent wakker.' Alec droeg behoedzaam een dienblad met twee koppen thee en beschuiten met muisjes de slaapkamer binnen. 'Hoe voel je je?'

'Optimaal.' Een beter woord om haar gemoedstoestand te beschrijven bestond er niet. Dít was de werkelijke essentie van vrouw-zijn.

'Je ziet er ook prachtig uit.' Alec kwam naast haar liggen en gaf eerst Xavier en daarna haar een kus.

Judith liet haar hoofd tegen zijn schouder zakken. 'Vertel me eens,' fluisterde ze, terwijl ze haar vingers met die van hem verstrengelde. 'Hoe ziet Sint-Petersburg er op dit moment uit?'

'O.' Alecs zucht kwam uit de grond van zijn hart. 'Sint-Petersburg is een sprookje in deze tijd van het jaar. Je gaat het er zo mooi vinden. Al die kleuren: in de tuin van ons huis ligt nu een tapijt van esdoornbladeren, van donkerrood tot okergeel, het groen van de dennenbomen steekt erop af en de strakblauwe, majestueuze Russische hemel wordt weerspiegeld in kraakhelder water. In de ochtend hangt er nevel, waar de zon laag doorheen komt. En staat zij 's middags hoog aan de hemel, dan blinkt het meer achter ons huis zoals de koepels van de Izaäkkathedraal.'

Judiths man was een romanticus en ze luisterde zo graag naar de sprookjes die hij haar vertelde. Ze keek ernaar uit Nederland te verlaten. Er was hier immers niets wat haar bond. Ze wist nog niet wanneer, maar tussen nu en een paar jaar zouden ze zeker emigreren. Een nieuw land zou een nieuwe start betekenen: een schoon, nieuw leven, met dit kleintje dat haar niet mama, maar *mamochka* zou gaan noemen. Haar Russisch werd gelukkig steeds beter.

Onvoorstelbaar toch hoe het leven zich gekeerd had. Van triestheid naar geluk; van nooit kunnen zijn wie je bent naar een intens en volmaakt compleet leven.

Onwillekeurig gleden haar gedachten naar Amber af. Die arme vrouw. Ze had hun oproep die inmiddels viral was gegaan gezien.

Xavier gaapte en stak daarbij zijn kleine vuistjes in de hoogte. Het was zo mooi dat er tranen van geluk in haar ogen sprongen.

Ze kon dit niet makkelijker maken voor Amber, het enige wat ze kon doen was proberen om er niet aan te denken, om zich niet af te laten leiden van haar geluk. Genieten. Ja, ze moest zo veel mogelijk genieten van elke seconde samen met Xavier.

'Brandon weet waar Kirsten is.'

Tom schrok op van Ambers plotselinge entree. Haar kimono plakte aan haar natte lijf. Onder de dunne zijde tekenden haar tepels zich hard en duidelijk af. Onder normale omstandigheden zou hij de stof van haar lichaam trekken en haar neuken, de frustratie over het gesprek met Alec eruit stoten – trok hij haar ceintuur aan, dan pasten zijn handen bijna om haar wespentaille heen –, maar Amber stond stijf van de paniek. Ze keek opgejaagd, met grote ogen, haar bewegingen waren geladen met negatieve energie.

Fout op fout op fout. Ik had die opmerking over een tweede nog niet moeten maken.

'Hoor je me, Tom? Brandon weet waar ze zijn.'

'Brandon?' Tom trok zijn rechterwenkbrauw op. Hij moest tijd rekken, niet nóg meer missers maken. Zo nonchalant mogelijk klikte hij zijn whatsappjes met Vera weg. *Zolang je je normaal gedraagt, kom je overal mee weg.*

'Hier.' Amber duwde hem haar mobieltje in de hand. 'Lees zelf maar.' Ze sloeg haar armen om haar eigen middel en liep naar het raam waarachter dikke wolken zich samenpakten. 'Die jongen heeft een strafblad, Tom.' Ambers stem trilde. 'Wie weet waar hij allemaal toe in staat is.'

Zijn ogen namen het korte berichtje in zich op. Met elk woord groeide zijn woede. Brandon nam hen in de zeik. Die wist niets, had geen idee.

Maar Amber geloofde hem op zijn leugenachtige woord. Zelfs haar rug straalde pijn uit. Hij moest er voor haar zijn, haar redden.

'Vijftigduizend euro.' Hij zei het lacherig, Amber moest dit op geen enkele manier serieus gaan nemen. 'Die is gek, zeg!'

'Het is anders precies het bedrag dat we Kirsten zouden geven voor het voldragen van Emma. Hij kent de deal die wij met haar hadden.'

'Dus?' Hij moest dit in de kiem smoren. 'Kom op zeg.' Hij lachte nu breeduit. 'Je meent toch niet echt dat je dit soort chantage serieus neemt? Die jongen heeft onze oproep gezien en dacht: weet je wat, daar ga ik eens mooi een slaatje uit slaan. We zullen nog wel meer van dit soort "aanbiedingen" krijgen.' Hij haakte zijn vingers in de lucht en keek naar zijn laptop.

Amber trok haar kimono ter hoogte van haar sleutelbeenderen dichter om zich heen, waardoor haar tepels in plooien met bloemen en kraanvogels verdwenen. 'Hij weet waar Kirsten is, Tom. En Emma.'

'Mijn god.' Het kwam er feller uit dan hij bedoelde. 'Wat

ben jij af en toe naïef. Je hebt die Brandon toch zelf gezien? Hij woont nog bij zijn moeder! Die gast is een loser, Amber.' Hij zuchtte diep toen hij haar twijfel zag. 'En waar zou hij Kirsten moeten verstoppen?'

'Weet ik veel. In een hotel of zo?'

'Of op z'n kamer?' Hij schudde zijn hoofd. Amber zag er jong en kwetsbaar uit. Naakt. 'Je noemt me nooit Amber.'

Focus, Tom. Focus.

'Toe nou toch, muze.' Hij stond op en sloeg zijn armen om haar heen. 'Ik bedoel er niets mee. Ik sta ook onder spanning. Maar we doen dit samen. Samen.'

Ze liet hem haar omhelzen, maar knuffelde hem niet terug.

'Hé.' Hij deed nog een poging haar tot rede te brengen. 'Zeg nu zelf, het is wel erg toevallig dat hij nu opeens met dit berichtje komt, zo vlak na onze oproep.'

'Maar hij wist dat Kirsten bevallen was, toen we bij hem voor de deur stonden. Hij weet het, Tom, waar ze is. Waar Emma is. We moeten met hem gaan praten.'

Wat voor keuze had hij? Moest hij 'nee' zeggen? Dat zou Amber nooit pikken. Hij zat klem. Een loser die nog bij zijn moeder woonde had hem schaak gezet.

Alec hoeft hier niets van te weten.

Amber keek hem aan, half boos, half wanhopig.

'Oké dan,' gaf hij toe. 'We gaan met hem praten. Maar ik betaal hem geen cent. We laten ons niet chanteren.'

Amber knikte en legde haar hoofd tegen zijn borst. 'Tenzij hij het wel echt weet.'

Anja Bollé had een joekel van een balkon. Het was bedekt met kunstgras en opgevrolijkt met kleurrijke bloempotten en oosterse windlichten. Het uitzicht was een door bomen en planten omzoomd vijvertje. Je had het vredig kunnen noemen, ware het niet dat achter het miniparkje het verkeer over de A10 dag en nacht langsraasde.

Binnen hoorde je daar echter niets van. Het huis van Anja had zo in de tropen kunnen staan. Overal stonden bloemen, kleurrijke schalen en Aziatische houtsnijwerken. 'Mijn man kwam uit Indonesië,' legde Anja uit. 'We gingen elke vier jaar naar Java toen hij nog leefde.'

Een waxinelichtje brandde voor een foto waarop een jongere Anja naast een zieke man stond. Allebei lachten ze in de camera.

'Het is inmiddels elf jaar geleden dat hij stierf, maar het voelt als vorige week, wil je dat geloven? Misschien komt het wel doordat we geen kinderen hebben dat ik hem zo mis. Dan heb je niemand meer over.'

Tara knikte en dronk de koffie die Anja voor haar had gezet. Ze kon zich niet voorstellen dat deze oud-juf veel bezoek kreeg. Naar de reden dat zij aan het graven was in het verleden van Judith Overdevest had Anja namelijk niet gevraagd. Ze had haar binnengelaten, gezegd dat ze het gezellig vond om zomaar visite te krijgen en had beloofd dat ze haar zou helpen. Er was iemand op de koffie, dat was goed genoeg.

'Ergens in de jaren tachtig, zei je?' peinsde Anja Bollé. 'Hmm, in die tijd had Duivendrecht drie schooltjes. De A. Bekeschool, De Regenboog en De Grote Beer. Die laatste bestaat nog, maar De Regenboog niet meer. Ik zal je straks de gegevens geven van iemand die je vast kan helpen met het doorzoeken van oude leerlingenbestanden, mocht dit niets opleveren.' Ze schoof een van de panelen van haar schuifdeurkast open en een inrichting waar Marie Kondō nog een puntje aan kon zuigen kwam tevoorschijn. 'Nou, als ik haar in de klas heb gehad, moet ze in een van deze boeken staan.' Het bovenste gedeelte van de kast stond vol met fotoalbums. Op de ruggen had Anja stickertjes met de jaartallen geplakt.

'Hoe zei je ook alweer dat ze heet?'

'Judith Overdevest,' antwoordde Tara.

'Overdevest... Ja, die naam doet wel een belletje rinkelen, maar ik kan mijn vinger er niet op leggen.'

'Het kan ook lijken op Overdevest. Zo stom dat ik het niet goed heb nagevraagd.'

'Ik herinner me wel een jongetje dat zoiets van achteren heette. Geloof ik tenminste. Och hemel, hoe heet-ie nou ook alweer. Erik, of nee... Kasper? Jeroentje. Ja, Jeroentje als ik het me goed herinner... Maar pin me er niet op vast alsjeblieft. Hij kan ook anders geheten hebben.' Anja Bollé lachte goedig en keek naar de planken waar ze allebei niet bij konden. 'Wacht maar even.' Ze kwam terug met een keukentrap en zei tegen Tara dat zij het zware werk maar moest doen.

Dat was geen probleem. Tara pakte het roze album 1978. 'Als we het doen, dan maar grondig.'

Schooljuf zijn was niet alleen Anja's beroep geweest, ze had er haar identiteit aan ontleend, bleek uit de fotoalbums. De school- en privéfoto's waren dwars door elkaar heen geplakt, wat het doorzoeken van de boeken tot een tijdrovend karwei maakte. Aan elke foto zat wel een herinnering vast en Anja had de albums al jaren niet meer in handen gehad.

Door de verhalen en foto's kreeg Tara een steeds scherper beeld van het dorp waarin Judith moest zijn opgegroeid. Duivendrecht lag tegen Amsterdam aan, maar was in de jaren tachtig echt nog een dorp geweest. Er waren foto's van de aankomst van Sinterklaas, woonwijken in aanbouw, de kerk waar nog geen treinstation naast lag. De flat waarin juf Anja woonde had er wel al gestaan. Net als de flats uit de Bijlmer.

Dit moest de perfecte mix zijn geweest tussen de grootstedelijke reuring en dorpse cohesie. De hoofdstad lag op fietsafstand, maar iedereen had hier iedereen gekend.

Anja was nog in 1981 toen Tara op een foto uit 1985 de naam Jeroen Overvest tegenkwam. 'Kijk,' zei ze. Ze stond op van de vloer waar ze was gaan zitten en legde het album bij juffrouw Anja op schoot. 'Jeroen Overvest.' Ze wees op een kleuter met piekerig blond haar. Verlegen keek hij de camera in. 'Het lijkt me heel goed mogelijk dat hij familie is. Zoveel verschillen Overvest en Overdevest niet.'

'Ach ja, Jeroentje,' zei Anja liefdevol. 'Dat is 'm. Zie je wel, ik zei toch dat er een Jeroen was die zo heette... Ach, dat schaap.' Met haar wijsvinger streek ze over de foto heen. 'Een heel lief kind was dat. Heel zacht. We noemden hem hartje. Ach ja... Een erg verlegen joch, hoor. Wilde nooit buitenspelen. We maakten ons er weleens zorgen over.'

'Was hij niet sociaal?'

'Jawel, maar hij was tegelijkertijd... hoe moet ik dat zeggen? Hij plaatste zichzelf altijd buiten de groep. Vanaf de eerste dag dat hij op school kwam, eigenlijk. Alsof hij er niet bij wílde horen.'

'En Judith? Is dat zijn zus? Of een nichtje?'

'Zou kunnen.' Anja wist het niet, dat was duidelijk.

Tara keek naar de stapel fotoalbums op de grond. Ze wist dat ze daar nog doorheen moest, maar ze begon langzaam maar zeker het idee te krijgen dat dat geen zin zou hebben. Anja Bollé wist alles nog van vroeger. Had zij een Judith Overdevest in de klas gehad, dan had ze zich dat zeker herinnerd.

Ze maakte een foto van de klassenfoto en googelde daarna

Jeroen Overvest. Er waren meerdere mannen met die naam. Eerst zou ze de rest van de albums nog doorspitten en vanavond dan beginnen met het nabellen van al die heren.

Joël legde zijn ene voet over zijn andere op zijn bureaublad en krabde aan zijn kruis. '*No*,' legde hij voor de derde keer aan de slecht Engels pratende vrouw aan de telefoon uit. '*She does* not *have to have a penetratable hole.*'

De Loving Companion Company maakte geweldige *dolls*, maar snel van begrip waren de Slovenen niet. Hij wilde een babypop. Gewoon een babypop. Geen seksdoll. Maar dat leek er bij de vrouw aan de telefoon niet in te gaan.

Hij scrolde door de kleding die op de website stond. Kanten petticoats, dirndls, opengewerkte speelpakjes, sletterige hoerenhakken. Hij zou liegen als hij beweerde dat hij Amber niet graag in zoiets zou zien, maar tegelijkertijd vond hij dat hij haar moest respecteren. En dus droeg zijn thuis-Amber dezelfde kleding als de vrouw die nu in haar hemelsblauwe kimono achter het raam op de tweede verdieping naar de wolken stond te staren. Chanel, Gucci, keurige blouses en licht-sexy outfits.

'Maar u weet wel dat wij gespecialiseerd zijn in dolls voor de lol?' probeerde de dame voorzichtig.

Hij zuchtte. 'Ja-ha. Voor de duizendste keer: ja, ik weet wat ik wil!'

Het was heel simpel: op het gebied van *lifedolls* was de Loving Companion Company gewoon de beste. Hun dolls hadden een huid die niet van echt was te onderscheiden, ze gebruikten echt mensenhaar voor het hoofd en de wenkbrauwen en de dolls waren altijd op lichaamstemperatuur. Levensecht. Waarin de firma zich bovendien onderscheidde was de lichtheid van de vrouwen. In de gym tilde hij makkelijk honderdtwintig kilo weg, maar neuken met achtenvijftig kilo dode massa was gewoon niet leuk. Alleen een leek bestelde een doll met een realistisch gewicht.

'Dus,' zei de vrouw aarzelend. 'U wilt een babydoll zonder penetreerbare openingen. En u stuurt ons een foto van hoe ze eruit moet zien.'

'Ja.' Hij zuchtte diep. *Hè hè, was dat nou echt zo moeilijk?*

Terwijl de vrouw uitlegde dat ze eerst een offerte zou maken en dat als hij zich bedacht en hij toch openingen wilde – niets was gek genoeg en discretie was uiteraard gegarandeerd – hij hen altijd kon benaderen, hing hij alle foto's die hij in Toms computer van Emma kon vinden in het bestelformulier van de site. Het was tijd dat Amber haar dochter terugkreeg.

Op de dag dat Amber en Tom elkaar voor het eerst ontmoetten, had Tom bijna een miljoen op zijn rekening staan en verdiende Amber als officemanager nog geen tweeduizend euro per maand. De verschillen waren zo groot dat ze op huwelijkse voorwaarden waren getrouwd. Amber had daarop gestaan en Tom had te weinig geprotesteerd om aan te nemen dat hij echt met haar wilde delen wat hij zonder haar had opgebouwd.

Ze had het erg feministisch gevonden van zichzelf. 'Ik heb geen man nodig om voor me te zorgen,' had ze stoer gezegd, in de wetenschap dat hoe sterker ze was en onafhankelijker ze deed, hoe aantrekkelijker Tom haar vond.

Ze hadden een gezamenlijke rekening geopend waarmee ze de hypotheek, vakanties en hun vaste lasten betaalden, maar hun privébankrekeningen hadden ze altijd strikt gescheiden gehouden. Op welke manier ze hun salaris van de Mindset Academy besteedden, was hun eigen zaak.

Op Ambers spaarrekening stond lang geen vijftigduizend

euro en tot het vermogen van de zaak of dat van Tom had ze geen toegang.

Daar dacht ze aan op het moment dat Tom zijn Tesla voor de amateuristische garage waar Brandon werkte parkeerde en zei: 'Ik meen het: die jongen gaat eerst maar eens bewijzen dat hij weet waar Kirsten is. Zolang hij niet met iets bevredigends over de brug komt, krijgt hij geen cent.'

Wat Amber gevreesd had was toch gebeurd, realiseerde ze zich: ze was afhankelijk geworden van haar man.

Uit gewoonte klapte ze het spiegeltje naar beneden en deed ze lippenstift op. Een onopgemaakt gezicht onder niet-geföhnd haar keek haar met holle ogen aan.

'Kom,' zei ze. Ze wist dat het geen nut had ruzie te maken met Tom en dat ze andere wegen moest bewandelen om haar zin te krijgen. Vaak had hij gewoon tijd nodig.

'Heer, dame...' Een sjofele man in een met olie besmeurde werkbroek liep naar hen toe. Hij liet zijn ogen verlekkerd over de Tesla heen glijden en wreef in zijn handen. 'Vertel het eens, hoe kan ik jullie helpen?'

'We komen voor Brandon,' zei Tom kortaf.

'Voor jullie auto?'

Tom schudde zijn hoofd. 'Hij weet waarvoor we komen.' Hij keek langs de man heen de garage in en stak zijn hand op. 'Brandon!'

'Brandon is aan het werk.'

'Maar u kunt hem vast wel even missen toch?'

'Nou, eigenlijk niet, hij...'

Brandon kwam op Tom en Amber afgelopen, hij veegde ondertussen zijn handen af aan een doek die ooit wit moest zijn geweest.

'Trek het maar van zijn pauze af,' zei Tom tegen Brandons baas.

'Hé,' zei die toen zijn werknemer langs hem heen liep. 'Ik betaal je niet om allerlei privédingen te doen in mijn tijd.'

'Vijf minuten, Lou,' mompelde Brandon. 'Vijf minuten maar...'

Brandon liet zijn baas staan mopperen en liep voor Tom en Amber de garage uit. 'Zo, zo,' zei hij bij het zien van hun Tesla model S. 'Een dieseltje?' Honend wees hij naar de letters 100D AWD rechts van de kofferbak. 'Knap bakkie, hoor.' Lachend om zijn eigen grapje zette hij zijn handen op het witte staal. Er bleven twee zwarte afdrukken achter.

'En bedankt. Ik heb hem net gewassen,' zei Tom.

Alsof Brandon dat kon schelen. Hij draaide zich om en liep het bedrijfsterrein af, zijn handen in zijn zakken, zijn gezicht verscholen onder zijn pet.

'Zo,' zei Tom toen Brandon bij het bruggetje een eind verderop bleef staan. Er was wind opgestoken uit het parkje daarachter, waar kinderen in winterjassen op een klimrek aan het spelen waren. 'Dus jij weet waar Kirsten is?'

'Dus jullie hebben vijftigduizend euro bij je?' kaatste Brandon de bal handig terug.

Tom schudde zijn hoofd. 'Eerst weten wat we kopen.'

'Wat ik schreef.'

'Brandon.' Het liefst had Amber de jongen die voor haar stond aan willen klampen. 'Weet je echt waar Kirsten en Emma zijn?' Ze negeerde Toms blik. Ja, ze wist dat ze niet radeloos mocht klinken, dat ze het cool moest spelen, dat je bij onderhandelen nooit je emoties mocht tonen. Maar ze wás radeloos. En verre van cool. En haar emoties zaten haar tot hier.

Het enige wat ik wil is mijn kind terug. Al kost het ál ons geld.

'Ja.' Brandon keek haar strak aan. 'Ja, ik weet waar ze zijn, ja.' Hij richtte zijn blik op Tom en leunde nonchalant tegen de reling van de brug aan. Op z'n gemak stak hij een sigaret op. 'Maar goed, alles heeft zijn prijs.'

'Is alles goed met Emma?' Amber voelde het vuur in haar lichaam oplaaien.

Brandon haalde zijn schouders op. Uit zijn pokerface sprak geen ja en geen nee.

'Alsjeblieft Brandon,' zei Amber. 'Je moet ons helpen.'

Tom legde zijn hand op haar rug. Niet doen, muze, sprak uit dat minieme gebaar. Geïrriteerd drukte ze zijn hand weg.

Brandon stak zijn rechterhand op en wreef zijn duim en wijsvinger een paar keer tegen elkaar aan. *Money, money, money*.

'Dus even voor de duidelijkheid.' Tom deed een stap naar voren, waardoor hij dicht op de man die wist waar Kirsten en Emma waren kwam te staan. 'Jij weet waar Kirsten is?'

Brandon knikte.

'En Emma.'

Brandon knikte nog een keer.

'Op dit moment?'

'*Right here, right now*.'

'Oké.' Tom stapte godzijdank uit Brandons persoonlijke sfeer. 'Dan gaan we jou die halve ton betalen.'

Eindelijk.

'Je krijgt alles, elke cent,' ging Tom verder, 'maar pas als we het bewijs hebben dat je hier niet staat te bluffen.'

'Bewijs,' echode Brandon. Hij opende nadenkend zijn mond en krabde aan zijn mondhoek.

'Heb je niet, hè.' Waarom klonk Tom haast triomfantelijk? 'Zie je wel, ik wist het.' Hij bracht zijn gezicht dicht bij dat van Brandon.

Wat deed hij?

'Loser.' Tom sprak het woord vol minachting uit.

Verdomme.

Waarom liep hij terug naar zijn auto?

Brandon keek Amber onbewogen aan en haalde toen zijn mobieltje uit zijn zak. Nonchalant begon hij erop te tikken.

'Tom!' riep Amber haar man na. Ze keek naar Brandon, maar die negeerde haar verder. 'Tom, kom terug!' Ze zette een paar stappen achter hem aan, maar Brandon schraapte zijn keel, zodat hij haar aandacht meteen weer terug had. Hij hield zijn mobieltje op, het scherm naar haar toe gedraaid. *Bewijs.* Ze liep zo snel mogelijk terug. Plagerig hield hij het toestel ver bij haar vandaan.

Het gaf niet. De foto die hij had geselecteerd was duidelijk te zien: Kirsten keek met een brede lach de camera in. Vlak naast haar lag Emma. Ze droeg een zachtgeel mutsje, haar oogjes waren dicht, haar mondje stond een beetje open.

'Van wanneer is die foto?' Er sprongen tranen in Ambers ogen. Ze greep naar het toestel, maar Brandon was haar te snel af.

'Wat is dat?' vroeg Tom die inmiddels ook terug was gelopen.

'Bewijs,' zei Brandon. Hij hield zijn telefoon weer in de lucht en klikte nadat Tom de foto had gezien het beeldscherm uit. 'Dus...'

'Waar is ze, Brandon?' smeekte Amber. Als het nodig was, zou ze zich aan zijn voeten werpen. Alles zou ze doen, alles, om haar kind terug te krijgen. 'Je krijgt je geld,' zei ze. 'Beloofd.' Ze keek opzij. 'Toch Tom?'

Maar Tom zag er woedend uit. 'Ik kijk recht door je heen, jongen,' zei hij dreigend. 'Je bluft.'

Waarom verdomme? Waarom?

Laconiek stak Brandon zijn handen in zijn zakken. 'Jullie moeten het zelf weten.' Op z'n dooie gemak begon hij terug naar de garage te sjokken.

'Wat doe je nou, man?' Amber kon niet meer op normale toon praten. Waarom maakte Tom de enige die wist waar Emma was zo boos? Waarom gaf hij niet gewoon dat geld?

'Kom,' zei Tom. Toen Amber niet toegaf, beende hij in zijn eentje weg. Op het moment dat hij Brandon passeerde, boog hij zich opzij en gaf hij Brandon een stoot tegen zijn schouder.

Brandon bleef staan, draaide zich om en keek Amber aan. 'Is dit ook wat jij wilt?'

Ze schudde haar hoofd en rende op hem af. 'Alsjeblieft,' smeekte ze hem, ze liet zich op haar knieën vallen. 'Alsjeblieft. Je kunt het in ieder geval míj toch zeggen? Ik zal zorgen dat je je geld krijgt, ik...'

'Amber!' Tom was bij de auto en riep haar met het portier al open.

Brandon snoof. 'Eerst de cash, Amber. Daarna krijg je het adres.'

Een omweg... Tara keek naar de villa en tuitte haar lippen. Ze had Amber en Tom een halfuur geleden weg zien gaan. Maar in het kantoorgedeelte van de villa brandde licht. Joël. De omweg.

Ze liep de badkamer in, borstelde haar haren, poetste haar tanden en trok haar trui recht. Prima zou te veel gezegd zijn, maar ze kon er in ieder geval mee door.

'Mag ik je even storen?' zei ze twee minuten later toen Joël de deur voor haar opende. 'Weet jij waar Amber is? Ik heb haar gebeld, maar ze neemt niet op.'

Joël schudde zijn hoofd. 'Geen idee. Maar ik zal zeggen dat je er was, oké?'

Tara knikte en keek naar de foto's aan de muur. De perfecte aanleiding voor haar vragen. 'Heb je tijd voor een kop koffie?' vroeg ze. 'Als je geen zin hebt, eerlijk zeggen hoor, maar uh...' Ze lachte onschuldig. 'Om eerlijk te zijn is mijn eigen koffie op.'

Joël grijnsde en stond op. 'Nou, in dat geval.'

Terwijl hij verse bonenkoffie zette met het geavanceerde apparaat in de keukenhoek van het kantoor, keek Tara om zich heen. Ze had hier alleen tijdens Ambers rondleiding toen ze net was aangekomen even snel naar binnen gekeken, nu zag ze dat het kantoor niets minder was dan een tempel voor Tom Kuijper. Aan de muren hingen ingelijste posters met quotes die aan hem werden toegeschreven. *Change your mindset, change your life.*

Strong people don't have attitudes. They have standards.

Mind your life.

Daarnaast hingen uitvergrote foto's van de hoogtepunten uit zijn leven. Veel foto's van Amber, maar ook Tom op een boot op een azuurblauwe zee. Tom in meditatie op een verlaten zandstrand, vast ergens in de Cariben. Tom die Bill Clinton de hand schudde. Tom, die met zijn beide handen omhoog gestoken ergens op een rots stond.

'Gemaakt in Rio,' zei Joël, knikkend naar die laatste foto.

'Een high five met God?'

Joël grinnikte.

'En,' zei ze – *eerst koetjes en kalfjes, zijn vertrouwen winnen, dan pas ter zake komen.* 'Woon jij ook in zo'n villa als deze?'

'Ik woon in Pontsteiger.'

'Dat appartementencomplex in de Houthavens in Amsterdam, toch?' Haar blik moest uitstralen dat ze onder de indruk was. Dat wilde Joël, anders zou hij niet zo specifiek geweest zijn. 'Over dat gebouw heeft zelfs een artikel in *The Times* gestaan.'

Haar opmerking had precies de goede uitwerking. Joël knikte zelfgenoegzaam. 'Bijna bovenin,' zei hij. 'Eenentwintigste verdieping. Een hoekappartement met uitzicht op de A'DAM Toren, vanuit mijn slaapkamer kan ik het Westerpark zien.'

'Wauw.'

Joël mocht doen alsof Tara's compliment hem niets deed, hij verried zich met de trek die om zijn mondhoeken lag en die het begin van een trotse lach liet zien. *Wil je van een man iets gedaan krijgen, streel dan zijn ego.*

'En deze?' Tara keerde zich weer naar de foto's aan de muur en wees op de foto van Tom en Morozov samen aan een tafel in een restaurant. Ze ondertekenden iets.

'Alec Morozov,' zei Joël welwillend terwijl hij Tara haar kopje gaf. 'Een goede vriend van de familie.'

'Waarom hangt hij in het kantoor? Ik zie geen andere privéfoto's met vrienden.'

Joël keek haar schuin aan. 'Weet je dat dit de eerste keer is dat ik zie dat jij en Amber zussen zijn? Jullie hebben af en toe precies dezelfde mimiek.'

'Is dat een compliment?'

'Zeker,' zei Joël.

'Nou, in dat geval, bedankt.' Tara ging op Toms stoel zitten aan het bureau tegenover dat van Joël. 'Dus,' zei ze. 'Een goede vriend? Die... Alec zei je?'

'Alec was de eerste die Toms potentieel zag. Die zei: jij moet van je talent je werk maken. Hij leende Tom zijn startkapitaal toen al die banken zo stom waren om niet in hem te geloven.'

'Zonder hem was de Academy er nooit geweest?'

'O, vast wel,' zei Joël. 'Wat gebeuren moet, gebeurt. De vraag is alleen: wanneer.' Hij dronk de laatste slok uit zijn kopje. 'En in dat kader: wanneer gaan wij wat drinken? Echt iets drinken?'

'Echt iets drinken?' Tara keek Joël aan. 'Als in een date?'

'Als in een date.' Hij wees op zijn computer. 'Ik moet nu helaas verder.'

'Bel me maar,' zei Tara.

'Ik heb je nummer niet.'

'Daar kun je vast wel achter komen.' Tara keek Joël flirterig aan. Mannen moet je hongerig houden, wist ze. Zonder jacht geen goed gevoel. 'Ik zal je alleen laten met je drukte.'

Joël stond op. 'Hier.' Hij stak haar zijn visitekaartje toe. 'Werk ze.'

'Jij ook.'

Hoelang was het in godsnaam geleden dat een man zo naar haar had gekeken?

Die godvergeten klootzak. Tom sloeg tegen zijn stuur en reed zo hard hij kon.

'Dit is de bebouwde kom, hoor.' In zijn ooghoek maakte Amber een woeste beweging, wat het vuur in hem alleen nog maar verder op deed laaien.

Hij hield zijn ogen op de weg, bleef de vaart erin houden, ging sneller en sneller, nog sneller. Hij scheurde zo hard over een drempel dat hij een moment volledig los kwam van zijn zitting.

Amber gilde. 'Wat doe je, gek!'

Hij versnelde nog meer, scheurde langs een bord waar 30 op stond. Wat was het risico? Dat hij iemand doodreed? God, dat zou dan het minste zijn van zijn problemen! *Die laffe, gore hond.*

'Stoppen, Tom!' gilde Amber. 'Stoppen, zeg ik!'

Vastzitten in een politiecel voor de komende tig jaar met een dwaas auto-ongeluk op zijn naam was altijd nog beter dan het drijfzand waar hij nu in stond.

Hij was boos, zo ontzettend boos. De woede kolkte door zijn aderen. Het móést eruit, de spanning, de agressie. Op de bonnefooi schoot hij de ene na de andere straat van het doolhofbedrijfsterrein in.

'Stop! Stop, Tom!'

Toen hij een doodlopende straat in reed, ging hij vol op de rem. Zijn riem ving hem op.

'Au,' riep Amber.

Hij handelde instinctief, schakelde in zijn achteruit, legde zijn hand op de hoofdsteun van Ambers stoel en sjeesde terug de straat uit. Op volle snelheid *in reverse* de bocht om.

Kapotmaken. Alles kapotmaken.

Klik.

Met één felle ruk stond de auto stil. Het duurde een moment voordat Tom doorhad dat hij niet ergens tegenaan was gereden, maar dat Amber aan de handrem had getrokken. Pislink keek hij haar aan. Met grote ogen keek ze terug.

Nee, niet die blik. Dat was niet eerlijk. Woede was oké. Angst. Verdriet. Pijn. Als ze nu zou zeggen dat ze hem nooit meer wilde zien: prima. Maar niet dat misplaatste vertrouwen van haar. Dat ze maar in hem bleef geloven, hoe hij ook deed, wat hij ook zei.

'Ik betaal hem geen cent.'

'Maar hij weet waar ze zijn.'

'Hij weet helemaal niets.'

'En dat weet jij, omdat...'

Hij stapte de auto uit, begon een willekeurige kant op te lopen. 'Tom!' riep Amber hem na. 'Kom terug, man. Wat doe je nou toch allemaal?'

Denken. Hij moest verdomme gewoon kunnen denken. In alle stilte. Zonder vragende blikken, zonder onzichtbare touwtjes die aan hem trokken, zonder woorden, zonder honderdtachtigduizend verantwoordelijkheden.

Achter zich hoorde hij een portier dichtslaan. Hij keek niet om.

Amber reed weg, het terrein af, het dorp uit, de snelweg op, steeds verder bij hem vandaan.

Tara schrok op van geklop op het raam. Tot haar grote verbazing stond Amber achter het glas. *Er moet iets aan de hand zijn.* In de twee weken dat ze nu in het bijgebouw woonde was haar zus nog nooit naar haar toe gekomen, het was altijd andersom geweest.

'Kom erin.' Ze opende snel de deur. 'Hoe gaat het?'

Amber gaf geen antwoord, stapte naar binnen en bleef ongemakkelijk in de ruimte staan. Op het moment dat Tara hier was ingetrokken had de kamer eruitgezien alsof Jan des Bouvrie net zijn hielen had gelicht, nu lag er overal wasgoed en afwas. Kladjes met aantekeningen hingen met plakband aan de muur.

'Sorry,' zei Tara.

Amber haalde haar schouders op. 'Heb jij drank in huis?'

'Whisky.'

'Uitstekend.'

Op het klokje van de combimagnetron zag Tara dat het pas drie uur was. Nu beginnen met drinken zou haar research geen goed doen – niet dat ze ver kwam, zowel basisschool De Grote Beer als degene die het archief van De Regenboog beheerde kon geen Judith Overdevest of een naam die daarop leek in de registers vinden –, maar op dit moment kon dat haar niet schelen. Haar zus ging voor.

Ze schonk twee glazen in en stak een sigaret op. 'Jij ook?'

'Er zijn grenzen.' Zonder ook maar het minste greintje vrolijkheid staarde Amber peinzend naar de villa waar zij en Tom in woonden.

Tara vroeg zich af wat haar zus zag. Of dit een gelukkig huis voor haar was, of ze in deze bunker bescherming had gevonden voor de herinneringen aan hun moeder, of Tom een goede vervanger was voor de vader die ze nooit gehad hadden.

Ze hield haar glas op. 'Proost.'

Zonder antwoord sloeg Amber haar glas in één teug achterover. Tara schonk haar bij, waarna Amber haar gepeins hervatte.

Er was zoveel dat ze Amber wilde zeggen, zoveel waar ze haar op wilde wijzen: de parallellen die ze zag tussen Tom en de televisiedominees die vooral in Amerika zo populair waren – *The Hour of Power* en de *Mindset Academy Live* waren toch precies hetzelfde? –, de structuur die de Academy had en die haar deed denken aan een sekte – het leek soms wel alsof Amber gebrainwasht was, zo ver was ze verwijderd van de zus die ze vroeger was geweest –, de angst die ze had voor iemand die zo goed mensen kon bespelen – wie was Tom echt? En wat was zijn link met Morozov?

Maar ook privédingen: ze zou met Amber willen kunnen delen dat zij wist wat het was om geen kinderen te kunnen krijgen, haar willen vragen waarom ze haar destijds in de steek had gelaten, willen vragen of zij nog weleens aan vroeger dacht.

Ik wel, zou zij zeggen. *Te vaak, eigenlijk.*

Vanuit haar ooghoek keek ze naar het gezicht van haar zus. Misschien waren ze wel meer hetzelfde dan ze al die tijd hadden gedacht. Allebei werden ze gedefinieerd door leegte. Amber had haar leegte opgevuld met spullen, met status en een vol sociaal leven. Zij had de leegte haar alles uit handen laten slaan. Ze zagen er vanbuiten anders uit, maar vanbinnen waren ze hetzelfde.

Ze deed haar mond open, maar bedacht zich. Ze had geen idee waar ze haar uiteenzetting zou moeten beginnen.

Amber zag dat Tara naar haar keek en wendde haar gezicht af. Ze nam de laatste slok uit haar glas en keek haar zusje toen daadkrachtig aan. 'Tom bepaalt helemaal niet altijd alles voor mij.' Ze schoof met de rand van haar glas een sok op de grond, zette hem op het salontafeltje, stond op en liep met ferme tred terug naar de villa.

Amber zat aan tafel achter haar laptop. Ze had de spijkerbroek die ze na haar bad had aangetrokken verruild voor het karamelkleurige Mart Visser-jurkje van vanmorgen, had haar haren alsnog geföhnd en had zich zorgvuldig opgemaakt. Onder geen beding mocht ze er straks uitzien als een slachtoffer.

De teller van het aantal binnengekomen e-mails was inmiddels de twintigduizend gepasseerd. Tot haar frustratie had ze er pas duizend verwerkt. Ze keek op het klokje boven aan haar computerscherm. Wilde ze nog op tijd komen, dan moest ze nu vertrekken.

Net op tijd hoorde ze een auto het grindpad op rijden. Precies wat ze dacht, Tom had een taxi genomen. Ze pakte haar enveloptasje van tafel, controleerde nog even haar lippenstift in de selfiestand van haar mobiel en liep toen koeltjes naar de gang. 'Ben je er klaar voor?' Ze sprak en deed alsof er niets tussen hen was voorgevallen.

Tom keek haar met een gepijnigd gezicht aan. Hij opende zijn handen, alsof hij een verklaring af ging leggen. 'Ik geloof Brandon gewoon niet.'

Zonder een reactie te geven pakte Amber haar sleutels uit

de schaal die op de sidetable stond, opende de voordeur en liep beheerst langs hem heen naar de auto. 'Ik heb geen cadeautje,' zei ze achteloos. 'Maar ik denk dat Judith en Alec dat wel zullen begrijpen, toch?'

Tom snelde achter haar aan. 'Ga je mee?'

'Ja.'

'Maar je vond het toch te moeilijk?'

'Als we nog een beetje op tijd willen komen, dan moeten we nu weg, Tom.' Met snelle passen liep ze het pad af. Net toen ze in wilde stappen ging Tom echter voor haar portier staan.

'Waarom wilde Brandon ons die foto niet goed laten zien, denk je?' vroeg hij haar. 'Omdat hij hem heeft gefotoshopt.'

Amber haalde diep adem en begon naar de andere kant van de auto te lopen. Ze had geen tijd om te wachten op het moment dat Tom eindelijk zijn shit bij elkaar geveegd had.

'Kirsten moet hem een foto hebben gestuurd vanuit het ziekenhuis en die heeft hij een andere achtergrond gegeven. Met twee drukken op de knop heeft hij Emma een andere kleur mutsje gegeven... Kinderspel.'

'We moeten gaan,' zei Amber toen Tom haar ook bij de bestuurderskant de toegang tot de auto belette. 'Anders komen we te laat.'

'Je meent toch niet serieus dat je nu op kraamvisite wilt?'

'En waarom niet?'

'Omdat... Omdat...' Hij zuchtte diep, alsof hij zijn best moest doen niet te ontploffen, liep om de auto heen en hield het portier met een kwade blik overdreven hoffelijk voor haar open.

'Ga je me nou gewoon negeren?' vroeg Tom toen ze al bijna bij Alec en Judith waren.

'Wat moet ik zeggen?'

'Weet ik veel. Iets.'

'Dat ik hem gewoon wél geloof?'

'Je bent naïef, muze.'

Amber klapte ijzig kalm het spiegeltje naar beneden en controleerde haar make-up.

'Wat denk je nou? Dat ik die jongen niet al tien keer heb laten natrekken? Hij is een crimineel. Hij heeft één keer vastgezeten voor mishandeling, maar hij is veel, veel vaker in aanraking gekomen met de politie. Heling, drugs, openbaar dronkenschap.'

'Ontvoering past daar prima in, hè.'

'Vorig jaar nog heeft hij zijn voormalige baas gechanteerd. Die jongen heeft geld nodig, die probeert het alleen maar.'

'Denk jij, tenminste.'

Tom zuchtte en draaide de oprijlaan van Alec en Judith op. Toen hij zijn auto geparkeerd had, draaide hij zich naar Amber toe. 'Die jongen weet niet waar ze is. Neem dat van mij aan.'

'En hoe weet jij dat?' Amber keek Tom recht in de ogen. Hij sloeg ze neer. 'Nou?' drong ze aan.

Hij wreef zoekend naar woorden doelloos over zijn stuur.

'Zie je, dat dacht ik ook.' Amber stapte uit en sloeg het portier hard achter zich dicht. Eén moment van zwakte stond ze zichzelf toe. Maar nu was ze weer in haar rol. Commitment. Total commitment.

'Wil jij hem even vasthouden?' Judiths buik was nog steeds fors, maar verder zag ze er stralend uit. Haar huid was egaler dan ooit, haar haren glansden en om haar lippen lag een onuitwisbare glimlach. In haar armen lag Xavier, een klein jongetje dat niets doorhad van de visite die voor hem was gekomen.

Tom schudde zijn hoofd. 'Sorry.'

'Jij dan?' Judith hield Xavier naar Amber op.

Niet huilen, mijn doel voor ogen houden. 'Als je het niet erg vindt, nu even niet.' Amber ging ongemakkelijk iets verzitten. Alles in haar wilde dit kleintje vasthouden, maar ze wist dat als ze dat deed, ze Xavier nooit meer los zou laten.

'Allebei beschuit met muisjes?' vroeg Alec hartelijk. Zijn joviale gedrag paste hem niet; het was een opzichtige poging de spanning te doorbreken.

Amber en Tom knikten, waarop Alec in het Russisch iets richting de keuken riep. Een jonge vrouw kwam gedwee de woonkamer binnengelopen, haar schoentjes tikten op het glanzende visgraatparket, en zei '*da, gospodin*'.

'Irina,' legde Judith uit. 'Bij de kraamhulp van de zorgverzekering moet je maar afwachten wat voor type er bij je op de stoep staat en áls je dan tevreden bent blijft diegene maar vijf dagen een paar uurtjes per dag.' Ze rolde met haar ogen en legde Xavier voorzichtig in het mechanische wiegje dat naast de pompeuze bank stond. Langzaam schommelde de arm van de wieg Xavier heen en weer, uit de speaker in de poot kwam klassieke synthesizermuziek.

Ambers maag balde zich samen. Als zij Emma straks terug had – *als* – dan zou ze haar nooit meer loslaten.

Heel even stelde ze zich voor dat ze alleen in de huiskamer was, ze Xavier uit zijn wiegje pakte en zomaar de deur uit liep. Net als Kirsten had gedaan.

Zo makkelijk. En zo verdiend – wij hebben er alles voor overgehad om Emma te krijgen, terwijl Judith en Alec in één keer zwanger waren.

En ik zou een veel betere moeder zijn dan zij.

Ze nam een slok van haar water en forceerde een glimlach.

'Hebben jullie al iets gehoord op jullie oproep?' wilde Judith weten.

Tom schudde zijn hoofd. 'Niets concreets. Er zijn genoeg gekken en gelukszoekers die beweren te weten waar Kirsten en Emma zijn, maar niemand heeft écht iets gezien.'

Amber perste haar lippen op elkaar en keek toe hoe de Russische nanny een dienblad met koffie, beschuiten en een flesje melk op tafel zette. '*Priyatnogo appetita.*' Eet smakelijk, vermoedelijk. Gedienstig tilde ze Xavier uit zijn wieg en legde hem in Judiths armen. Hongerig begon de baby aan zijn speentje te zuigen.

Zonder dat Amber zich erin hoefde te mengen, ging het gesprek over op hoe vreselijk het was wat hun was overkomen: Kirsten was gek, niet te vertrouwen en een kutwijf.

Ze schakelden geforceerd over op Judiths bevalling die zij beschreef als 'het zwaarste wat ze ooit had gedaan en tegelijkertijd het allermooiste'. Een fantasieloze platitude die ze zo van internet geplukt kon hebben.

Het was duidelijk dat de mannen weinig interesse hadden in het bevallingsverhaal en omdat ook Amber er niet verder naar vroeg, hield Judith al snel haar mond. Ze keek naar het kleine mannetje in haar armen.

'*By the way*, even iets anders: ik heb een nieuwe auto gekocht.' Alec keek, blij als een kind, Tom aan.

Alweer?

'Echt?' vroeg Tom.

'Wil je hem zien?'

Onder andere omstandigheden zou Amber zich in de steek gelaten hebben gevoeld, maar nu was ze blij dat Tom de kamer verliet. Dit, de kans om alleen te zijn met Judith, was de enige reden waarvoor ze was gekomen. Waarvoor ze hier mooi weer zat te spelen.

Je moet door je pijn heen om je doel te bereiken.

Zodra de mannen weg waren, schoof ze iets naar voren en opende haar mond. Judith was haar echter voor en keek haar opgetogen aan. 'Kijk! Alec een nieuwe auto, ik deze,' ze stak haar hand naar voren. Om haar vinger zat een opzichtige ring. 'Een 1.50 karaat solitaire in platina met zijdiamanten.' Van gekkigheid wisten Alec en Judith niet waar ze hun zwarte geld aan uit moesten geven.

'Mooi,' zei Amber plichtmatig. Ze kon het van zichzelf niet uitstaan dat ze Judith haar rijkdom niet gewoon gunde. Dat zij wel een kind had en dat zij hun muren konden behangen met briefjes van honderd, had niets te maken met hen.

'Juut,' zei ze voorzichtig. 'Ik wil je iets vragen, maar het uh... Het is nogal een ding. En voordat ik het je vraag, wil ik dat je weet dat je ook "nee" mag zeggen. Het is namelijk... nou ja, een nogal bijzondere vraag.'

Judith keek haar verbaasd aan. Amber sloeg haar blik neer en keek naar Xavier. Xavier die negen maanden in Judiths buik had gezeten en waarvoor ze een *push present* had gekregen. Alsof zwanger kunnen raken op zich niet al een cadeau is.

'Ja?'

Amber keek op. 'Kirsten heeft vlak na de bevalling contact gehad met haar ex, Brandon. Ik heb geen idee hoe precies, maar dat hij iets te maken heeft met Kirstens verdwijning staat als een paal boven water. Hij weet waar Kirsten is. Misschien is hij haar zelfs uit het ziekenhuis op komen halen.'

'Serieus?' vroeg Judith.

Amber knikte. 'Hij vraagt alleen 50.000 euro voor haar verblijfplaats.'

'Wat een hufter.'

'Dat is hij. Maar toch wil ik hem dat geld betalen. Ik *moet* hem dat geld betalen – het is de enige manier waarop we Emma terug kunnen krijgen.'

'Maar...?'

'Maar we hebben dat geld even niet.' Beter deze leugen dan toegeven dat Tom het geld gewoon niet wílde betalen.

Judith keek Amber bedachtzaam aan. Het was alsof ze Ambers gezicht bestudeerde.

Zou ze ook nog mooi zijn zonder make-up?

'Vijftigduizend euro, Amber... Jee, da's een hoop geld.' Ze draaide aan haar ring die misschien wel het dubbele had gekost.

'Klopt, maar...' Xavier had inmiddels tevreden zijn oogjes dichtgedaan. 'Als jij Xavier kwijt zou zijn, zou je daar toch ook alles voor overhebben?'

Judith knikte traag.

'Ik vroeg me af of... Nou ja... Of ik het misschien van je kan lenen.'

'Lenen...'

'Ik betaal natuurlijk rente.'

'Maar Tom dan? Hij...'

'Hij hoeft het niet te weten.'

'Hij mág het niet weten, bedoel je.'

Amber knikte. Ze voelde zich nog minder vrouw dan ze zich in tijden had gevoeld. Ze kon niet alleen niet zwanger raken, ze moest ook nog eens bedelen bij de vrouw van haar mans beste vriend voor geld om hun kind terug te vinden.

Judith haalde haar elegante hand door haar lange, bruine haren. 'Ik moet het met Alec overleggen.'

'Natuurlijk,' zei Amber. 'Zeg hem maar dat ik alles echt zo snel mogelijk terugbetaal. En dat ik het terugstort van mijn rekening.'

Judith lachte. Van Tom wist Amber dat Alec en zij altijd op zoek waren naar manieren om hun geld wit te wassen. In de boeken was Alec een duurbetaalde topcoach van de Academy, in werkelijkheid had hij nog nooit een gesprek gevoerd met een van hun cliënten.

'En wil je hem alsjeblieft vragen om dit tussen ons te houden?'

'Uiteraard.' Judith gaf Amber opnieuw een knipoog. 'Het komt allemaal goed, schat. Ik ga zorgen dat jij dat geld krijgt en Tom zal hier nooit, nooit iets van te horen krijgen.'

'Driehonderdveertig pk.' Alec streelde liefdevol over de Vesuviusgrijze Audi Q8 die in zijn inpandige garage stond. 'Van nul naar honderd in 5,9 seconden. Quattro-aandrijving, Space Frame-constructie, Bang & Olufsen 3D Advanced Sound System.'

Tom knikte. Alec leek verdomme wel blijer met dit dode stuk metaal dan met zijn kind.

'Kom. Ga zitten.' Alec opende het portier aan de bestuurderskant en maakte een uitnodigend gebaar. Met tegenzin stapte Tom in. Alec liep om de auto heen en ging op de bijrijdersstoel zitten.

God, wat was die vent toch lelijk. Klein, corpulent, kaal. Op de dag dat ze met elkaar in zee waren gegaan, inmiddels bijna twintig jaar geleden, had hij gelijk gehad: Tom was alles wat hij niet was. En andersom.

'Leg je handen op het stuur.'

Tom zuchtte.

'Toe dan. Leg je handen op het stuur.'

Tom deed wat Alec hem vroeg – nee, hem opdroeg – en legde zijn handen op het leren stuur.

'En?'

'Tja,' zei Tom. Wat moest hij anders zeggen? Waar wilde Alec naartoe met zijn theaterstukje? Wat betekende dit: dat hij achter het stuur zat, van een stilstaande auto waar hij de sleutel niet van had. Dat hij de nepbestuurder was van een geparkeerde wagen. Boos keek hij Alec aan.

Die begon bulderend te lachen. 'Relax, Tom,' zei hij joviaal, terwijl hij hem vriendschappelijk op zijn schouder sloeg. 'Relax. Het komt allemaal goed, jongen. Wacht...'

Alec stapte uit. In het achteruitkijkspiegeltje zag Tom hem iets onder een krat uit de stelling langs de wand vandaan trekken. Een doosje zo groot als een juwelenkistje.

Alec kreunde toen hij weer in de lage auto stapte. 'Ze zeggen dat het compensatie is, zo'n auto als deze.' Hij gaf Tom het doosje. 'Ze hebben gelijk.'

Tom deed het deksel open. *Shit*. Ogenblikkelijk sloeg hij het deksel weer neer.

'Goed voor zorgen.' Alec sloeg hem nog een keer goedig op zijn schouder. 'Kom,' zei hij. 'Terug naar de dames.' Toen hij de auto vergrendelde, zuchtte hij melancholiek. 'Waren vrouwen maar zo simpel als auto's, Tommieboy.'

'Ik moet nog even weg.'

Amber keek Tom onaangedaan aan. Hij deed maar. Ze trok haar kleren uit, draaide zich om en liep de trap op naar boven. Ze wist dat hij haar nakeek, dat hij haar wilde.

Voor Tom was seks een noodzaak. Verslaving. Verdoving. Een litteken dat het misbruik uit zijn jeugd had achtergelaten.

Hij zou haar kleren oprapen uit de gang, naar boven sluipen en naar haar gaan kijken, terwijl zij, bloot, haar baantjes trok.

Ze keek niet om, liep door naar de tweede verdieping, legde een handdoek klaar en sprong het water in. De kou beet venijnig in haar afgetrainde lijf.

Ze zwom naar de wand tegenover hun slaapkamer en zette zich daartegen af. *Kijk maar, Tom. Kijk maar naar wat je niet krijgt.*

Ze zou het hem laten voelen, hoe eenzaam zij zich voelde. Zij alleen in haar emoties? Dan hij alleen in bed.

Doelmatig trok ze haar baantjes. Ze hield haar ogen op de klok die aan de muur hing. Twintig minuten sprinten. Ze deed zo hard haar best dat haar armen verzuurden en ze kramp kreeg in haar benen. Hijgend gaf ze het na achttien minuten op.

Twee minuten te kort. Zwak.

Ze liet zich onder water zakken en keek om zich heen. In de verte zag ze een gedaante tegen een deurpost geleund staan. Een gedaante die niet op Tom leek, maar dat kon ook komen doordat de deur openstond en het daglicht dat door het slaapkamerraam daarachter viel alle lijnen vertekende.

Ze kwam omhoog om adem te halen, zwom naar Tom toe en dook weer onder. Gek genoeg stond er niemand meer in de deuropening. Ze moest zich vergist hebben. Ze hees zich uit het bad en drukte de handdoek tegen haar gezicht aan.

Het werd tijd dat ze eens wat slaap ging pakken.

Joël vond Amber op een zeemeermin lijken, hoe haar haren achter haar aan golfden, hoe ze heen en weer schoot in het zwembad, haar benen naast elkaar, haar voeten ritmisch op en neer. Wat zou hij ervoor geven dat water te zijn, om haar lijf langs zich heen te voelen glijden.

Ze speelde het spel goed, deed alsof ze hem niet zag. Maar hij wist genoeg. Ze had haar kleren uitnodigend voor hem op de trap achtergelaten. Zíj bepaalde hoe snel ze gingen: in welk tempo ze Tom afstootte en hem naar zich toe trok.

Hij wreef over de bobbel in zijn broek. Het was opwindend

dat ze deze setting had gekozen om zich voor het eerst bloot aan hem te tonen, met glas ertussen, een onzichtbare scheidslijn die zei: ik wil je, maar nu nog niet. Dit ben ik, maar je mag me nog niet aanraken.

Hij zou hem respecteren, haar grens. Ze verdiende het beste. Al zou hij vijftig jaar moeten wachten, ze was het waard. Ze was het zó waard.

Er verscheen een glimlach op zijn lippen. Vijftig jaar zou het niet gaan duren. Het vuur tussen Amber en Tom smeulde alleen nog.

'Dus je hebt niets meer van Kirsten gehoord.' Tom leunde nonchalant tegen de deurpost die Vera's krappe keuken van haar woonkamer scheidde.

Vera schudde haar hoofd en schonk de wijn in, die hij van huis had meegenomen – 'Wat toevallig,' had hij geantwoord op haar opmerking dat ze niets anders dan sinas in huis had. 'Ik kom net bij de slijter vandaan.'

Goedgelovig, dik en dom. Het geven van een cijfer niet eens waard.

Vera had rode konen. Haar pupillen waren groot als punaises. Haar hele lichaam hunkerde naar hem. Het was oneerlijk hoe weinig hij ervoor hoefde te doen.

'Het lijkt wel alsof Kirstie van de aardbol is verdwenen.'

'Niemand verdwijnt.' Hij drukte zijn duim en wijsvinger theatraal tegen zijn ogen. 'Wat een kutzooi.'

'Hier,' zei Vera die een glas wijn naar hem ophield. 'Dit zal je goed doen.'

Hij knikte, tikte zijn glas tegen het hare en trok zijn stropdas losser. 'Op sommige momenten is het net alsof ik stik.'

'Op lucht dan.'

'Op lucht.' Tom keek Vera recht in de ogen. 'Dank je wel. Ik vind het echt fijn om even met jou te praten.' Hij nam een flinke slok wijn en zuchtte diep. 'Met Amber kan ik het er nu niet over hebben, die zit er zo doorheen en al langer zijn we...' Hij maakte zijn zin niet af. Vera mocht zelf invullen wat ze wilde. Als zij wilde denken dat ze een slechte relatie hadden, mocht dat. 'En mijn vrienden proberen er wel voor me te zijn, maar hoe goed ze het ook bedoelen, ze snappen het niet. Jij weet tenminste wat ik doormaak. Bij jou kan ik eindelijk even mezelf zijn, hoef ik niet de man te zijn die ik geacht word te spelen.'

Vera keek meelevend terug. 'Wat er gebeurt in het leven hebben we niet in de hand, alleen hoe we erop reageren.'

Hij herkende de woorden en lachte.

'Ik ben de *Mindset Manual* aan het herlezen.'

Zo makkelijk.

Hij liep naar de bank, gooide wat kussentjes aan de kant en nam wijdbeens plaats. 'Weet je, Vera, ik heb in mijn leven heel wat shit meegemaakt, maar dit... Soms weet ik het gewoon even niet meer.'

Vera bleef ongemakkelijk tussen de keuken en de woonkamer staan. 'Hé, het komt wel goed, joh.'

Hij knikte zonder op te kijken.

'Kom je even bij me zitten?'

'Ja.' Ze plukte aan haar truitje maat XXXL. 'Ja, natuurlijk.' Met samengeknepen billen schoof ze naast hem op de bank. 'Hé, kom op,' zei ze. 'Je moet in de goede afloop geloven. Visualiseren. Dat doe ik ook. Van jou is je kind weg, maar van mij mijn beste vriendin, ik...'

Hij keek op, haar gezicht was zo dicht bij het zijne.

'Ik weet niet of...' stamelde ze nog.

Haar lippen smaakten naar aardbeiengloss en waren warm en vlezig als worstenbroodjes. Een tel openden ze zich voor hem, maar het volgende moment stonden ze alweer stijf van aarzeling.

Ogenblikkelijk stond hij op. 'Sorry,' zei hij, zogenaamd in de war. 'Ik uh.' Hij liep richting keuken. 'Ik weet niet wat me bezielde, ik... ik...'

'Het geeft niet.' Vera volgde zijn voorbeeld en zette een stap achter hem aan. Te terughoudend. 'Ik...' zei ze. 'Jij... We hebben gewoon verdriet, allebei.'

'Ja,' zei hij machteloos. 'Ja, dat zal het zijn: we hebben gewoon allebei verdriet. Het spijt me, ik wil niet dat je denkt dat ik hier alleen maar ben om...' Hij schudde zijn hoofd en liep zonder zijn zin af te maken de keuken in, waar hij doorheen moest om bij de voordeur te komen. Hij was al bij het eenpersoons opklapeettafeltje toen Vera hem terugriep.

'Wacht.' Ze klonk nog steeds niet helemaal zeker van haar zaak, maar de smachtende ondertoon in haar stem begon haar aarzeling al aardig te overstemmen. *Zoals het hoort.* 'Zo erg is het niet.'

Hij bleef staan.

'Hier, je wijn.' Langzaam liep ze naar hem toe. 'Hé.' Ze legde haar hand op zijn onderarm. 'Ik snap het. Je bent verdrietig.'

Hij knikte, keek gepijnigd.

'Maar het gaat allemaal goed komen, daar moet je in geloven.'

'Ja?'

'Ja,' zei zij. Zacht verplaatste ze haar hand naar zijn wang. 'Echt.'

En daar was-ie: de kus die zíj inzette. Ze moest ervoor op haar tenen gaan staan: een haast onbeduidende beweging, maar wel een die de kloof overbrugde tussen verleiden en verleid worden, gebruikt worden en het zelf willen.

Tom opende zijn ogen en keek haar in de hare. Ze lachte. En één moment was hij compleet, deed hij dat wat hij van zijn vader geleerd had wat goed was: Geven, terwijl hij eigenlijk niet wilde. Hij zoende dikke Vera uitbundig, vol passie kuste zij hem terug.

'Serieus?' hijgde hij. 'Ben je serieus zo goed?'

Ze lachte opnieuw. Dankbaar.

Gretig sjorde hij haar T-shirt over haar hoofd. Hij liet zijn blik glijden over haar overweldigende borsten die verstopt waren in een reusachtige zwarte sportbeha. Daaronder hingen vetrollen uitgezakt over elkaar heen. Haar navel verdween in een plooi, op de huid van haar buik zaten grillige, paarsblauwe strepen.

'Niet hier,' zei ze met een half oog op het keukenraam. 'Kom.' Ze ging hem voor naar haar slaapkamer waar het hemelbed al vanaf het moment dat hij hier binnen was gekomen op hem wachtte. Hij wist bijna zeker dat ze zich schaamde voor haar lichaam – zelfs de meest uitgemergelde vrouwen schaamden zich voor hun curves – maar daar liet ze godzijdank niets van blijken. Niets zo on-sexy als een onzekere vrouw.

Zij zette de wijnglazen op de *Mindset Manual* die op haar nachtkastje lag, hij trok de behabandjes over haar mollige schouders. Zoals altijd wanneer hij met kolossen neukte, verbaasde hij zich over de stevigheid van al dat vlees. Hij kuste de rode striemen die de beha in haar rug had achtergelaten en bevrijdde daarna haar tieten uit hun cup F.

Godsamme, zelfs haar tepels waren groot. Het leken twee pionnen. Toen hij eraan trok werden ze iets kleiner, maar wel keihard. Hij drukte zijn erectie tegen haar kont.

Vera kreunde en draaide zich om.

Toen ze haar armen om hem heen sloeg, leek hij te verdwijnen. Deze vrouw was een grote, vleesgeworden kut. Van top tot teen vol, sappig en alles omhullend. Hij wreef zijn lijf tussen haar tieten, zakte door zijn benen en begon haar strakke broek van haar benen af te sjorren.

'Nee, nee, wacht,' zei ze. Ze maakte zich los uit zijn greep, ging op het bed zitten en stroopte zelf haar broek van haar benen. Binnenstebuiten liet ze de stof op de grond vallen. Daarna trok ze hem naar zich toe en maakte ze eerst zijn riem los en daarna zijn knoopjes.

Kut. Niet doen.

Voor hij het doorhad had ze zijn pik al in haar mond. Al kreunend maakte ze smakkende geluiden. Hij sloot zijn ogen en concentreerde zich. *Niet slap worden. Dit hoort er toch bij, loser.*

Hij telde. Van twintig tot één. Maar bij zes was zijn geslacht al zo slap dat hij zich wel terug moest trekken. *Zelfs dat kun je niet, Tom.* Treurig en levenloos hing zijn lul voor Vera's gezicht. Tot overmaat van ramp ging ook nog zijn telefoon.

'Doe ik het niet goed?'

'Zeker wel, maar ik ben meer van het, uh... Geven.' Hij negeerde de beltoon, kwam op Vera liggen en drukte zijn vingers in haar vlees. Terwijl hij neukbewegingen maakte, groeide zijn pik weer. 'Kom op me zitten,' fluisterde hij toen hij zichzelf hervonden had opgewonden in haar oor.

'Op je zitten?'

'Ik wil je proeven.'

Hij was Tom Kuijper. Tom fucking Kuijper. Hij kreeg altijd wat hij wilde.

Zelfs Vera's schaamlippen waren dik. Ze rook naar urine, opwinding en schaamhaar. Hij likte haar dijen glibberig, ze smoorde hem met haar kut, hij kreeg haast geen adem. Haar geil droop in zijn neus, ondertussen trok hij zich stevig en ritmisch af.

Pas toen zij klaarkwam – hij had kramp in zijn kaken, maar gaf er niet aan toe – stond hij het zichzelf ook toe om te komen. Warm droop het vocht over zijn vingers heen. Met de ontlading kwamen de gedachten terug.

Vera rolde van hem af en zuchtte blij. Hij concentreerde zich op de blauwe stof die boven zijn hoofd hing. Een armoedig hemelbed. Op het hoeslaken zaten onbestemde vlekken.

'Hier,' zei Vera. Ze gaf hem zijn wijn, maar die smaakte niet meer. Hij wilde nog maar één ding. Weg. En zijn tanden poetsen in de sereniteit van zijn eigen huis.

'Hai Am, met mij.' Judith klonk opgetogen.

Amber lag op bed met haar laptop en sloot bezwerend haar ogen. *Alleen als Judith ja zegt op mijn voorstel, zie ik Emma terug.*

'Toen jullie weg waren heb ik het meteen even met Alec overlegd van dat geld en hij zei ogenblikkelijk: natuurlijk gaan we Amber helpen.'

'Echt?' Amber had een brok in haar keel, nog even, nog heel even maar, en ze had Emma weer in haar armen. 'Ik weet niet wat ik moet zeggen,' stamelde ze. 'Ik, ik...'

'Je hoeft ook niets te zeggen, schat. We doen het graag. En Tom komt, zoals afgesproken, niets te weten.'

'En de voorwaarden?'

'Tien procent rente per jaar en een deel van jouw aandelen als onderpand.'

'Mijn aandelen...' Amber sloot haar ogen. Ze had het kunnen weten. Bij Alec ging niks voor niks.

'Alec maakt een contractje en dan kun je morgen het geld hier ophalen. Of als je wilt vanavond nog.'

Amber perste haar lippen op elkaar. Ergens op de achtergrond hoorde ze het kleine huiltje van Xavier. Zo klein. Zo eenzaam.

‘Amber? Ben je er nog?’

‘Ja... ik ben er nog... Mag ik er even over nadenken?’

‘Natuurlijk, lieverd. Neem alle tijd die je nodig hebt.’

Met haar ogen op het plafond gericht bleef Amber op haar bed liggen. Ze vroeg zich af wat ze moest doen. Tom moest dit weten, natuurlijk. Tom kon haar vertellen hoe hun aandelen verdeeld waren.

Ze belde hem, maar hij nam niet op. ‘Namasté. Dit is de voicemail van...’

Ze vroeg zich af wat hij aan het doen was.

Hij zoekt het ook eigenlijk maar uit.

Ze kwam overeind, ging in kleermakerszit zitten en tikte een berichtje naar Brandon. *Morgen, 9:00 uur op het bruggetje. Ik heb het geld.*

Daarna belde ze Judith terug om te vertellen dat ze graag op haar aanbod inging.

Joël trok zijn colbert recht en dacht aan wat Tara gezegd had toen ze een paar uur geleden zijn kantoor uit was gelopen. ‘Mijn nummer? Daar kun je vast wel achter komen.’ Godsamme, wat een type. Ze had vast gehoopt dat hij haar 06 aan Tom of Amber zou gaan vragen – alsof die op een moment als dit daarop zaten te wachten – en hij geen betere manieren had.

Hij had Tara’s nummer simpelweg opgezocht in Toms adresboek – waaraan trouwens geen nieuwe contacten toegevoegd waren; Tom had alleen contact met Vera en met Alec gehad. *De loser.* Tom begon langzaam maar zeker Amber kwijt te raken, dat voelde Joël aan alles; er was iets veranderd in de blik waarmee ze naar hem keek.

Nog even, nog heel even maar, en ze was van hem.

Maar nu eerst Tara afhandelen, de preview van de rest van zijn leven.

Toen zij vanmorgen zo flirterig had gezegd dat hij haar moest bellen, had hij bedacht een dag of drie te wachten. *Vrouwen houden niet van eager.* Drie dagen gaf precies het juiste signaal; iets tussen: ik zit niet op jou te wachten, want ik heb genoeg te doen, en: maar ik vind je leuk genoeg.

Maar nu was zij hem voor. *Nu een drankje doen?* had ze geappt. Iets wat Amber nóóit in haar hoofd zou halen: als aangeschoten wild op een serveerschaal gaan liggen. Geen wonder dat ze single was.

Joël keek uit het raam naar het bijgebouw en vroeg zich af wat hij moest doen. Ja zeggen, of zich aan zijn plan houden en naar zijn afspraak met Ana Flores, zijn nieuwe buurvrouw gaan, de Braziliaanse met die billen.

Om eerlijk te zijn vond hij het feit dat Tara dit berichtje stuurde niet minder dan teleurstellend. Het maakte haar niet de appetizer van zijn toekomst, maar een slap aftreksel. Maar toch. Nu niet op haar uitnodiging ingaan, kon betekenen dat het helemaal nooit meer zou gebeuren. Hij moest het risico maar nemen. Op dit moment zou hij niet dichter bij Amber komen.

Hij typte *vijf minuutjes*, liep naar de wc, waste zijn pik en gaf zichzelf een knipoog in de spiegel. Hij zag er goed uit. *Master.*

Tara deed open met een glas whisky in haar hand. Dronken.

'Zo, zo,' lachte hij. 'Feestje?'

'Ik ben een omweg aan het nemen,' antwoordde ze met onvaste stem. 'Ook?' Ze hield de fles Jack Daniëls op en schonk hem vervolgens, zonder op zijn antwoord te wachten, een glas in.

Eigenlijk had hij geen zin in een dronken tor, maar toch pakte hij het aan. Hij vroeg niet naar uitleg, keek de kamer rond en vroeg zich af waar hij in vredesnaam kon zitten. Uiteindelijk koos hij het bed maar, hij legde wat papieren aan de kant om ruimte te maken en sloeg zijn benen over elkaar. 'Leuk dat je appte,' zei hij dapper. 'Je was me voor.'

'Ja, ja, dat zal wel,' antwoordde ze cynisch. Dat ze allebei wisten dat ze de waarheid sprak leek haar niet bepaald te storen. Ze hief haar whisky als in een proost in de lucht en zette haar glas aan haar lippen.

'Wacht,' zei hij, maar alleen omdat Tara Ambers zus was. Hij keek haar onverholen flirterig aan. 'Wat vieren we?'

'Dat wij elkaar nu kennen.' Tara grijnsde terug.

'Dat wij elkaar nu kennen.' Joël tikte zijn glas tegen het hare en nam tegelijkertijd met Tara een slok.

'Zo,' zei ze met een zucht toen ze haar glas liet zakken. Alsof ze goede vrienden waren. 'Waar waren we ook alweer gebleven? Je vertelde over die vriend van Tom, toch? Kom, hoe heet hij, Alec Morozov, nietwaar?' Haar bewegingen waren onvast, net als haar woorden.

'Tara.' Hij trok zijn wenkbrauwen op. 'We gaan het toch niet over Tom hebben?'

'Maar ik wil weten hoe hij is.'

'Vraag het aan je zus.'

'Ik bedoel het niet op die manier.' Ze draaide overdreven met haar ogen. 'Ik wil weten hoe hij ís. Please,' ze vouwde haar handen tegen elkaar. 'Vertel me eens hoe dat ging, hoe dat bedrijf van Tom is opgericht. Door die... man.'

'Ik peins er niet over.' Joël lachte. 'Ik ben hier gekomen om te praten over jou.'

'Over mij valt weinig te vertellen.'

'Dat betwijfel ik.'

Toen hij een stilte liet vallen stond ze ongemakkelijk op. Ze moest zich vasthouden aan haar bureau omdat ze wankelde. 'Oké,' zei ze alsof ze zich overgaf. 'Geen vriend. Geen huis op dit moment. Freelancejournaliste. Punt.'

'Punt? Kom op, Tara. Dit kan het niet zijn. Wat wil je...' Hij wilde iets grappigs zeggen, iets luchtigs. 'Wat wil je worden als je groot bent?' Hij gaf haar een knipoog.

'Schrijfster,' zei ze na lang nadenken.

'Je bent al schrijfster.'

'Ik ben journaliste. Dat is anders dan een schrijfster die boeken schrijft.'

'Oké, auteur dus... En waar zouden die boeken van jou dan over gaan?'

Ze schonk zichzelf bij en draaide theatraal met haar ogen. 'Ik wil het niet over mij hebben,' zei ze. Er zat een zeurderige ondertoon in haar stem.

'Je hebt het liever lekker veilig over Tom?'

Ze lachte. Knikte. 'Precies.'

'Eerst vertellen waar je boek over zal gaan.'

Ze legde haar vinger op haar neus en keek hem nadenkend aan. 'Dus eerst iets over mij en dan vertel je over Tom?'

'Beloofd.'

Hij vouwde zijn handen in elkaar en zette zijn ellebogen op zijn knieën. Waarom was hij hier in godsvredesnaam naartoe gekomen?

'Wat?' vroeg ze, ze walste haar whisky in haar glas. 'Wat zit je te kijken, Joël van Santbergen?'

De preview van de rest van zijn leven. Lichamelijk dan. 'Je bent een aantrekkelijke vrouw, Tara.'

Gespeeld beledigd keek ze terug. 'Meneer de charmeur...'

Ze liep terug naar haar stoel, maar in het voorbijgaan trok hij haar aan haar heupen naar zich toe. Ze verloor haar evenwicht en viel over hem heen op het bed. Behendig keerde hij zich om en ging half op haar liggen. 'Zoenen?'

Ze knikte.

Wat een teleurstellend verschil met Amber. Amber had klasse, terwijl Tara hem liet begaan toen hij zijn handen onder haar trui schoof en hij de sluiting van haar beha losmaakte. Ze had kleine borsten, net als Amber, en een platte, gespierde buik.

Ze kreunde en giechelde toen hij haar spijkerbroek openknoopte en die, tegelijk met haar string van haar benen trok. Zelf nam hij niet de tijd zijn broek helemaal uit te trekken. Rits omlaag, broek op zijn knieën, boxer half uit. Toen hij bij haar naar binnen kwam greep Tara verlekkerd in haar kussen. Ze maakte geluiden die hem deden denken aan een klein dier in nood.

Hij neukte haar met zijn ogen dicht en probeerde zich voor te stellen dat Tara bíjna Amber was. Zussen. Dezelfde genen.

Maar Amber zou beter zijn. Beter klinken. Beter voelen. Beter smaken.

Zijn maag deed pijn toen hij klaarkwam. Hij veegde het zweet van zijn voorhoofd en bleef nahijgend liggen. Tara keek hem met dronken ogen aan. 'Macht,' zei ze.

'Wat, "macht"?'

'Waar mijn boek over zal gaan.'

Mijn god. Ook dat nog.

'En nu jij.' Ze legde haar hand op zijn borst en zuchtte haar whiskyadem in zijn gezicht.

Hij schudde zijn hoofd, richtte zich op en trok zijn broek weer over zijn billen.

'Ga je?'

Joël knikte. 'Ik heb nog een afspraak. Dat had ik net toch al gezegd, dat ik maar kort kon blijven?'

Tara schudde haar hoofd. 'Nee, volgens mij niet.'

'Jawel.'

Zijn fatsoen weerhield hem ervan meteen de deur uit te lopen. Bovendien had hij nog zijn verzoek. Of beter gezegd, de oplossing waar zij hem bij moest helpen.

Hij ging op de rand van het bed zitten en legde zijn hand op Tara's buik. Zachtjes duwde hij in haar vlees. 'Wat ik trouwens nog zat te denken,' zei hij alsof hij het net pas bedacht. 'Waarom draag jij geen kind voor je zus? Als ze Emma niet terugvinden...'

Ze keek hem alleen maar aan. Verdomme, hij had echt geen zin in gezeik, nu. Maar hij moest door. Voor Amber. 'Da's mooi toch,' zei hij spelend met haar navel. 'Als de ene zus dat voor de andere kan doen?'

'Het kan niet,' zei ze luid. Kwaad haast.

'Natuurlijk wel. Je hoeft niet met Tom naar bed. Je gaat gewoon naar het ziekenhuis en dan...'

'Ik héb al een traject gedaan.' Ze trok het dekbed over haar blote lijf heen. 'IVF.' Ze keek hem aan voor steun. 'Ik ben net zo onvruchtbaar als Amber.'

Bah.

Bah, bah, bah.

Kwaad trok Joël zijn hand terug.

'Och meisje toch.' Hij wist het er meelevend uit te persen.

Tara reikte naar het glas op haar nachtkastje en dronk het restje whisky op. Ze wreef in haar ogen alsof ze tranen probeerde terug te dringen en legde toen haar hoofd op zijn schoot. 'En nu moet je vertellen over Tom,' zei ze.

'Sorry schat.' Met weerzin kreeg hij het voor elkaar om over haar haren heen te strijken en haar hoofd enigszins liefdevol van zijn schoot te verwijderen. 'Volgende keer.'

'Je bent een zak, Joël,' zei ze voordat hij de deur uit liep.

'Kan ik nog iets voor je doen?' Hij vroeg het voor Amber.

'Vertellen. Zoals we hadden afgesproken.'

'Iets anders?'

'Nee.'

'Probeer een paar glazen water te drinken,' raadde hij haar aan. Bij wijze van antwoord draaide Tara zich in bed om. Hij tikte op zijn smartwatch en zag dat hij de date met zijn buurvrouw Ana Flores nog makkelijk ging redden.

Vera keek gelukzalig uit haar keukenraam en zag Tom over straat lopen. De lichten van zijn sexy Tesla knipperden. Zonder nog om te kijken stapte hij in en scheurde weg.

Ze drukte een koud glas water tegen haar oververhitte wangen en zuchtte. Alle mensen, ze kon gewoon niet geloven wat haar net was overkomen. Ze was naar bed geweest met Tom Kuijper. Goeroe. BN'er. Een van de hotste mannen van Nederland!

Ze voelde zijn handen nog overal, zijn tong, zijn lichaam. Haar hele lijf tintelde ervan. Ze stond in de keuken zomaar wat te lachen.

Er zat nog een bodempje wijn in de fles die hij had meegenomen. Ze schonk het in het glas waar hij net uit had gedronken en zette haar lippen op de afdruk die de zijne hadden achtergelaten op de rand. De wijn smaakte naar seks. Naar succes. Naar spanning. Naar Tom.

Tom Kuijper!

Op haar blote voeten liep ze terug naar haar bed en stapte tussen de verfomfaaide lakens. Ze pakte de *Mindset Manual* van haar nachtkastje, drukte die tegen haar borst en staarde dromerig naar de blauwe voile boven haar hoofd.

Deze lakens ging ze never nooit meer wassen.

Tom had bij zijn haastige vertrek gezegd dat hij haar snel zou bellen, maar toch vroeg ze zich af of ze hem ooit nog zou zien. Dat was de pest met verliefdheden: het maakte je zo verrekte onzeker.

Niet luisteren naar mijn reptielenbrein. Dat wil dat mijn leven blijft zoals het is: lekker vertrouwd. Tom Kuijper, dé Tom Kuijper kwam hiernaartoe omdat hij míj leuk vindt! Ik moet er niet over nadenken, ik moet ervan genieten.

Maar toch.

Vera slingerde heen en weer tussen een overwinningsroes en het gevoel dat ze gebruikt was.

Ze dommelde net in slaap toen de deurbel ging. Ogenblikkelijk was de grote grijns op haar gezicht terug. Zie je, ze had zich druk gemaakt om niets. Tom was terug. Tom wilde meer. En zij wilde hem dat graag geven.

Snel wierp ze een blik in de spiegel. Ze zag er verwilderd uit. Haar make-up was uitgelopen en haar haren leken wel een vogelnest. Met wat spuug veegde ze de ergste mascararesten weg en terwijl ze haar haren met haar vingers kamde liep ze naar de voordeur om open te doen.

Met een lach deed ze de deur open.

'Hai,' zei Brandon.

In een reflex wilde ze de deur weer dichtdoen, maar Brandon was haar voor. Hij legde zijn hand op de deur, stapte naar binnen en duwde haar in één vloeiende beweging hardhandig tegen de wand. 'Wat...' piepte ze, maar verder kwam ze niet. Hij zette zijn onderarm op haar keel, waardoor ze nauwelijks adem kreeg. De haakjes van de jassen duwden in haar nek. Met zijn voet deed hij de deur dicht.

'Waar is Kirst?' De ader op Brandons voorhoofd was opgezwollen en klopte.

'Ik weet het niet.' Ze piepte toen hij haar wat adem gaf.

'Onzin. Ze is je beste vriendin. Waar is ze?'

Hulpeloos keek ze hem aan. 'Ik weet het niet, Brandon.'

Als straf voor haar antwoord drukte hij zijn onderarm nog verder in haar hals. Ze kon geen adem meer krijgen, maaide met haar armen, probeerde Brandon van zich af te duwen, maar het ging niet. Hij was veel te sterk. Paniek nam bezit van haar. Met alle kracht probeerde ze te ademen.

'Waar is ze?' schreeuwde Brandon buiten zinnen. 'Je gaat het me zeggen, dikke pad, anders vermoord ik je. Begrijp je dat? Ik breek je nek als je niets zegt.'

Ze wilde knikken, maar kon haar hoofd niet bewegen. Ze had lucht nodig, nu, anders was het te laat. Er kwam druk op haar ogen te staan, haar mond werd droog. Dit was het, ze ging dood.

Brandon liet haar los en Vera boog zich hoestend naar voren.

'Nou?' Hij gaf haar een knietje tegen haar borst, waardoor ze haar evenwicht verloor en op de grond viel.

'Ik...' Het spreken ging moeilijk, er kwam alleen een rasperig geluid uit haar mond dat niet op woorden leek. 'Ik... weet... het... niet.'

Brandon torende hoog boven haar uit en keek naar haar alsof ze iets vies was, een zilvervisje dat hij kon pletten met zijn schoenzool.

Hij schraapte zijn keel en tufte een rochel in haar gezicht. 'Ik hoop het voor je,' zei hij. Vera sloot haar ogen en durfde zijn spuug niet weg te vegen. Ze kromp ineen toen ze een harde klap hoorde. Pas na een paar seconden durfde ze haar ogen te openen. Ze was alleen.

Bibberend bleef ze op de grond liggen, ze trok haar benen tegen haar borst.

OM DEGENE TE WORDEN
DIE JE BENT MOET JE LOSLATEN
WIE JE DENKT TE ZIJN

Govert Vos gaapte. Hij had het gevoel dat zijn hoofd vol watten zat. Tot zeker halfvier die nacht hadden zijn benedenburen hem uit zijn slaap gehouden. Een *sweet sixteen party* was het geweest. Ze hadden het hem eerder die week met een briefje gemeld.

Rond een uur of twee had hij overwogen om de politie te bellen – zo'n printje dat je bij iedereen in de flat in de brievenbus gooide was toch zeker geen vrijbrief om de hele nacht de housemuziek voluit te zetten?! – maar had dat uiteindelijk niet gedaan. Iemand anders moest maar bellen, had hij gedacht. Zijn dochter was ook ooit zestien geweest.

Geen van zijn buren had echter gebeld. Of misschien hadden zij ook op de rest liggen wachten en was het feest uit zichzelf om halfvier gestopt. Of, derde optie: de politie had het de moeite van het langsgaan niet waard gevonden.

In ieder geval had Govert nog lang nadat de muziek uit was gegaan in het donker naar het plafond liggen staren. Hij had zich afgevraagd of het nu laf was geweest, of juist goed nabuurschap dat hij niet gebeld had. En hij had aan Hellen gedacht, zijn ooit zestienjarige dochter, die voor de liefde was verhuisd naar Zweden. Hij was haar kwijtgeraakt aan een kale vent uit Malmö. Hoe het leven toch kon lopen.

God, wat miste hij haar.

Halfzes – zijn nachtrust was hem écht niet gegund – had Suus hem wakker gemaakt door heel hard naast hem te gaan zitten piepen.

Hij gaapte nog een keer. Luid. Zonder zijn hand voor zijn mond te doen. Er was toch nog geen kip in het bos, zo vroeg. Suus stoof weg. Die had ongetwijfeld een konijn of een egel in de smiezen.

Govert stak zijn handen diep in zijn zakken. De wind was guur en hij wilde naar huis. Hij floot, maar Suus, dat eigenwijze stuk vreten, kwam niet terug. Ze leek te veel op hem. Chagrijnig zette hij de pas erin. Ze zocht het maar uit. Ze moest hem straks maar komen zoeken.

Hij zou Hellen die middag nog bellen, besloot hij. Een vader had toch het recht om te weten hoe het met zijn kind ging. En met zijn kleinkinderen. Hij had de jongste nog nooit gezien. En zij had Suus nog nooit in het echt gezien.

Hij draaide zich om en keek naar het pad dat verlaten achter hem lag. Geen Suus. Hij floot nog een keer. 'Suus. Hier!'

Dat verdomde rotbeest ook. Hij liep het hele eind terug en bleef staan bij de plek waar Suus tussen de bomen door was verdwenen. 'Suus! Waar ben je? Koekje!'

Er volgde een hoop geritsel en vervolgens stak Suus haar blije kop achter een struik vandaan, haar poten onder de modder en spetters op haar vacht, maar dat was niet wat Govert alarmeerde. Het was haar bek, haar bek die droop van het bloed. 'Hier,' zei hij. 'Hier.'

Suus maakte een schijnbeweging. Ze had iets in haar bek.

'Laat los,' zei Govert. Het kon niet, wat hij zag. Het moest het slaapgebrek zijn, zijn ogen hielden hem voor de gek. 'Hier, Suus.' Govert meende het. Hij wees op de lege plek naast zich en lijnde zijn labrador aan zodra hij de kans kreeg. Suus liet los en Govert gaf over.

Ambers auto was gevuld met klassieke muziek. Op de bijrijdersstoel lag een sporttas vol bundeltjes van vijftigeuro-biljetten. Vijftigduizend euro in totaal.

Met het gevoel dat ze eindelijk weer iets van controle terug had, draaide ze de oprit van de villa op.

Verbaasd keek ze naar de Volvo die schuin voor de deur geparkeerd stond. Een grijsgroene middenklasser die ze niet herkende. Tom had niets gezegd over bezoek, vooral niet zo vroeg op de dag – het was nog geen acht uur. Maar goed, ze had Tom sinds hij gisteravond weg was gegaan sowieso niet meer gesproken. Ze had hem wel thuis horen komen. Hij had een douche genomen en was naar boven gegaan – waarschijnlijk om te mediteren – maar naar bed was hij niet gekomen.

Ze vermoedde dat hij in zijn kantoor had geslapen, wat ze kwetsend had gevonden, maar waar ze tegelijkertijd blij om was geweest: ze had geen smoes hoeven te bedenken voor haar bezoek aan Judith.

Met de sporttas om haar schouder stapte ze naar binnen. Uit de woonkamer klonken bekende stemmen. Tom en Joël en een vrouwenstem die ze niet meteen kon plaatsen, maar die ze wel eerder gehoord had.

'Amber.' Rechercheur Priscilla de Rooij veerde meteen op toen Amber de woonkamer binnenstapte.

'Jullie zijn er vroeg bij.' Nonchalant zette ze haar sporttas in de hoek van de kamer. Wat was dit? Waarom keek iedereen haar zo aan?

Een blik op Tom en ze wist dat De Rooij en haar collega hier niet zomaar waren.

Nee. Nee, dit kon niet.

Ze voelde het bloed uit haar hoofd wegtrekken, hoe haar hart ophield met pompen.

Nee. Niet dit bericht. Ze had net het geld bij elkaar. Ze ging Emma terugkrijgen. Vandaag nog.

'Amber...' Tom begon voorzichtig.

'We hebben Emma nog niet gevonden.' De Rooij vuurde haar woorden direct op haar af. 'Maar Kirsten wel. Ze is dood. Vermoord.'

'Vermoord?' *Maar... Maar dat kan niet. Brandon weet waar ze is. Brandon zei dat ze nog in leven is.*

Toch?

Dat zei hij toch?

De wereld draaide om Amber heen. Ze moest zich vasthouden aan de rugleuning van een stoel om overeind te blijven. Joël snelde op haar af, ving haar op. Zo snel hij kon nam Tom het van hem over.

'Weg,' zei Amber fel. 'Blijf van me af. Jullie allebei.'

Dit was allemaal zíjn schuld, die van Tom. Als hij Brandon niet zo had getart, uitgedaagd zelfs, dan was Kirsten nu nog steeds in leven geweest.

'Maar...'

'Hier,' zei Tom. Hij zette een glas water voor Amber neer. Een glas water. Een achterlijk glas water! Alsof dat hielp!

'Maar waar is Emma dan?'

De Rooij keek Amber meelevend aan. 'Dat weten we nog niet.'

'Nóg niet?'

'Hebben jullie iets gehoord op jullie oproep?'

Amber keek De Rooij kwaad aan. Zo troebel als de wereld een tel geleden was geweest, zo scherp was die nu. 'Nu gaan jullie wel zoeken?'

'Natuurlijk.'

'Maar ze... Ze...' *Dit kan helemaal niet. Kirsten hoort ergens te zijn. Met Emma. Kirsten is gevlucht met Emma, omdat zij zoveel van haar houdt dat ze haar niet kan afstaan.*

'Maar hoe...'

Emma is alleen.

'Ze is neergeschoten. Van dichtbij. Iemand die zijn hond uitliet heeft haar gevonden.'

'En Emma?'

De Rooij sloeg haar ogen neer.

'Wat?' vroeg Amber. 'Wat verzwijg je?'

'Ze hebben een babymutsje gevonden. We weten niet of dat het mutsje van Emma is natuurlijk, maar daar kunnen we wel van uitgaan en...'

Amber sloeg haar hand voor haar mond.

'Maar we weten nog niets. Het kan best zijn dat Kirsten dat mutsje bij zich had en dat...' Ze maakte haar zin niet af. Ogenblikkelijk schoten er meerdere scenario's door Ambers hoofd.

'Hoe is het gebeurd?'

'Dat mag ik niet zeggen zolang het onderzoek loopt.'

'Waarom niet? Je kunt toch wel zeggen hoe...'

Emma is alleen.

'We hebben je hulp nodig, Amber. Ik neem aan dat je een schifting hebt gemaakt in de e-mails: interessant en niet-interessant?'

'Brandon moet je hebben,' zei ze. 'Brandon zei tegen ons dat hij weet waar Kirsten is. Was.'

'Haar ex?'

Ze knikte en opende haar tas om haar mobieltje te pakken, om hun appconversatie te laten zien. Shit, waar was dat ding? Ze had haar telefoon bij Judith laten liggen.

Ze zag zo voor zich hoe het was gebeurd: Xavier lag op zijn rug op een schapenvachtje in de box, zij had haar mobiel in haar hand en legde die op tafel omdat Judith haar een knuffel wilde geven. 'Het komt goed allemaal. En ook als het niet goed komt, dan komt het goed. Je bent sterk, Amber. Jij kunt dit.'

Amber had maar één ding gewild: zo snel mogelijk weg. Weg van deze baby, weg van deze pijn, weg van Judiths woorden die nergens op sloegen. Ze had haar handtekening onder het contract van Alec gezet, had de sporttas gepakt en was haar mobiele telefoon vergeten.

Amber keek De Rooij radeloos aan. 'Brandon zei dat hij wist waar Kirsten en Emma zijn. Voor vijftigduizend euro wilde hij ons dat vertellen. Ik kan het je niet laten zien, maar het is echt waar. Je moet Brandon hebben. Hij heeft haar...'

Als we eerder hadden betaald, was dit misschien nooit gebeurd.

De Rooij knikte en schreef iets in haar notitieblokje.

Waarom zat ze hier verdorie nog?

Kirsten was dood. Echt dood.

Kirsten had Emma niet ontvoerd, Kirsten was zelf het slachtoffer.

En Emma was – als ze nog leefde, Amber voelde zich misselijk worden – ergens, bij iemand, geen idee waar.

Radeloos keek ze Tom aan. Haar meisje was moederziel alleen.

Tara werd wakker met een bonzend hoofd en een gortdroge mond. De fles Jack Daniëls lag naast haar hoofdkussen, het glas waar eerst Amber en daarna Joël uit hadden gedronken was voor driekwart met peuken gevuld.

Joël.

O, shoot.

Pijnlijke herinneringen aan gisteren drongen onvriendelijk en rauw haar hoofd in. Had ze hem echt zomaar gevraagd om te komen? Had ze hem werkelijk geneukt in ruil voor informatie? Informatie die ze niet had gekregen.

Was ze gek geworden?

Ze dacht aan hoe Amber hier gisteren had gezeten, starend naar de villa, haar treurige ogen nog steeds betoverend mooi, haar profiel zoveel eleganter dan het hare.

Ze legde haar rechterhand op haar bezwete voorhoofd toen ze zich herinnerde dat ze Joël over haar onvruchtbaarheid had verteld. Waarom?! Wat ging dat die man aan? Dat ze het had gedaan wist ze echter zo goed als zeker.

Je bent ook nergens goed voor, Tara.

Vol zelfverwijten sleepte ze zich uit bed en draaide ze de douche open. Ze leunde tegen de tegeltjeswand aan. *Niet blijven hangen in het verleden, doorgaan met waar je mee bezig bent,* vertelde ze zichzelf, iets wat ze in therapie had geleerd.

Jeroen Overvest zoeken. Stug doorgaan. Simpelweg de ene voet voor de andere zetten.

Werktuiglijk bracht ze een dun laagje dagcrème aan. Daarna ging ze met haar handdoek om zich heen gewikkeld achter haar computer zitten.

Dezelfde zoekresultaten als gisteren kwamen tevoorschijn. Om de foto's te vergelijken vergrootte Tara het jonge jongenskoppie op de schoolfoto op haar mobiel. Tot haar ergernis zat er een vlekje op, precies op de linkerkant van Jeroens gezicht. Dat maakte het vergelijken moeilijker.

Zo op het eerste gezicht vond ze geen match tussen het kind

en de volwassen mannen op internet. Zuchtend opende ze een leeg Excelbestand en begon ze een lijst te maken van alle Jeroen Overvests die ze tegenkwam. Het zou een kwestie van volharding zijn voor ze wist wie van hen in Duivendrecht was opgegroeid.

Voor de klus gaf ze zichzelf niet meer dan de ochtend. De lead was te mager om er meer tijd aan te besteden. Kon ze Jeroen niet vinden, dan zou ze zich weer op de vermiste personen storten: ergens moest ze kunnen aantonen dat Morozov achter hun verdwijningen zat.

Ze zette een sterke bak koffie voor zichzelf, nam drie paracetamols en opende de foto van de gekantelde vrachtwagen. Ze keek naar de vrouw met de lotusbloemtatoeage. 'Ik zal je wreken,' beloofde ze de dode ziel. *En daarmee heb ik dan toch nog nut.*

'Alec, met mij. Tom.'

'Tommieboy. Zeg het eens.'

Tom probeerde zijn aandacht naar zijn voeten te brengen, in het nu te zijn, rustig te blijven. Wat hij ook deed, hij mocht zijn paniek, zijn échte paniek, niet tonen. 'Kirsten is gevonden.'

Aan de andere kant van de lijn viel het stil.

'In het bos,' ging Tom verder. 'De politie was hier net.'

'Verdomme, Tom.'

'Amber trekt dit niet, Alec. Huilen kan ik aan. Woede ook. Maar nu is ze in shock. Er is geen contact meer met haar te krijgen.'

'De grootste goeroe van Nederland weet heus iets om te zeggen, toch?'

'Ze gaat hieraan kapot, lul.'

'Maar gelukkig heeft ze jou.'

'Ik raak haar kwijt.'

'Terwijl jij toch alleen maar van haar houdt.' Het sarcasme droop van Alecs stem af.

Tom sloeg zijn hand tegen de muur. 'Ik kan dit niet meer,' zei hij.

'Je kunt dit niet meer? Ha! Da's nog eens een goeie.'

'Ik meen het, Alec.'

'Luister, Tom. Ik weet niet waar je mij voor belt, maar jij gaat van jouw probleem niet het mijne maken. Ik heb je geholpen toen je me het meest nodig had, ik ben de enige die je uit de shit wilde halen, nu moet je niet gaan zeiken. Ogen op de toekomst.'

'Maar ik...'

'Godverdomme, Tom.' Alec schreeuwde de woorden in de hoorn, koud, woedend. 'Jouw probleem, hoor je. Jouw probleem. Val me hier niet mee lastig, ja. Ik ben net vader geworden. Ik hoor te genieten. Deze tijd hoort niet besmeurd te worden met jouw onkunde. Je lost het op, hoor je. Je lost het op.'

Tom bleef staan met de telefoon zonder verbinding in zijn hand. Hij had de ergste hoofdpijn die hij ooit had gehad. Alsof iemand een bankklem om zijn schedel had geschroefd. Maar dan letterlijk. Hij zat muurvast. Met geen mogelijkheid kon hij hier nog uitkomen.

'Emma is niet dood, muze.' Tom zat achter het stuur en keek Amber vlug maar geruststellend aan. 'Ze is bij mensen die heel veel van haar houden.'

Amber zat als verdoofd naast hem. Haar hoofd liep over. Ze wilde op te veel plekken tegelijk zijn. Ze waren op weg naar De Rooij om te kijken of ze op de beelden van het ziekenhuis iemand herkenden, maar ze wilde ook zo snel mogelijk haar mobiel bij Judith ophalen – als Brandon belde, dan móést ze opnemen – en ze wilde achter haar laptop zitten, want stel dat iemand de gouden tip had.

'Kun je niet sneller?' vroeg ze.

Terwijl Tom al met honderdzestig kilometer per uur over de snelweg racete, drukte hij zijn gaspedaal nog iets dieper in. Hij pakte Ambers hand. 'Alles is goed,' bezwoer hij haar. 'Emma heeft het goed.'

Amber perste haar lippen op elkaar. Ze had haar nagels in haar bovenbenen gedrukt.

'Het bestaat gewoon niet dat iemand Emma kwaad wil doen en...'

'Hou verdomme toch je hoofd, man.' Amber haalde fel uit. 'Zie je niet dat dit allemaal jouw schuld is? Als jij Brandon gewoon dat geld had gegeven...'

Tom kneep zo hard in het stuur dat zijn knokkels wit werden. Hij zette zijn tanden op elkaar, waardoor zijn kaak naar voren kwam te staan.

Amber wist hoezeer hij zijn woede probeerde in te houden, hoe moeilijk hij het had, en juist daarom beet ze hem toe: 'Jij mag honderdduizend keer goeroe zijn, je weet niets, Tom. Helemaal niets. Precies evenveel als ik. Wie zegt dat Emma niet dood is? Wie? Verdorie wie?!'

Tom deed zijn mond open, maar sloot hem meteen daarop weer.

'Dat dacht ik ook, ja,' vulde Amber koud aan.

Hij moest het weten, dat hij haar niet voor de gek kon houden met zijn bezwerende gebabbel. Ze kende hem, wist dat het een trucje was. Maar ze hadden niet de luxe om tijd te verdoen met hopen, ze moesten Emma vinden. Zo snel mogelijk. Als het niet al te laat was.

De spreekkamer van De Rooij was eerder een hok dan een kamer. Er hing een poster aan de muur waarop groot *waakzaam en dienstbaar* stond. 'Gaat het?' vroeg De Rooij aan Amber en Tom.

Tom draaide zijn plastic bekertje water om en om in zijn handen, Amber knikte. Natuurlijk ging het niet. Kirsten was dood, Emma vermist en ze was qua gevoel niet eerder zo ver bij Tom vandaan geweest als nu.

Het blonde meisje dat naast De Rooij zat tikte wat dingen op haar laptop en draaide vervolgens het scherm naar Amber en Tom. In grijstinten was de hal te zien van het ziekenhuis. Rechtsonder het beeld stond in het wit de tijd. 23:47.

Net toen Amber wilde vragen waar ze precies naar moest kijken liepen er twee mensen het beeld in. Ze waren van achteren gefilmd door een camera die aan het plafond hing. Het duurde twee seconden voordat ze weer uit beeld verdwenen waren, hun gezichten waren niet te zien.

'En?' vroeg De Rooij. Het cybermeisje startte zonder dat dat haar gevraagd hoefde te worden nog een keer het filmpje.

Nu Amber wist waar ze op moest letten zag ze duidelijk dat de rechterfiguur Kirsten was. Kirsten met in haar armen Emma. Haar dochter was op het beeld alleen een klein grijs rondje, maar het móést haar zijn.

Wie degene was die naast haar liep, wist Amber niet. Ze keek naar Tom, die met zijn lippen op elkaar geperst naar het scherm zat te staren.

'Het bestaat niet dat iemand Emma kwaad wil doen.'

Zou hij werkelijk in zijn eigen sprookje over de maakbaarheid van het leven geloven? Werkelijk denken dat je puur met je wil de waarheid kon bepalen?

Kirsten hield Emma dicht tegen zich aan. Beschermend. Lief.

'Dat is Kirsten,' wees ze. Haar stem trilde. 'Honderd procent zeker.' Ze herkende Kirsten niet alleen aan haar jas, ook aan haar haren en de manier waarop ze liep. Onmiskenbaar.

Ongelooflijk dat dit waarschijnlijk de laatste beelden van haar waren. Misschien was ze een uur nadat ze hier had gelopen wel dood geweest.

Net als Emma?

Amber huiverde.

'En weten jullie ook wie dit is?' De Rooij wees op de persoon die naast Kirsten liep. Het leek een vrouw. Ongeveer net zo lang als Kirsten. Mager. Ze droeg een sportieve outfit: een joggingpak en een pet.

'Geen idee,' zei Amber.

Tom schudde zijn hoofd.

'We hebben ook nog andere beelden.' De Rooijs collega klikte een ander filmpje aan en weer kwamen Kirsten en de onbekende vrouw in beeld. Omdat de camera nu van voren filmde waren beiden beter te zien, maar nog steeds was het beeld te korrelig om er iets zinnigs over te zeggen.

'Herken je haar?'

Amber bracht haar gezicht dichter naar het scherm en perste haar ogen tot spleetjes. 'Mag ik het nog een keer zien?'

In totaal bekeek ze het filmpje tien keer. Daarna kon ze maar tot één conclusie komen: ze kende de vrouw niet.

'Ik heb ook geen idee,' zei Tom. 'De enige aan wie ik moet denken is dat meisje van de verpleging.'

Amber schudde haar hoofd. 'Die was dikker. En kleiner.'

'Kan het een vriendin van Kirsten zijn?'

Amber perste vragend haar lippen op elkaar. De enige vriendin van Kirsten die ze kende was Vera en die was dit in ieder geval niet.

'Misschien is het een vriendin van Brandon?' vroeg Tom.

'Hebben jullie al met hem gepraat?'

'Daar mag ik niets over zeggen,' antwoordde De Rooij. 'Maar jullie herkennen haar dus niet?'

'Nee,' zei Amber. 'Mag ik een foto maken? Misschien dat ik later nog op iets kom.'

De Rooij knikte. 'We zullen de beste beelden voor jullie printen.'

Amber slikte. 'Hebben jullie al iets gevonden in het bos?' Ze wilde de vraag niet stellen en tegelijkertijd wilde ze ieder detail weten.

De Rooij schudde meelevend haar hoofd. 'Maar de zoekactie is nog in volle gang. En ik beloof jullie: zodra we iets weten, zijn jullie de eersten die het horen.'

Nog maar even, dacht Joël toen hij Amber aan de bar in de keuken zag zitten. Hij was, zodra hij Tom en Amber thuis had horen komen, naar de keuken van het woonhuis gelopen met de vraag of hij even mocht storen. Tom had geen antwoord gegeven, die was nors de trap op gelopen. Amber had 'natuurlijk' gezegd en was hem voorgegaan naar de keuken, waar ze een zwart-witprint op de bar had gelegd. *Nog heel even maar en je bent van mij.*

'Hoe is het?' vroeg hij. In tegenstelling tot Tom was hij de held van het verhaal, de man die er wél voor haar was. *Langzaam valt de Grote Goeroe van zijn voetstuk. En het mooie is: ik heb hem niet eens hoeven duwen, hij is zelf gesprongen, met zijn arrogante kop.*

Amber staarde met lege ogen naar het stuk papier dat voor haar lag en wreef over haar voorhoofd alsof ze daarmee de pijn en haar slaapgebrek kon wegmasseren.

'Voor mij hoef je je niet groot te houden, hoor.' Hij schonk een kop gemberthee in en zette die voor haar neer. Daarna kwam hij naast haar staan, zodat hij de foto beter kon zien. 'Zijn dat de beelden van de bewakingscamera van het ziekenhuis?'

Amber knikte. 'Dit is haar,' zei ze met een stem die bol stond van de emotie. 'De vrouw die Kirsten en Emma heeft meegenomen en die Kirsten vervolgens heeft... Heeft...'

Ze zuchtte. 'Sorry hoor, maar de meest afschuwelijke dingen blijven door mijn hoofd schieten.'

Hoe graag wilde hij haar in zijn armen sluiten, haar kussen, zeggen dat het allemaal goed zou komen. Voorzichtig legde hij zijn arm op haar rug. Een moment keek ze hem aan, lachte ze wrang.

Ze voelde zo anders dan Tara. Zacht en warm. Tara was een meisje, zij was een vrouw.

'De hele wereld zoekt mee, Amber. De héle wereld. Dankzij de oproep.' *Die ik heb geïnitieerd en die Tom niet wilde.* Hij wreef over haar rug en voelde haar beha onder de dunne stof van haar vestje. Zijn stem was zacht en zalvend. 'Als je wilt kunnen we deze foto online zetten.'

Het zou niet mogen van de politie en Tom zou er faliekant tegen zijn, maar dat was juist wat hem de redder maakte. Hij deed wat niemand voor haar deed.

En ik zal beter voor je zijn dan Tom ooit geweest is.

'Zou dat kunnen?' Amber keek met haar grote ogen naar hem op.

'Waarom niet? En bovendien: de media staan in de rij, daarom kwam ik ook hiernaartoe. Iedereen wil jullie verhaal, wil meehelpen.'

Joël keek naar de foto. De twee mensen die erop stonden waren slecht te zien. De ene had een baby in haar armen, dat moest Kirsten zijn. De andere droeg een pet, waardoor het gezicht niet te zien was. De foto was van zo'n belabberde kwaliteit dat als Amber het niet over een vrouw had gehad, hij zelfs had kunnen twijfelen aan het geslacht van de figuur naast Kirsten.

Hij pakte het papier en keek er ingespannen naar. *Suggestie. De ogen zien wat ze denken te zien.* 'Heb je eigenlijk al met je zus gepraat?' Hij bleef naar het papier staren.

'Over Kirsten?'

'Over kinderen krijgen.' Veelbetekenend legde hij het A4'tje terug.

'Hoezo?'

'Nou, zij kan toch ook geen...' Hij onderbrak zijn zin om geschrokken zijn arm van haar rug af te halen. *Het komt allemaal aan op timing.* Ongemakkelijk liep hij terug naar de andere kant van de bar. Hij schraapte zijn keel en haalde diep adem. 'Je moet het met Tom overleggen, denk ik. Of je die foto online wilt hebben.'

Hij keek serieus, maar ondertussen voelde hij zich triomfantelijk. Hij zag gewoon het kwartje bij Amber vallen. De vrouw op de foto was net zo slank als Tara, ongeveer net zo lang. Tara en Kirsten hadden elkaar meerdere keren ontmoet. Het was overduidelijk dat Tara haar niets verteld had over haar ongewenste kinderloosheid.

Scheurtjes. Haarscheurtjes kunnen doorgroeien tot breuken.

'Het komt goed,' zei hij meelevend. 'We gaan Emma vinden. Het kan niet zo zijn dat iedereen zijn ogen en oren open heeft en dat niemand iets ziet. Vertrouw op de massa, hoe moeilijk dat ook is.'

Ze knikte met een wit gezichtje.

'En tot die tijd ben ik er voor je. Ik hoop dat je dat weet.'

'Heren...' Lou legde zijn bahco op de werkbank en liep naar de politieagenten die pal voor de garage waren blijven staan.

Brandon lag op zijn rug onder een Citroën. Hij keek naar het roetzwarte onderstel en probeerde te bedenken hoe hij moest reageren. *Doen alsof ik van niets weet. Die kut van een Vera ook.*

'Brandon Beumer,' hoorde Brandon een van de agenten vragen. 'Werkt die hier?'

Ontkennen. Gewoon alles ontkennen. Het is mijn woord tegen het hare.

'Mag ik jullie identificatie zien?' vroeg Lou. Ondanks alles een gouden gast. Hij zou zichzelf al tien keer ontslagen hebben.

'Brandon?' riep Lou. 'Er zijn hier twee heren voor je.'

Brandon rolde onder de auto vandaan en stond behendig op. Hij hees zijn broek op en knikte, niet te aardig, niet te vijandig. Hij moest uitstralen dat hij van niets wist. Gisteren had hij *Assassin's Creed* gespeeld. Dat moest hij onthouden. Zijn moeder kon het niet ontkennen, niet bevestigen, die was naar haar smartlappenkoor geweest. *Assassin's Creed. Altaïr. Koelbloedig blijven.* 'Ja?'

'Brandon Beumer?'

'Ja.'

De langste van de twee haalde een stel handboeien tevoorschijn. 'U bent bij dezen gearresteerd.'

'Gearresteerd?' Brandon deed een stap naar achteren. '*What the fuck?*' Hij ging echt zijn handen niet voor die smeris ophouden. 'Waarvoor?'

Ik ben nooit bij Vera geweest. Ik zat gisteren gewoon op de bank te gamen.

'Verdenking van moord.'

'Wat?'

'Verdenking van...'

'Ja, ik hoor je wel, man.' Vol paniek keek Brandon Lou aan. Dit kon niet. Dit kon bij God niet. Vera leefde toen hij daar wegging. De bitch had nog gepraat. *No way* dat hij haar naar haar grootje had geslagen. 'Lou,' zei hij. 'Doe iets.'

Maar Lou kon alleen machteloos zijn handen optillen. 'Sorry, jongen.'

'Laat me!' Hij probeerde zich los te rukken terwijl de agenten hem in de boeien sloegen. Ze waren te sterk, te behendig. 'Blijf van me af!'

'Pas op je hoofd,' zei de kleinste toen hij zijn hand op Brandons hoofd legde en hem op de achterbank van de dienstwagen duwde.

Moord. Maar dat kan niet. Vera leefde nog. Die fucking bitch leefde gewoon nog!

Toen Amber op het raam van het bijgebouw klopte, schoot Tara overeind en klapte haar laptop dicht. Haastig stond ze op van haar provisorische bureau en opende de deur. Ze zag er niet uit, in haar pyjamabroek zaten chloorvlekken, de trui die ze droeg had een uitgelubberde hals en op de wallen onder haar ogen zaten mascaravlekken. Ze had een zware nacht gehad, zag Amber aan haar ogen. Het bijgebouw stonk naar sigarettenrook en sterke drank.

'Ik laat je schrikken.'

'Klopt.' Tara haalde haar hand door haar ongekamde haar en grijnsde. 'Slecht geweten. Kom erin. Sorry voor de troep.'

Amber fronste. *Waarom zegt ze dat: 'slecht geweten'?* Met gebalde vuisten stapte ze de ruimte binnen. 'Wat ben je aan het doen?' Het kwam er onaardig en achterdochtig uit, anders dan ze zich had voorgenomen.

'Gewoon. Schrijven.'

'Je klapte je laptop zo snel dicht...' Ze kreeg een laconieke toon maar niet te pakken. 'Wat mag ik niet zien?'

'Ook goedemorgen, Amber.' Tara keek haar zus onverholen chagrijnig aan en begon omstandig op te ruimen.

Amber probeerde aan haar bewegingen af te lezen wat ze dacht. *Kan het? Kan Tara Emma ontvoerd hebben? Uit jaloezie? Of wellicht uit wraak? Dat ik het huis uit ben gegaan zodra ik de kans kreeg, terwijl zij achterbleef?*

'Koffie?'

'Nee.' *En als zij Emma heeft ontvoerd, wat heeft ze dan vervolgens met haar gedaan? Waar heeft ze haar gelaten? Ze is in ieder geval niet hier.* Amber liep naar Tara's laptop en trommelde op het deksel. 'Waar schrijf je dan over?'

'Niets bijzonders... Mode.'

'Mode. Jij?' *Wie denkt ze dat ze voor zich heeft?*

'Ja.' Tara zette haar hand in haar zij en keek Amber onschuldig aan. 'Ik heb ook geen idee waarom ze juist mij zo'n klus toeschuiven.'

Bullshit. Terwijl Tara een lege zak chips in de vuilnisbak propte, boog Amber zich over het bureau en klapte de laptop snel open.

'Hé,' riep Tara. 'Wat doe je? Wat...'

Ambers ogen vlogen over het scherm. Een Excelbestand. De rijen gevuld met Jeroen Overvests, de kolommen hadden titels als: 'gevonden op', 'beroep', 'woonplaats' en 'opgegroeid in'.

'Amber...' Kwaad klapte Tara haar laptop weer dicht. 'Wat heb jij te zoeken in mijn privé...'

'Wie is Jeroen Overvest?'

'Niemand.'

'Wat ben je aan het doen, Taar?' Ambers stem sloeg over. *Het kan toch niet dat mijn zus, mijn bloedeigen zus, mijn dochter heeft ontvoerd?* 'Wat ben jij écht aan het doen? Waarom ben je in Nederland?'

'Jou steunen.'

'Laat me niet lachen.' Amber schudde haar hoofd. 'Neem me niet in de maling, Tara.'

'Ik neem je niet in de maling, ik...' Tara draaide zich om, haalde diep adem, draaide terug, maar zei niets, alsof ze twijfelde of ze haar zus wel of niet in vertrouwen moest nemen.

'Waar is Emma?' De woorden verlieten bibberend Ambers lippen.

'Waar Emma is?' Tara keek zo verbaasd dat Amber zich niet kon voorstellen dat ze acteerde. Maar loslaten kon ze het nog niet.

'Waar Emma is? Hoezo zou ik dat weten? Waar...'

Met een klap legde Amber de foto van de bewakingscamera op Tara's bureau. 'Ben jij dit?' Ze drukte haar wijsvinger op de vrouw die naast Kirsten liep.

Gekwetst keek Tara op. Ze schudde haar hoofd. 'Wie zijn dat?'

'Kirsten.' Amber verplaatste haar vinger. 'Emma. En degene die Kirsten heeft opgehaald.'

Tara schudde haar hoofd. 'Nee, dat ben ik niet. Echt niet. Hoe kun je dat denken?' Ze pakte het papier en keek naar de vrouw. 'Kom op, Am, je zíét toch dat ik dit niet ben? Ik ben je zus. Hoezo zou ik...'

Amber haalde haar schouders op. 'Met een pet op en een joggingpak aan kan het.'

Tara schudde nog heviger haar hoofd. Ze sloeg haar armen over elkaar en wiebelde van haar ene voet op de andere. Ze keek erbij alsof ze een belangrijke beslissing nam. 'Alec Morozov,' zei ze na iets wat een eeuwigheid leek te duren.

'Ja?' Amber trok haar wenkbrauwen op. 'Alec? Wat is er met hem?'

Tara zuchtte diep, alsof ze moed moest verzamelen voor wat ze haar zus ging vertellen. Uiteindelijk opende ze haar laptop en draaide ze een foto van een vrachtwagen naar Amber toe. Tussen de lijken op de laadklep en de grond lagen hamburgerbroodjes.

'Dit,' zei Tara met een serieus gezicht, 'is het werk van Morozov. Je zult me niet geloven, maar hij is een van de grootste mensenhandelaren die er op dit moment vrij rondlopen. De foto is vlak over de grens tussen Mexico en de VS genomen. Deze mensen zijn ontvoerd, als vee in een vrachtwagen gestouwd en hebben geen van allen de reis overleefd. Slachtoffers van Morozov.'

'Van Alec?' Het idee was zo onvoorstelbaar en de wending van het gesprek zo absurd dat Amber zenuwachtig gniffelde. Alec, een mensenhandelaar. Ha! Tara moest echt met iets beters komen dan dit.

Haar zusje leek echter overtuigd van haar verhaal. Ze opende een andere foto, een close-up van een dode vrouw in een weiland. 'Nederland,' wees ze. 'Moderne slavernij. Mannen en vrouwen die door niemand worden gemist en naar het buitenland gebracht worden alsof ze goederen zijn. Alles neemt Morozov hun af: hun paspoort, hun geld, hun eer. Ze worden tewerkgesteld in kassen, bordelen, op het platteland, overal waar ze maar nodig zijn.' Tara legde haar vinger op de kogelwond in het voorhoofd van de vrouw. 'Op vluchten staat de doodstraf.'

'Alec.' Amber lachte nog een keer. 'Een mensenhandelaar.'

'Niet een mensenhandelaar, dé mensenhandelaar. De grootste van dit moment. Morozovs bloednetwerk spreidt zich uit van Rusland naar Europa naar de States.'

Alec Morozov een mensenhandelaar. Ja, ja. Die man staat 's zomers achter de barbecue, komt bij ons op verjaardagsvisite, draagt zijn vrouw op handen.

'Daarom ben je dus hier.' Amber concludeerde het cru. 'Je bent hier niet voor mij, maar om een artikel over Toms beste vriend te schrijven.' *Alec is een slang, heeft altijd zwart geld, is absoluut geen zuiver water, maar hij is géén mensenhandelaar. Drugs, misschien. Witwassen, zeker. Maar geen mensenhandel. Geen moord.*

'Jij doet research naar een vermeende mensenhandelaar en ik ben de link.'

'Wat is Judiths meisjesnaam?' hoorde ze Tara in gedachten weer vragen. Ze keek naar de computer, waar nog steeds de doodgeschoten vrouw op stond. 'Jeroen Overvest is familie van Judith,' concludeerde ze.

Tara knikte. 'Waarschijnlijk wel. Ik ben het nog aan het uitzoeken. Ik...'

'Je hebt me gebruikt.'

Tara schudde haar hoofd. 'Ik ben ook gekomen om bij de geboorte van Emma te zijn, omdat ik zo blij voor je was en...'

'Je bent onvruchtbaar.'

Stilte.

Amber wist uit eigen ervaring hoe pijnlijk haar opmerking was, maar ze kon er niets aan doen, ze moest weten wat de echte reden was dat haar zusje hier nu woonde.

Tara sloeg haar blik neer. 'Die verrekte Joël.'

Dus het klopt.

'Wat dacht je?' vroeg Amber droog. 'Ik kan geen kinderen krijgen, dus ik vlieg gezellig terug naar Nederland om te vieren dat mijn zus met wie ik al jaren geen contact heb het wel kan?' Ze kneep haar ogen tot spleetjes. 'Je bent hier gekomen om alles stuk te maken, hè? Je wilt Alec door het slijk halen en ons achter hem aan sleuren. Zo jaloers ben je.'

Met een gepijnigde blik keek Tara Amber aan.

'Waar is Emma, Tara?'

'Ik weet het niet.' Er sprongen tranen in Tara's ogen. 'Mijn god, hoe kun je denken dat ik daar iets mee te maken heb? Weet je wel hoe graag ik wil dat het leuk tussen ons is? Gezellig. Ik heb je niets over mijn problemen verteld omdat ik je niet wilde opzadelen met mijn ellende, omdat ik hoopte dat we zussen konden zijn. Zussen die een band hebben, die kunnen lachen samen, met elkaar koffiedrinken.'

'Als je een band hebt vertel je elkaar ook over je ellende.'

'O ja? Wil je dat? Nou, dan heb ik nog wel wat smeuïgs voor je. Ga zitten, heb je een uurtje?' De tranen stroomden inmiddels over Tara's wangen. 'Weet je wel hoe eenzaam ik ben? Hoe ik je mis?'

Shit.

'Wat er nu gebeurt vind ik echt heel erg voor je. Maar geloof me, dit ben ik echt, écht niet.'

Amber keek haar aan. Slikte. Zag hoezeer Tara haar woorden meende. 'Kom,' zei ze. 'Je gaat nu met me mee.'

Joël zag hoe Amber en Tara achter het raam ruzie stonden te maken. Hij had zijn benen op zijn bureau gelegd en speelde met de haar die hij vlak voor de *Mindset Live*-uitzending van Ambers jurk geplukt had.

Zelfs als ze boos keek was Amber mooi. En dit, deze ruzie die hij geënsceneerd had, bracht haar weer een stap dichter naar hem toe. Hoe minder mensen er aan haar trokken, hoe makkelijker het voor haar zou zijn om een nieuw leven met hem op te bouwen. Samen zijn. Zonder anderen. Hij verlangde daar intens naar.

Amber reed, Tara zat naast haar en vertelde over Alec. Van de details die zij gaf kreeg Amber kippenvel op haar armen: mensen die vervoerd werden alsof ze hamburgerbroodjes waren, moeders die werden weggekaapt uit hun familie alsof het om planten ging die je met wortel en al uit de grond kon rukken, jonge meisjes die als seksslavinnen werden verkocht aan de hoogste bieder.

Kon het? Alec en Judith kwamen om in het zwarte geld, maar was Alec werkelijk tot zoiets in staat? Verwarde Tara hem niet met iemand anders?

Aan de andere kant, haar zusje werkte bij een van de meest serieuze kranten ter wereld, dus compleet uit de lucht gegrepen kon haar verhaal niet zijn.

Maar toch. A la minute Toms beste vriend en diens vrouw afvallen kon ze niet. Daarvoor had ze meer bewijs nodig.

Ze keek opzij, naar het bleke gezicht van Tara. Tijdens het vertellen keek ze naar buiten. Ongelooflijk toch eigenlijk; haar kleine zusje was een Amerikaanse journaliste geworden, een freelancer bij een internationaal dagblad.

Ze was nog even bleek en breekbaar als vroeger, maar had ook nog steeds dat onverzettelijke. Die kracht.

Die keer dat hun moeder weer eens depressief op de bank had gelegen en ze de deur niet uit hadden gekund om naar school te gaan, omdat de sleutel op de koelkast lag waar zij er niet bij konden, was Tara ook zo sterk geweest. Ze hadden mama met z'n tweeën naar de badkamer gesleept en haar onder de koude douche gezet. 'We kunnen dit,' hadden ze gezegd.

Tara was te klein geweest. Zijzelf ook, maar zo voelde het

toen niet. Ze hadden met z'n tweeën het onmogelijke gedaan. Mama was bij zinnen gekomen en was boos geworden, maar had wel de deur voor hen geopend.

Ze waren zelfs op tijd gekomen.

'Morozov is een beest.'

Amber slikte. 'Hij en Judith zijn aardige mensen.' Het klonk zwak. Om zichzelf te overtuigen voegde ze er halfslachtig aan toe: 'Je zult het zelf zien. Ze hebben Tom – en ook mij – altijd enorm geholpen.'

'Waarmee?'

'Met de Academy.'

'En jou specifiek?'

Amber haalde haar schouders op. Ze wist niet wat ze moest denken. Ongeloof, walging en de neiging haar leven te verdedigen – *is dit een instinctieve reactie van mijn reptielenbrein?* – vochten om voorrang in haar hoofd.

Tara trok haar rechterbeen op en zette haar voet op het dashboard. Alles wat ze over Alec wilde zeggen, had ze gezegd, straalde ze uit. Bleef er nog dat andere onderwerp over. Dat gigantische onderwerp. Dat wat er niet was.

Twee zussen. Eén jeugd, twee levens, één onoverkomelijk gebrek.

'Dus jij kunt ook geen kinderen krijgen?' Amber zei het voorzichtig. Peilend.

Tara perste haar lippen op elkaar.

'Twee kinderen uit één gezin,' ging Amber verder. 'Hoe klein is de kans?'

'Misschien was het wel niet de bedoeling dat we onze stamboom door zouden zetten.'

'Onzin. Als er twee mensen op de wereld zijn die weten hoe ongelooflijk belangrijk het is om een kind liefde te geven, dan zijn wij het.' Tara antwoordde niet, maar keek Amber wel aan toen zij haar hoofd haar richting op draaide en haar een blik van verstandhouding gaf. 'Ik vind het heel erg voor je. Wil je erover vertellen?'

Tara snoof. Ze had het er duidelijk moeilijk mee. Slechts mondjesmaat deelde ze stukjes uit het leven dat zich zo ver weg van Amber had afgespeeld. Haar *New York Times*-collega John op wie ze smoorverliefd was geworden, met wie ze was gaan samenwonen en uiteindelijk een IVF-traject gestart was. De hormonen die haar gek hadden gemaakt. De lust die was verdwenen toen vrijen alleen nog maar de methode werd om kinderen te krijgen. De torenhoge rekeningen van de IVF-kliniek die ze maar met moeite hadden kunnen betalen. Het moment dat John opeens een ander had. Het moment dat John opeens vader was.

Al die jaren had Amber Tara niet gemist – natuurlijk had ze af en toe aan haar gedacht, maar nooit met een gevoel van heimwee; Tara was altijd verbonden geweest aan haar jeugd waar ze afscheid van had genomen –, maar nu, hier samen in de auto, was Amber blij dat ze terug was. Het was alsof er een plekje diep binnen in haar was opgevuld, een plekje waarvan ze niet had geweten dat dat leeg was geweest. 'Ik ben blij dat je hier bent,' zei ze. 'En kijk, daar wonen Alec en Judith.'

De Morozovs hadden niet minder dan een miniatuurversie van het Winterpaleis uit Sint-Petersburg voor zichzelf laten bouwen: hagelwitte zuilen tegen een mintgroene gevel, barokke friezen en een timpaan op het dak.

Het landgoed waar de woning op stond was omzoomd met een toegangshek met stalen spijlen met goudkleurige speerpunten. Er stonden van meerdere kanten camera's op hen gericht. Een rilling liep over Tara's rug toen het hek openschoof.

Een jonge vrouw met een schortje voor opende de hoge, afgeronde voordeur toen Amber haar auto op het pad parkeerde.

'Ha, Irina.' Amber liep de treden naar de voordeur op alsof ze hier dagelijks kwam. '*Where's Judith?*'

De vrouw maakte een knikje en antwoordde iets in het Russisch.

Verdomme, dat is Irina. Vermist sinds vorig jaar. Kom op, denk na... Moeder van een schoolgaand meisje, toch? Een van de vrouwen die verdwenen zijn nadat ze 'iemand was tegengekomen die wellicht een goede baan kon regelen in Europa'.

Fuck, wat is haar achternaam ook al weer? Irina... Irina...

Irina knikte gedienstig en gebaarde richting de woonkamer. Tara probeerde haar met haar blik duidelijk te maken dat ze wist wie zij was, maar Irina maakte geen oogcontact.

'*Do you speak English?*' vroeg ze.

Irina lachte wat beschaamd en staarde naar de grond. Alles om haar heen blonk en glom. De muren hingen vol met schilderijen, dikke tapijten lagen op de vloer, schitterende kroonluchters en overal gouden ornamenten en beelden.

Nadenken. Wat is haar achternaam?

Van boven klonk babygehuil.

'Irina Kazlov.' *Dat was het.* Ze sprak de naam uit, zodra hij haar te binnen schoot.

Amber fronste, Irina sloeg haar blik op en keek Tara met grote, bange ogen aan. 'Hoe weet zij mijn naam,' leek ze te denken.

'Amber!' Judith kwam met het air van een klassieke filmster de marmeren trap af.

Er was voor Irina geen gelegenheid meer om iets tegen Tara te zeggen, noch om haar iets te laten blijken.

'Zo zien we elkaar nooit, zo elke dag. Hoe is het, lieverd?'

Irina maakte zich met kleine, snelle pasjes uit de voeten en verdween achter een dikke, kersenhouten deur.

'Tara.' Amber leek van haar stuk gebracht. 'Dit is Judith. Judith, dit is Tara, mijn zusje.'

Judith stak hartelijk haar hand uit en lachte een prachtige rij tanden bloot. Ze was langer dan ze op de foto had geleken, en nog verfijnder dan ze er gevangen door een camera had uitgezien. De manier waarop ze liep, hoe ze haar haren naar achteren gooide, hoe ze haar hand uitstak: ze moest haar maniertjes tot in den treure geoefend hebben.

'Welkom.' Toen Judith lachte kregen haar wangen meer vorm. Op haar jukbeen zat een hartvormige moedervlek. Zelfs die was perfect. 'Je komt voor je telefoon, niet? Ik heb hem hier.' Judith pakte Ambers mobieltje van het opgepoetste dressoir.

Het enige waaraan je kon zien dat ze feilbaar was, was haar buik, die was nog steeds een beetje dik, maar goed, dat betekende natuurlijk ook dat zij wél gewoon kinderen kon krijgen; de vergrotende trap van perfectie.

'Wat wonen jullie hier mooi,' zei Tara, zoekend naar een onopvallende manier om een gesprek op gang te brengen. 'Jullie hebben deze meubels vast uit Rusland geïmporteerd. Dit vind je niet in Nederland, laat staan bij Ikea.'

Judith knikte glimlachend, maar haar ogen stonden vragend.

'Amber vertelde me in de auto dat je man uit Rusland komt,' verklaarde Tara haar opmerking. 'Ik ben altijd in Rusland geïnteresseerd geweest. Waar komt hij zo ongeveer vandaan?'

'Een klein dorpje,' antwoordde Judith. 'Ken je vast niet. Maar zeg, ik had jullie graag iets te drinken aangeboden en van alles verteld over het thuisland van mijn man, maar er komt straks iemand van het consultatiebureau en ik stond net op het punt om Xavier daarvoor nog even in bad te doen.'

Smoesjes. Ze wil ons zo snel mogelijk de deur uit werken.

'Geeft niet,' zei Amber. Ze keek naar haar telefoon. 'Ik ben in ieder geval blij dat ik deze weer heb.'

Judith knikte, gaf Amber drie luchtkussen en Tara ook meteen. 'Je weet het, hè Am, als er iets is wat wij kunnen doen...'

Tara's hart ging als een bezetene tekeer. Ze zoende gewoon de wangen van Judith Morozov, ze stond in het centrum vanwaaruit alles gebeurde! Het lag op het puntje van haar tong om te vragen of Judith een keer af wilde spreken. Ik kan wel wat vriendinnen gebruiken, zou ze kunnen zeggen. Maar stel dat Judith ja zou zeggen, dan zou Alec haar laten checken, hij zou er binnen no-time achter zijn dat ze journalist was, hij zou achter haar aan gaan, of beter gezegd: iemand op haar af sturen.

Nee, ze moest geduld hebben. Geduld en daadkracht. *Verdomme, ik moet echt iets gaan doen, nu. Irina helpen, de vrouw uit de vrachtwagen wreken. Dichterbij dan dit ga ik niet komen.*

Toen ze in de auto stapte wisselde ze een blik met Amber. Er lag zoveel vertrouwen en zoveel zusterschap in Ambers ogen dat ze besefte dat ze nu echt het gas erop moest zetten. *Minder roken, minder drinken, meer typen, harder zoeken en dan Morozov ontmaskeren.*

'Zo,' zei De Rooij, ze keek Brandon laatdunkend aan en schoof een paar foto's over het tafelblad in zijn richting. 'Vertel maar.'

Brandon perste zijn lippen op elkaar en leunde achterover. Als die kutsmeris dacht dat hij zou gaan kletsen, dan had ze het mis. Hij had vaker in voorarrest gezeten, wist precies wat hij moest doen: zijn bek houden en wachten.

'Brandon, Brandon toch... Eens even kijken. Je hebt al een keer een tijdje bij ons gelogeerd, zie ik. Mishandeling. Pfiew.' De Rooij floot tussen haar tanden. 'En dan lees ik in je dossier verder dat je een keer een gestolen auto hebt doorverkocht, dat mijn collega's je meerdere malen dronken van de straat hebben gehaald, dat je nogal houdt van een pilletje...'

De Rooij kon het wel laten voorkomen alsof ze alle tijd van de wereld had, langer dan zes uur mocht dit hele geintje toch niet duren. Hij kende zijn rechten. Dit was de tijd die er stond voor een verdenking.

Hij floot uitdagend tussen zijn tanden.

De Rooij tikte met haar nagel op de foto's. 'Je kunt wel blijven zwijgen, maar dat brengt je geen steek verder, jongen. Kijk.' Rustig pakte ze een van de foto's van tafel en hield die omhoog.

Hij draaide zijn hoofd onwillig weg. Hij zat niet op kiekjes van Vera te wachten. Hij had die plofkop meer dan genoeg gezien.

'Ben je niet trots op je werk?'

Toen hij niet reageerde legde De Rooij de foto weer neer. 'We hebben van je baas begrepen dat je nogal in de schulden zit...'

'Voor de honderdtriljoenste keer: ik weet niet waar je het over hebt, ja,' viel hij uit. Door zijn woede keek hij toch naar de foto's.

Kirst?

Geen foto's van Vera, maar een selectie close-ups van zijn ex lag op tafel.

Wat is dit?

Kirstens gezicht was pafferig, de huid lichtblauw. Ze zat onder het bloed, aarde en takjes. Haar ogen keken hem dood aan, haar mond stond half open. 'Wat...' Hij stond op van zijn stoel. *Nemen ze me in de zeik?* 'Maar...' zei hij. 'Dat... Dat is Kirsten.'

'O, meneer kan ineens toch praten?'

Met bevende handen pakte hij een foto op. 'Wanneer is dit gebeurd?'

'Dat zouden we graag van jou willen weten.'

'Maar... Ik...' Brandon keek om zich heen. Hij kon geen kant uit.

Toen De Rooij hem op zijn stoel wees ging hij als een braaf kind weer zitten.

Maar hoe dan? 'Dit is Kirst,' zei hij toen hij de foto's bekeek. De een was nog gruwelijker dan de ander. Hulpeloos keek hij De Rooij aan. 'Maar ik heb dit niet gedaan. Dat moet je geloven. Ik, ik... Ik heb geen idee... Hoe is ze...?' Hij zag het laatste shot en wendde zijn blik af.

De Rooij nam kalm een slokje van haar koffie.

'Maar ik weet van niets,' zei Brandon. Wat zat De Rooij hier haar tijd te verdoen met hem? Kirsten was verdomme dood. 'Ik zweer het je.' Hij spreidde zijn armen. 'Ik weet helemaal van niets.'

'Dus laten we het even samenvatten.' De Rooij leunde achterover zoals hij net had gedaan en zette haar vingertoppen tegen elkaar. 'Jij weet helemaal niets van de ontvoering van Emma. Jij weet helemaal niets over de verdwijning van Kirsten. Jij weet helemaal niets van de moord op Kirsten...'

Brandon knikte.

'Maar waarom heb je Amber en Tom Kuijper dan verteld dat je wél weet waar Kirsten en Emma zijn? *Waren*, bedoel ik.'

Hij schudde zijn hoofd, stond uit machteloosheid weer op.

'Zitten,' zei De Rooij streng. Met een ruk kwam ze naar voren. 'Laat me raden.' Met een klap legde ze een pistool in een doorzichtige plastic zak op tafel. 'Ik neem aan dat je ook hier niets van af weet?'

'Wat is dat?'

'Wat denk je?' De Rooij had van het ene op het andere moment haar geduld verloren. 'We weten allebei dat jij het was, Brandon.'

'Wat?' De verhoorkamer begon om Brandon heen te draaien. 'Maar dat is niet waar. Ik heb hier niets mee te maken.' Zijn stem sloeg over. 'Ik heb hier fucking niets mee te maken.'

'Maar hoe kan het dan, Brandon Beumer,' De Rooij keek hem met een triomfantelijke blik in haar ogen aan, 'dat jouw vingerafdrukken op dit wapen staan?'

Amber zag Tom nog net iets wegklikken toen ze zijn kantoor binnenkwam. Toen hij zich naar haar toe draaide stond er een onschuldig Worddocument op zijn computer met het logo van de Mindset Academy erin.

'Wat ben je aan het doen?' vroeg ze voor de vorm.

'Gewoon. Werk. Afleiding.'

Ze knikte. *Afleiding. Terwijl we nog tienduizend mails hebben om te bekijken.* In haar hand had ze de bewakingsfoto van het ziekenhuis. 'Ik ga deze online zetten.'

Hij sloot zijn ogen. Alsof hij moe werd van haar gezeur.

'Dat je het even weet.' *Ik heb jouw toestemming niet nodig.*

Tom zuchtte. 'Heb je er wel bij stilgestaan dat dat van de politie waarschijnlijk niet...'

'Ach, doe niet zo schijnheilig, zeg.' Amber vouwde haar armen over elkaar. 'Jij volgt alleen de regels? Doet alles precies zoals het hoort? Laat me niet lachen... Weet je wel dat Alec, jouw beste vriend, degene met wie je de Academy hebt opgericht, een kraamhulp heeft die in haar moederland als vermist geregistreerd staat? Irina. Er is daar iets goed mis, Tom.'

Tom keek haar alleen maar aan. Gaf geen krimp. Als hij al

iets uitstraalde dan was het: ‘nou en?’ Amber voelde de hitte naar haar gezicht stijgen.

‘Hoor je me wel?’ vroeg ze fel. ‘Judith en Alec houden Irina tegen haar wil vast. Ze heeft een dochtertje van drie.’

‘Hoe weet je dat?’

‘Tara. En ze heeft me nog veel meer verteld. Volgens haar zit Alec achter een hele trits...’

Tom sloot zijn ogen en haalde diep adem. Alsof hij zich moest beheersen. Maar toen hij zijn ogen weer opende had hij zo te zien zijn zen-gevoel hervonden. ‘Ik bemoei me niet met Alecs zaken,’ zei hij met zijn goeroe-stem. Een totale non-reactie.

‘Maar hij bemoeit zich wel met de jouwe.’

Weer was een zucht het initiële antwoord. ‘Ja, wat wil je nou? Dat ik Alec ga opbellen om te vragen hoe het zit?’ Hij hief zijn handen op.

‘Dus je ontkent het.’

‘Ik ontken het helemaal niet. Ik zeg alleen dat ik er geen idee van heb hoe het zit, en om eerlijk te zijn heb ik ook wel wat anders aan mijn hoofd. *Emma.*’

‘Leuk bedacht, Tom, om het over die boeg te gooien. Ik...’ Amber werd onderbroken door haar telefoon. *De Rooij*, stond er in het schermpje.

‘Ja?’ vroeg ze haastig.

‘Amber, met mij, Priscilla.’ De Rooij klonk zoals altijd kordaat. ‘Ik wil je even op de hoogte stellen van onze vorderingen. Het Team Grootschalig Onderzoek heeft het hele bos uitgekamd, maar Emma niet gevonden.’

‘O, oké.’ *Emma kan dus overal zijn. Bij iedereen. Bij de moordenaar van Kirsten.*

‘Maar we laten dit niet rusten. We zijn met verschillende

mensen in gesprek, proberen zo veel mogelijk leads te verzamelen... Zodra ik meer weet, laat ik het horen. Beloofd.'

'Was dat De Rooij?' Tom stond op en liep naar Amber toe.

'Ze hebben Emma nog niet gevonden.'

Tom probeerde zijn armen om haar heen te slaan om haar te troosten, maar ze stapte vinnig achteruit. 'Niet doen.'

'Jij niet doen,' zei hij. Hij wees op de foto.

Een moment stonden ze tegenover elkaar als twee boksers in de ring. Beiden kapot. Beiden overtuigd van hun gelijk.

'Je gaat maar door, hè,' riep Amber giftig. 'Eerst wil je die oproep niet doen, vervolgens wil je Brandon niet betalen en nu mag ik dit weer niet online zetten? Wil jij eigenlijk wel dat Emma gevonden wordt?' Vol paniek keek ze hem aan. 'En hoe bestaat het dat het lot van Irina je niets kan schelen?'

Met ingehouden woede keek Tom terug.

'Weet je wat? Je zoekt het maar uit!' Kwaad liep ze het kantoor uit. In hun slaapkamer smeet ze wat onderbroeken en shirts in een tas en daarna denderde ze naar beneden. Ze moest hier weg. Voordat ze hem nog wat aandeed. Zo hard ze kon gooide ze de voordeur achter zich dicht. Ze had geen idee waar ze naartoe moest, of hoelang ze weg zou blijven, zolang het maar ver weg was van hier.

Irina Kazlov.

Tara nam een diepe haal van haar sigaret en genoot van de rook die haar borst verwarmde. Dit was waarvoor ze het deed, voor een hongerloontje journalistiek bedrijven: ontdekkingen als deze.

Ze ging Irina Kazlov helpen. Ze had nog geen idee hoe, maar het moest. *Ik zal niet rusten voordat ik Irina en Alecs andere slachtoffers heb gevonden – in ieder geval de slachtoffers die nog leven. Ik schrijf Alec de openbaarheid in, zal ieders naam publiceren, zorgen dat niemand nog zaken wil doen met bedrijven die in slaven handelen.*

Ze zag Irina's blik weer voor zich. Er had angst in gelegen. Machteloosheid en gelatenheid. De vrouw moest op zo'n manier geïndoctrineerd zijn dat ze niet eens meer probeerde te vluchten.

Tara drukte haar sigaret uit in de overvolle asbak die op haar bureau stond en appte haar hoofdredacteur. *Ik heb een doorbraak in het onderzoek. Heb nog even nodig, maar dit gaat zeker een scoop opleveren.*

Ze zag dat haar redacteur online kwam, maar hij typte niets terug. *Bijna een artikel is geen artikel.*

Ze opende een Worddocument en begon voorzichtig aan een artikel, tegen beter weten in, want ze had nog veel te weinig om over te schrijven. Of beter gezegd: ze wilde eerst het hele plaatje rond krijgen. Beter goed scoren dan een beetje.

Toen ze een halfuur later twee zinnen had geproduceerd piepte haar mobieltje. Haar hoofdredacteur stuurde haar een opgestoken duim. Niet meer, niet minder.

Tom stond voor het raam van de woonkamer. Toen Amber in haar auto stapte en wegreed kromp zijn maag ineen.

Had hij Alec maar nooit ontmoet. Had hij maar nooit 'ja' gezegd op het voorstel dat Alec hem veertien jaar geleden gedaan had. Hij was een andere man geweest, toen. Een man zonder toekomst, al had hij daar zelf destijds anders over gedacht.

Tom zag zichzelf weer zitten bij het kampvuur op het strand van Ko Samui, een van de populairste eilanden van Thailand. 'Commitment,' had hij gezegd. 'Alles komt neer op commitment: net zo lang tegen die bal aan trappen tot je die bal bént.'

Het was ver na middernacht geweest, maar nog steeds was

het zo warm dat je aan een T-shirt genoeg had. De hele dag hadden ze gemediteerd en lezingen van yoga-teachers gehad, maar de groep hing aan zijn lippen, alsof de inzichten die ze die dag gekregen hadden grappig waren, maar niet belángrijk, zoals dat wat hij vertelde.

Eindelijk had hij weer íéts gevoeld van de sensatie toegejuicht te worden door een heel voetbalstadion. Het was net alsof hij weer leefde – al zat er misschien maar twintig man om hem heen.

Hij miste het, gezien worden. Door wie dan ook. De tonnen die hij had verdiend als international waren op. Hij had ze gespendeerd aan drank en drugs die hem katers en *bad trips* hadden gegeven, vrouwen die hem soa's hadden gebracht, auto's die hij stuk voor stuk aan gort had gereden, feesten voor vrienden die geen vrienden bleken, hij had zelfs een keer een lama cadeau gedaan aan een sexy meisje dat, nu hij uitgekotst was door de media, berooid door het leven ging en in een afkickkliniek had gezeten, haar telefoon niet meer opnam wanneer hij belde.

Hij was verleden tijd, hij had geen diploma, geen voetbalcarrière meer en zijn eigenwaarde was zo vlak als het grasveld van de ArenA.

Maar hier, bij het vuur, was hij weer iemand. Het gezicht van Alec Morozov had geglommen in de vlammen. Alec was de enige van het gezelschap geweest die niet alleen naar Tom keek maar ook naar de mensen om hem heen, alsof hij geen deel was van de groep, maar een observant.

Tom had er niets van gedacht. Hij had Alec aangezien voor gewoon de zoveelste fan. De Rus zat in de businessclub van de laatste club waarbij hij had gespeeld. Beiden waren even verbaasd geweest elkaar hier in Thailand te treffen.

'Om degene te worden die je bent, moet je loslaten wie je dénkt te zijn,' had Tom tegen de mensen rond het kampvuur gezegd op een toon alsof je een geheim met iemand deelt. 'We denken allemaal dat we ons verleden zijn – we hebben deze en die shit meegemaakt en dat heeft ons zogenaamd gedefinieerd – maar zolang we onze ballast vasthouden, blijven we in die ellende hangen. Je komt alleen verder wanneer je je *toekomst*, en dus niet je verleden, je toekomst laat bepalen.'

Toen ze terug naar hun cabana's gewandeld waren, had Alec Tom op zijn rug geklopt. 'Tommieboy,' had hij gezegd, 'ik ben onder de indruk van je, weet je dat? Vertel me eens, hoe ziet jouw toekomst eruit?'

'Ik ga scout worden,' had hij zelfverzekerd geantwoord. Daar was best wat geld mee te verdienen: jong talent vinden en dat verkopen aan clubs. Het zou wat tijd nodig hebben voordat mensen hem weer serieus gingen nemen, maar hé, hij had het netwerk, de ambitie, de drive.

Alec had gelachen en gevraagd of hij nog een drankje met hem wilde drinken.

'Sorry jongen. Sinds drie maanden nuchter.'

'Laat me raden, je doet ook geen drugs meer,' had Alec lachend gezegd.

'De spijker op z'n kop,' had Tom serieus geantwoord. Wat hij had gezegd over het verleden en de toekomst was immers gestoeld op zijn eigen leven. Alles wat hij tot nu toe gedaan had, of gelaten, was een reactie geweest op het misbruik van zijn vader. In zekere zin was zijn pa nog steeds iedere avond naar zijn slaapkamer toe gekomen.

Maar hier, in Thailand, had hij besloten om zijn verleden achter zich te laten. Wat er ook gebeurd was, het hoefde zijn toekomst niet meer te bepalen.

Alleen van daaruit ontstaan er nieuwe kansen, mooie dingen.

'Kom,' had Alec gezegd. Hij had naar een tafeltje op het verlaten terras gewezen. 'Ik denk dat het tijd wordt dat jij en ik over zaken gaan praten.'

'U bent toch Amber Kuijper?' De dame achter de hotelreceptie keek Amber meelevend aan. 'Ja sorry hoor, ik weet dat het mijn zaken niet zijn, maar ik vind het zo erg voor jullie. Een hel! Ik kan me niet voorstellen wat er door jullie heen moet gaan.'

'Dank je.' Amber glimlachte.

Natuurlijk, ie-der-een weet het.

Achter Amber liepen twee gasten langs, die elkaar aanstootten en meteen begonnen te smoezen.

'Wilt u ook bij ons dineren?'

Amber schudde haar hoofd. 'Of nou ja, doe maar wel. Kan ik op mijn kamer eten?'

'Uiteraard. Boven ligt een menukaart voor u klaar... Ik kan me trouwens goed voorstellen hoor, dat u er even tussenuit moet.'

Je hebt gelijk, het zijn jouw zaken niet.

Amber knikte en gaf een plichtmatige dankbare blik toen de receptioniste zei: 'Nou, sterkte dan maar.'

Toen ze naar haar kamer liep had ze het idee dat iedereen haar herkende. Het oudere paar waarmee ze in de lift stond, de jongen die de kamers schoonmaakte, de man die net de kamer naast de hare verliet toen zij aan kwam lopen.

Zo snel ze kon deed ze de deur achter zich op slot.

Eindelijk alleen. Eindelijk veilig.

Op bed opende ze haar laptop. Ze werd moedeloos van de binnengekomen mailtjes. Het was dezelfde onzin als eerder.

Na een uur had ze pijn in haar nek en kreeg ze honger. Eten

bestellen stelde ze echter zo lang mogelijk uit. Ze durfde er een ton op te zetten dat inmiddels het hele hotel wist dat Amber Kuijper hier logeerde. Misschien stond het zelfs al op social media. Ze stelde zich voor hoe beneden, in de keuken, het gesprek zou gaan over wie haar haar eten mocht brengen. Of *moest* brengen.

Ambers telefoon piepte. *Hoe laat ben je thuis?* vroeg Tom haar.

Ik kom vannacht niet thuis, ik heb je niets te zeggen, typte ze terug. Hij zocht het maar uit. Ze staarde naar de muur tegenover haar, naar de imperfectie in het behang. De kamer was net zo ruim en mooi als standaard. Uit moedeloosheid pakte ze de afstandsbediening, maar de televisie deed niets. Misschien was hij kapot, misschien was er iets heel simpels aan de hand, maar de moed de receptioniste te bellen met de vraag of iemand haar kon komen helpen had ze niet.

Ze voelde zich opgesloten. Misschien nog wel meer dan thuis. Achter de gordijnen was het inmiddels schemerig geworden.

Toen ze op het winderige balkon ging staan stak haar buurman zijn gezicht achter de scheidingswand vandaan. 'Hé,' zei hij alsof zij wel de laatste was die hij op haar balkon verwachtte.

Amber probeerde haar woede in te houden. Ze draaide zich om, liep terug naar binnen, deed de balkondeur dicht en verstopte zich onder de deken, met een kussen over haar hoofd, in bed.

'Mooi huis heb je.' Didi knoopte haar trenchcoat open en overhandigde die aan Tom. 'En wat leuk dat je weer belde. Je bent nu al een van mijn favorieten.'

'Eén van je?'

'Mijn *all time favourite*,' zei Didi verleidelijk lachend.

Tom sloot de deur achter haar. Ze hadden het rijk alleen. Joël was al naar huis, Tara had de gordijnen dichtgetrokken, Amber zat in een hotel – *niet aan denken*. Hij grijnsde. 'En jij bent één van mijn favorieten, schat.' Zodra de deur in het slot viel gaf hij Didi een kus op haar mond die op haar heerlijke initiatief overging in een tongzoen.

'Heb je je zwempak bij je?' Hij plukte aan de bovenkant van haar panty.

Didi keek hem schuin aan. 'Heel vreemd, maar ik ga altijd naakt in bad.'

'Hmm, nou in dat geval.' Tom tilde haar op en draaide haar naar de trap toe. 'Madame, alstublieft, deze kant uit.'

Tom liet Didi voorgaan. Hij keek verlekkerd naar haar billen die zich met elke trede die ze nam vol en rond onder haar minirok aftekenden. Op de trap naar de tweede verdieping kon hij zich niet meer inhouden en legde zijn handen op haar vlees. Hij schoof zijn duimen onder de rand van haar rokje en trok de stof omhoog. Twee heerlijke, grote witte billen in een vleeskleurige panty kwamen tevoorschijn. 'O, meneer Kuijper, wat doet u nu?' Didi keek lachend achterom.

'Ik help je alvast een beetje met het uitkleden voor het bad.'

Twee tellen later liet Didi zich schaterlachend in het zwembad vallen. Haar borsten leken stootkussens, haar lach galmde door de betegelde ruimte.

Tom had het nodig, deze vrolijkheid, deze onderbreking van de terreur die zich in zijn hoofd afspeelde. De hele dag, van het moment dat hij wakker werd – als hij tenminste al sliep – tot het moment dat hij in slaap viel – áls dat tenminste zou gaan gebeuren – was de stress er. Een man had toch op z'n minst recht op een korte adempauze?

Hij zwom naar Didi toe, maar die maakte zich giechelend uit de voeten. 'Pak me dan, als je kan,' zong ze.

Ze was vorige week een *lucky shot* geweest, bij een escortservice was het altijd maar afwachten wie je kreeg. Maar deze Didi kon weleens een blijvertje worden.

Hij schudde het water uit zijn haren en crawlde een sprintje. Toen hij haar in zijn armen nam, gilde ze het uit van pret en beet ze speels in zijn nek. Hij spande zijn spierballen om te tonen hoeveel sterker hij was dan zij. Vol overtuiging gaf ze zich aan hem over.

Ze hupte mee toen hij haar op de bovenste sport van het trappetje zette en hij haar een tweede tongzoen gaf, maar dan tussen haar benen.

Met een gelukzalige zucht liet ze zich na afloop terug in het water zakken. Gewillig opende ze haar benen. Toen hij bij haar naar binnen kwam hoefde hij heel even nergens aan te denken. Eindelijk.

Amber stond boven aan de trap met haar tas in haar hand. Tien meter voor haar spanden de dunne billen van Tom zich aan, elke keer dat hij de vrouw die met haar rug tegen het glas aan de overkant aan stond penetreerde. Zij had haar mollige benen om zijn middel heen geslagen. Hun lijven zagen er in het blauwe, bewegende water surrealistisch uit.

Dit is mijn man.

Natuurlijk wist ze het van hem, dat hij vreemdging. Hij kon de hele wereld trots vertellen over hoe hij de drank en drugs niet meer aanraakte, zijn seksverslaving was nooit overgegaan, daar was ze na een halfjaar na hun eerste kus al achter gekomen.

Het was een schok voor haar geweest, maar al snel had ze

zich erbij neergelegd. Het had niets met haar te maken, had ze zichzelf verteld. En: niemand is perfect. Dit was zijn escape, en zolang zij zijn muze was, degene van wie hij híeld, kon het naast hun relatie bestaan.

Zolang het maar in die andere dimensie bleef.

Dit is mijn man.

De lijven zonder hoofd draaiden zich om. Toms vingers trokken aan de borsten die zomaar vijf keer groter waren dan de hare.

Misschien had ze niet moeten terugkomen, in dat hotel moeten blijven, zoals ze van plan was geweest. Alleen had ze zich er zo verdomd opgesloten gevoeld, gevangen door mensen die allemaal wilden laten weten dat ze het zo goed met haar meenden.

Dit is mijn man en ik ben zijn vrouw.

Ze haalde diep adem, liep naar hun slaapkamer en legde haar kleren netjes terug in haar inloopkast.

Joël keek peinzend naar het fotootje van Amber. Het was een wazig beeld en Amber was zich er duidelijk niet van bewust dat de foto genomen was. Het was gekoppeld aan een tweet van ene Ans1964. *Kijk wie hier ook zijn! @TomKuijper en @AmberKuijper Arme mensen. #HoopDatZeHunDochterVinden.*

Joël schudde zijn hoofd. Een simpele iPhone-opdracht vertelde hem dat Tom gewoon thuis was. Ans1964 had gezien wat ze dacht te hebben gezien: waar Amber is, is Tom.

Maar wat doet Amber in een hotel? Alleen.

Joël zocht op met wie Tom het laatst had gebeld. *Didi*. Hoe kon het ook anders.

Och lieve Amber, jij verdient toch veel, veel beter?

Tom leunde tegen de deurpost en keek naar hoe Amber lag te slapen. Zijn hele lichaam, van zijn kruin tot zijn eikel, van zijn tenen tot zijn nek, deed pijn. Hij had een vieze smaak in zijn mond, walgde van zichzelf.

Ze was zo mooi, zijn muze. Het kon niet anders of ze had hem met Didi gezien, misschien zelfs wel gehoord.

Hoe had hij haar zo'n pijn kunnen doen? Weer. Had hij dan helemaal niets geleerd van al die therapiesessies? Moest hij echt alles stukmaken wat hij had?

'Wat wil jij, Tom?' Hij herinnerde zich de woorden van zijn verschrompelde, Russische psychiater – de man had alleen maar staccato kunnen schreeuwen, gewoon praten was er niet bij geweest. 'In de goot liggen in de armen van de zoveelste hoer zonder gezicht, of iemand zijn?'

Alec had hem destijds gedwongen hulp te zoeken. Het was op het moment geweest dat hij hard op weg was de grootste coach van Nederland te worden. 'Met dat geneuk van jou ga je ophouden,' had Alec hem gewaarschuwd. 'Een *sex addict*-goeroe doet de zaken geen goed.'

Tom moest in therapie. Anders zou Alec alsnog zijn investeringen in de Mindset Academy – een naam die gebaseerd was op Alec Morozovs initialen – terugtrekken.

Na drie sessies was hij Amber tegengekomen. Ze was simpelweg op het juiste moment op de juiste plek geweest. Dat hij haar na zes maanden al ten huwelijk had gevraagd, had eerder te maken gehad met zijn angst weer de fout in te gaan en daarmee de Academy te verliezen, dan met de vrees haar kwijt te raken: hij had een stok achter de deur nodig, een ring om zijn vinger, die de lust de nek om kon draaien wanneer die de kop opstak.

Slechts een paar keer was het misgegaan, maar Amber was

gebleven. En tot zijn verbazing had de oude Rus gelijk gekregen: hij was van haar gaan houden. Dat wat hij nooit voor mogelijk had gehouden was gebeurd: Amber had hem meegenomen in de zinnigheid. Haar droom van een gezin was de zijne geworden.

Maar nu...

Bij God, hij probeerde het. Iedere dag opnieuw. Als hij zou willen, zou hij drie keer per dag een andere vrouw kunnen neuken. De mooiste meiden boden zich op een presenteerblaadje aan hem aan.

En dat deed hij niet.

Niet eens meer uit angst te verliezen wat hij had opgebouwd, maar uit respect voor Amber. Omdat hij van haar hield. Werkelijk van haar hield.

En nu lag ze daar, in het schijnsel van de verlichting in de hal, en het enige excuus dat hij kon bedenken was dat hij nu eenmaal niet beter was dan dit.

Met tranen in zijn ogen stapte hij de slaapkamer in en ging als een hond op de vloer naast haar voeteneind liggen. Ze was zijn muze, de vrouw om wie het allemaal draaide. Alles wat hij gedaan had, had hij voor haar gedaan.

GEDACHTEN ZIJN NIET MEER DAN DOOR ONS ZELF VERZONNEN VERHALEN

Alec stond op zijn werkverdieping op ooghoogte met God. Hij voelde de power door zijn lichaam stromen. Zijn macht was zo wijdverspreid, de levens die hij aanraakte zo talrijk.

Hij nam dezelfde houding aan als God op de muurgrote fresco en realiseerde zich toen dat hij, net als God, de macht had om zeeën te splitsen. Op de schildering week de Rode Zee uiteen voor het volk Israël, in de praktijk liet hij, elke dag weer, de Atlantische Oceaan droogvallen: de afstand tussen Amerika, Europa en Rusland maakte hij overbrugbaar.

Hij hield de wereld in zijn handpalm, was de heerser.

Hij zág mensen. Hij zág mogelijkheden.

Hoevelen had hij niet al van de onderdrukking bevrijd?

Tom was het grootste voorbeeld. Hij had hem uitverkoren, opgepikt en grootgemaakt. Zonder hem was Tom nu aan de drugs geweest in plaats van dat hij uit zijn naam een boodschap van liefde verkondigde.

Hij bracht de wereld iets. En ja, daar waren soms offers voor nodig.

Net als God vroeg hij slechts één ding voor zijn gulheid terug: nederigheid.

'Heilig voor Mij alle eerstgeborenen,' had God zijn volk opgedragen nadat hij het had gered van de tirannieke farao van Egypte. 'Alles wat de baarmoeder opent onder de Israëlieten, van de mensen en van het vee, dat behoort Mij toe.' God had dat niet gezegd om zijn macht te doen gelden, hij had het gezegd omdat hij wilde dat zijn volk zich blijvend zou herinneren wat hij voor ze had gedaan. Zou het volk dat vergeten, dan zou het immers de arrogantie terugkrijgen te denken dat het zelf wel wist wat goed voor ze was. Maar juist zo was het in de ellende terechtgekomen, de ellende waaruit hij het gered had. 'De eerstgeborene van uw zonen moet u Mij geven.' Alec spreidde zijn handen en luisterde naar het kleine huiltje van Xavier dat van beneden kwam.

Op het moment dat hij de deal met Tom maakte, had hij geen idee dat hij een vrouw zou trouwen die niet zwanger kon raken. Dit was voorbestemd geweest. Hij had de passage in het contract niet letterlijk bedoeld. Maar wat kon hij doen tegen de voorzienigheid van het lot?

Het maakte hem niet blij, maar hij moest Tom herinneren aan zijn plaats, hem er telkens maar op wijzen hoe hij geworden was wie hij nu was, wie hem gemaakt had. Voor hem. Voor de wereld.

De levenden zijn nooit profeten. Heilig word je pas na je dood.

'Wil je ontbijt?' vroeg Tom aan Amber.

'Graag,' zei zij.

'Een smoothie of havermout?'

'Het maakt me niet uit.'

Amber boog zich over de krant. Ze keek naar de pagina's zonder iets te lezen. Normaal doen was de enige manier om weerstand te bieden aan de paniek die haar, elke keer dat ze aan

Kirsten dacht, dood in het bos, aanvloog.

Straks moest ze verdergaan met de e-mails, De Rooij nog een keer bellen, Joël vragen de foto's van de bewakingscamera's online te zetten – ze zou het er niet eens meer met Tom over hebben. Dit was de volgende logische stap. Al zou hij woest worden. Wat had ze na gisteravond in vredesnaam nog met hem te maken?

Hij deed zijn dingen, zij de hare.

Tom maakte de ontbijtgranen aan met amandelmelk en roosterde in een koekenpannetje een grote hand gemixte zaden. 'We moeten boodschappen doen,' merkte hij op. 'We hebben nog maar één banaan.' Hij maakte het goed met jam die ze op de boerenmarkt hadden gekocht en een flinke snuif kaneel.

Amber moest er niet aan denken dat alles op te eten, maar de vezels en energie zouden haar goed doen. Ze zou alle kracht die ze kon krijgen nodig hebben om in haar eentje overeind te blijven.

Zou Emma wel ontbijt krijgen?

Niet aan denken.

Tom zette een kom prachtig opgemaakte havermout voor haar neer. Het zag eruit als een klein schilderijtje, maar het maakte Amber alleen maar treurig. Zou ze ooit nog normaal aan het ontbijt kunnen zitten?

Met een schok werd Judith wakker, badend in het zweet, gillend.

'Mevrouw, bent u in orde?' Irina snelde haar slaapkamer binnen, ze had Xavier in haar armen.

'Ja.' Judith hijgde. 'Ja.' Ze veegde de haren die aan haar voorhoofd plakten naar achteren en trok, onder het dekbed, haar benen op. *Ik ben in mijn eigen slaapkamer. Veilig.* 'Het was maar een droom.' Ze lachte geruststellend, maar huiverde stiekem. Dit was de zoveelste nachtmerrie geweest: bloed, gehuil, het knallen van een pistool. Ze voelde de denkbeeldige naslag van het wapen van haar vingers tot in haar schouder. Ze wreef stevig over de binnenkant van haar onderarm in een poging de stekende pijn te verdrijven.

'Weet u het wel zeker?'

Judith knikte weer en strekte haar armen uit naar Xavier, het kindje dat alles goedmaakte, dat kleine, onschuldige wezentje om wie hun hele wereld draaide.

Irina legde hem met een bezorgd gezicht in Judiths armen en liep naar de hoge ramen om de zware, velours gordijnen open te doen, waarachter het al lang dag was.

'Nee,' zei Judith. 'Laat ze nog even dicht. Ik heb hoofdpijn.'

'Kan ik u iets brengen?'

'Koffie. En een glas water met een paracetamol. Heeft mijn man al ontbeten?'

'Nog niet, mevrouw.'

'Hij zal straks wel komen. We ontbijten in de eetkamer.'

Irina knikte en maakte een klein knikje voordat ze de deur van de slaapkamer zachtjes achter zich sloot.

'Och, mijn lieve *kotonok*,' fluisterde Judith tegen Xavier. Ze snoof de heerlijke babygeur diep op en drukte haar kleintje tegen zich aan. 'Mama en papa hebben alles voor jou over, weet je dat? Alles m'n *lyubimy*. Wij houden zo, zo ontzettend veel van jou.'

'Op het moment dat je je kind in je armen houdt vergeet je de pijn van je bevalling,' zei iedereen. Zo was het, realiseerde Judith zich. Het was slechts een kwestie van tijd totdat haar pijn, zowel de fysieke als de mentale, zou vervagen tot een dierbare herinnering aan het moment dat ze moeder was geworden. Dit had ze er nu eenmaal voor over moeten hebben. Andere vrouwen scheurden uit, hadden een keizersnee, of moesten wekenlang op een zwembandje zitten.

Het joggingpak dat Judith vijf dagen geleden, de dag dat ze moeder werd, had gedragen had Alec opgewonden. Het was een ordinaire, glimmende outfit die ze normaal gesproken niet eens zou overwegen aan te trekken. Ze had er gympen onder gedragen die ze speciaal voor de gelegenheid had moeten kopen – in haar kast stonden alleen maar hakken, zelfs haar huisslippers hadden een laag hakje: haar achillespezen waren door haar eeuwige pumps verkort, waardoor op platte schoenen of blote voeten lopen pijn deed.

Het moest haar nieuwe look zijn, of misschien het feit dat ze ineens een halve kop kleiner was, waardoor Alec zich niet had kunnen bedwingen, haar had opgetild en op de bank had neergelegd.

Tom had al voor de deur gestaan, maar Alec had gegromd dat die maar even moest wachten. Hij wilde haar. Nu.

Hij had haar voeten in zijn nek gelegd en een kussen onder haar kont geschoven.

'Nee, laat die pet op,' had hij gezegd toen zij aanstalten had gemaakt om die van haar hoofd af te halen. Haar pruik was warm en oncomfortabel.

'Je bent net een jong, onschuldig meisje.' Met een verlekkerde blik had hij naar haar make-uploze gezicht gekeken. 'Waar ga je naartoe meisje, met die billen van je.' Hij had haar een pets op haar billen gegeven en haar vervolgens snel en zwetend geneukt. Kreunend was hij klaargekomen.

Voordat Judith was opgestaan had ze haar wijsvinger in haar vagina gedoopt. Verlekkerd had ze het sperma van haar vinger afgelikt – ze hield niet van seks met Alec, had ze nooit gedaan, zou ze nooit gaan doen, maar hij maakte haar meer vrouw dan wie dan ook, dit was haar *part of the deal.*

Toen ze hem vier jaar geleden ontmoette – hij was toen nog de opdrachtgever van haar vriendje – had ze het meteen geweten. Deze man kon haar gelukkig maken, haar alles geven wat ze van het leven verlangde. Hij had het geld, zij had het lijf en de skills hem een paar keer per week de hemel te laten beleven. Samen vormden ze de ideale combinatie. Hun rijkdommen waren een ruimschootse compensatie voor de gebreken die ze allebei hadden.

Tom had een achtstehands Mercedes geregeld. Hij had de Maxi-Cosi die Alec hem had gegeven handig op de achterbank geklikt en daarna waren ze naar het ziekenhuis gereden, waar hij haar op vijf minuten lopen van de entree had afgezet.

'Judith?' had Kirsten verbaasd gevraagd toen ze de kamer binnen was gekomen. 'Wat doe jij nou hier?' Kirsten had naar haar buik, die verdwenen was, gekeken en had haar wenkbrauwen vragend opgetrokken.

'Een jongetje,' had Judith met een trotse glimlach verkondigd. 'Man, ik ben kapot.'

Kirsten had grote ogen opgezet. 'Maar waarom draag je een pruik?'

'De media.' Met veel vertoon had Judith zich op een stoel laten zakken. Ze vertrouwde op Kirstens hormonen die haar scherpe blik moesten vertroebelen. 'Kun jij wél zitten?' vroeg ze.

'Een beetje,' had Kirsten op haar hoede geantwoord.

Judith had haar een dankbare blik van herkenning geschonken en had vervolgens theatraal gezucht. 'Het is helemaal misgegaan, Kirsten. Inmiddels weet heel Nederland dat jij hier ligt en dat Amber en Tom Emma en jou morgenochtend komen halen. Het is nu al een groot mediacircus beneden, moet je je voorstellen hoe het hier morgen is. Ze zijn dranghekken aan het plaatsen, het publiek wil de baby zien. De geboorte van Amalia is er niets bij.'

Kirsten had Judith argwanend aangekeken en had vervolgens haar blik op Emma gericht, die lief in haar doorzichtige wiegje lag te slapen.

'Amber vertelde me dat jij Emma graag nog een nachtje bij je wilt houden, maar, het spijt me, we moeten nu al weg, schat. Amber en Tom hebben met de artsen overlegd: het mag. Beter dit, een nachtelijk vertrek, dan dat de paparazzi morgen op dat kleintje duiken.'

Ze had zichzelf met veel vertoon aan de rand van Kirstens bed opgetrokken en was Kirstens tas beginnen in te pakken. 'Verdorie,' had ze nog geïrriteerd gezegd. 'Die verpleegkundige die zou komen helpen, laat ook op zich wachten, zeg. Belachelijk dat wij, twee vrouwen die net bevallen zijn, dit allemaal zelf moeten doen. Kom.' Ze had Kirstens deken weg geslagen. 'Tom wacht beneden op ons, om de hoek.'

'Maar we kunnen toch niet zomaar...' Kirsten had het allemaal maar gek gevonden, dat was duidelijk geweest.

'Ja, sorry, ik weet het ook niet,' had Judith geantwoord. 'Amber en Tom hebben alle gesprekken gevoerd, ik ben alleen de boodschapper. Maar als je het precies wilt weten, hier.' Ze had Kirsten haar telefoon gegeven. 'Bel Tom anders zelf even.'

Tom bevestigde Judiths verhaal, inclusief de details die ze had verteld – een kwestie van goede voorbereiding.

'Nou,' zei ze. 'Laten we dan maar gaan.' Liefdevol had Kirsten Emma uit haar wiegje gehaald en haar ingepakt tegen de kou.

'Is het moeilijk?' had Judith voordat ze de kamer uit liepen gevraagd. 'Afscheid nemen?'

'Ze is Ambers kindje, niet het mijne.' Maar er hadden tranen in Kirstens ogen gestaan.

'Je bent dapper,' had Judith gezegd, en daarna waren ze met z'n tweeën de kraamafdeling af gelopen, haastig, want Judith had op haar mobiel 'gelezen' dat er een paar journalisten op weg waren naar boven.

Tom had hen opgepikt en was snel weggereden. 'Waar is Amber?' had Kirsten gevraagd. Pas toen Tom zijn auto op het bospad parkeerde, daar waar niemand hen zou zien, viel bij haar het kwartje.

'Wat wil je?' Kirsten had Judith aangekeken alsof ze gek was geworden. Ze had Emma tegen haar borst gedrukt, haar ogen waren van het portier, naar de achterbak, naar haar tas geschoten.

Wat wilde ze doen? Rennen? Ze had ondersteuning nodig gehad bij het naar buiten schuifelen, had nauwelijks de auto in kunnen komen.

'Zoveel verschilt de deal die ik je voorstel niet van die met Tom en Amber,' had Judith rustig geantwoord. Zakelijk. Ze had haar handen in haar schoot gevouwen en Kirsten vriendelijk en geduldig aangekeken.

Natuurlijk had ze Kirstens reactie wel gesnapt. Ze was niet gek. Dit was anders dan gepland en Kirsten had nu ze stijf stond van de hormonen vast het gevoel dat het kindje dat ze vasthield háár baby was. Maar daar liep haar redenatie spaak. Dit was niet Kirstens kind, want dit kleintje had niet Kirstens genen. Dit was ook niet het kind van Amber, want de adoptie was nog niet rond. Ook was dit kind niet van Tom, hij had haar immers niet prenataal erkend. Deze baby was alleen een lucratieve, zakelijke transactie waar Kirsten met haar volle verstand voor had getekend. Business. Ze had voor een mooi bedrag een kindje willen dragen; ze had daar zelf beter van willen worden.

Judith was kalm en begrijpend gebleven. Lief. 'Of je jouw kind nou aan Alec en mij geeft of aan Tom en Amber maakt onder aan de streep toch geen enkel verschil?'

Paniekerig had Kirsten naar Tom gekeken, maar die zat nog altijd achter het stuur, voor zich uit kijkend. 'Dat maakt álle verschil,' had Kirsten hormonaal gekweeld. 'Amber is mijn vriendin.'

'Amber heeft negen maanden aardig tegen je gedaan omdat jij de broedmachine van haar baby was. Dat is iets anders dan je vriendin zijn.'

Uiterlijk was Judith rustig en vriendelijk gebleven, maar vanbinnen had Kirstens reactie haar meer gestoken dan ze toe wilde geven. Vond Kirsten haar soms tekortschieten? Dat ze niet goed genoeg was? Niet vrouw genoeg? Niet moederlijk genoeg?

'Tom?' Kirsten had angstig haar hand op Toms arm gelegd. 'Dit kan toch niet, Tom?'

'Kirsten...'

'Maar Emma is jouw kind, Tom. Jouw kind en dat van Amber. Je kunt het toch niet goed vinden dat...'

Tom had zich omgedraaid. 'Lieve Kirsten,' had hij gezegd. 'Judith doet je een deal die je niet kunt weigeren. Nog eens vijftigduizend euro, da's een hoop geld, hè. En je krijgt van ons dat bedrag ook nog gewoon en ik hoop dat je, als je er straks weer helemaal bovenop bent, Amber en mij nog een keer wilt helpen.'

'Maar weet Amber dit dan?'

Tom had zijn hoofd geschud.

Judith had haar hand op Kirstens knie gelegd. 'En Amber hoeft hier ook niets van te weten. Kijk, als het geld een probleem is... Ik kan het verhogen. Een premie om dit tussen ons te houden, zeg maar.'

Kirsten schudde haar hoofd. 'Het gaat me niet om het geld, het gaat me om...'

Emma was begonnen te huilen. Kirstens gezicht was van opzij verlicht door het binnenlichtje van de auto en had er opgezwollen en lelijk uitgezien. 'Nee,' had ze duidelijk en hard gezegd. Ze had op een monster geleken, met dat verwrongen gezicht van haar. 'Nee. Juridisch gezien ben ik nog altijd Emma's moeder. Ík bepaal wat er met haar gebeurt.'

'Oké.' Judiths handen waren gaan beven. Kirsten had haar zo boos gemaakt. Deze reactie had ze niet verdiend. Kirsten had er geen idee van wat zij allemaal had moeten doorstaan om hier te komen. 'Vijfenzeventigduizend. Maar dan heb je écht een goede deal, hoor.'

Kirsten had van Judith naar Tom en weer terug gekeken. 'Jullie hebben dit helemaal uitgedacht.' Ze leek wel bezeten, zo over haar toeren was ze. 'Jij bent nooit echt zwanger geweest, hè Judith?' Ze had Emma zo dicht mogelijk tegen haar borst gehouden. 'Tom, ik wil weg hier. Naar huis. Of naar het ziekenhuis.'

'Vijfenzeventigduizend, Kirsten. En de belofte dat we ontzettend goed voor Emma zullen zorgen.'

'Tom, naar huis!'

Tom had er bewegingsloos bij gezeten, alsof dit alles hem niet aanging. Hij had geen aanstalten gemaakt om in beweging te komen.

'Tom,' had Kirsten nog een keer dringend gezegd. Toen hij nog steeds niet reageerde, had dat stomme wijf het portier geopend. Een gure wind was naar binnen gewaaid en kreunend was Kirsten uit de auto gestapt.

Domme koe.

'Kirsten,' had Judith nog geroepen. 'Kom op, het is veel te koud. Straks wordt Emma nog ziek. Wil je dat soms?'

'Ik wil dat jij me met rust laat,' had Kirsten terug geroepen. 'Ben je gek geworden of zo, met je "zakelijke voorstel"? Wat ben jij voor iemand?'

En dat was de druppel geweest. Het had voor Judith gevoeld alsof heel haar leven had geleid naar dat punt, alsof alle tegenslagen, al het verdriet, al die keren dat ze haar tanden op elkaar had moeten zetten nodig waren geweest om haar de kracht te geven voor dat moment.

Judith was naar Kirsten toe gerend, hard schreeuwend dat ze terug naar de auto moest gaan, dit waren geen omstandigheden voor een één dag oude baby. Maar Kirsten had er ook de pas in gezet, wankel, huilend, kreunend als een beest. Binnen dertig seconden was Judith bij haar geweest. 'Geef hier,' had ze geroepen. Tranen waren over haar wangen gerold, Kirsten was niet voor rede vatbaar geweest. Ze had geprobeerd met al haar kracht Emma uit Kirstens handen te trekken.

'Blijf van mijn kind af,' had Kirsten gegild. 'Tom! Tom, doe dan iets!' Kirsten had gehijgd als een berin, kwijl was uit haar mond gelopen, ze had gegild als een wild dier. Een draak die verslagen moest worden. Judith had een trap tegen Kirstens been gegeven en daarop – *godzijdank, eindelijk* – Emma uit Kirstens klauwen weten te trekken.

'Nee!' had Kirsten gegild. Het enige wat zij nog in haar handen had gehad was Emma's mutsje. 'Geef me mijn kind! Geef me mijn kind terug!'

'Míjn kind, Kirsten.'

'Nooit!' Kirsten had zich op Judith geworpen die nog net op tijd Emma aan Tom had kunnen geven. De vrouwen waren over elkaar heen op de grond gevallen, Kirsten had omhoog proberen te krabbelen, maar dat was niet gegaan. Haar broek was besmeurd geweest met aarde, bloed en slijm. Op handen en voeten was ze achter Tom aan beginnen te kruipen. 'Je denkt toch niet dat je hiermee wegkomt?' had ze huilend gevraagd. 'Tom, wat zal Amber zeggen, denk je? Dit is jouw kind, nee, dit is míjn kind en ik...'

Klik.

Een paar jaar geleden had Judith het pistooltje van Alec gekregen. 'Altijd bij je dragen,' had hij haar gezegd. 'Je moet jezelf kunnen beschermen. De wereld barst van de gekken.'

Kirsten zou nooit zwijgen. Ze had haar keuze gemaakt. Helaas voor haar was dat de verkeerde.

'Joël?' Er was er maar één die Joëls naam zo uit kon spreken als Amber. Zoet, zangerig, *instantly* bevredigend. 'Kun jij deze foto's online zetten, alsjeblieft?' Amber legde de prints van de bewakingscamera's op Joëls bureau en keek hem met een vermoeide blik in haar ogen aan.

'Vanzelfsprekend.' *Ik zou alles voor je doen. Alles.* Hij glimlachte en schoof meteen zijn andere werk aan de kant. 'Heeft Tom eindelijk het licht gezien?'

Bij wijze van antwoord zuchtte Amber diep.

Niet dus. Hij is je niet waard, lieverd.

'Och, meis toch. Gaat het wel?' Joël stond op en bood zijn toekomstige geliefde hoffelijk een stoel aan – de bureaustoel van Tom, waar hij al dagen niet op had gezeten: het was duidelijk dat Tom hem ontliep, misschien wel omdat hij door begon te krijgen wie hier nu eigenlijk de meerdere was. 'Hier.' Hij vulde een glas met gefilterd water en zette dat voor Amber neer.

'Dank je wel, Joël.' Amber kneep in haar nek en draaide

met een pijnlijk gezicht een rondje met haar hoofd. 'Duizend e-mails heb ik inmiddels door geploeterd, en niets... Maar iémand moet haar toch herkennen?'

'Natuurlijk.' Joël legde zijn handen rustig op Ambers schouders, die zo strak stonden als staalkabels. 'Ik heb trouwens nieuws. Die Brandon is opgepakt. Zijn vingerafdrukken staan op het pistool waarmee Kirsten is neergeschoten.'

Met een ruk draaide Amber zich om. 'Hoe weet je dat?'

'Vriendje,' antwoordde hij laconiek. Zijn netwerk spreidde zich over alle lagen van de bevolking uit, over alle werelddelen. Daar kon Tom met z'n bekende kop niet aan tippen.

'Neergeschoten dus...' peinsde Amber. 'Heeft-ie ook gezegd wat hij met Emma heeft gedaan?'

Joël schudde zijn hoofd. 'Hij ontkent, zegt dat hij erin geluisd wordt.' Het had hem een paar honderd euro gekost om deze gevoelige informatie los te krijgen, maar Ambers dankbare blik was dat meer dan waard. 'We laten de politie haar werk doen en gaan ondertussen ook zelf verder om Emma te vinden. Beloofd.' Hij keek Amber doordringend aan en begon knedende bewegingen in haar schouders te maken. 'Wat ik al zei: heel de wereld zoekt mee. Heb je wel gezien hoeveel reacties we op social media krijgen?' Toen Amber haar hoofd schudde gaf hij haar zijn mobieltje. 'Kijk.'

Dag 3. Emma is nog steeds weg en ik vind het steeds moeilijker om in de goede afloop te geloven. In één ogenblik is de wereld veranderd van een plek die we onder controle hadden in een door vrolijkheid verlaten oord.

Maar in het diepst van mijn verdriet zijn daar al die handen die me vasthouden: al jullie steunbetuigingen, de politie die zo hard haar best doet, de media die wel met ons meezoeken maar ons privé met rust la-

ten en dan Amber, natuurlijk. Altijd Amber.

Pas in tijden van tegenslag leer je degene met wie je getrouwd bent kennen. Ik ben intens dankbaar dat wij dit samen doen. Wat een kracht, wat een liefde. Zonder haar had ik niet meer overeind gestaan. #onelove #mindyourlive #mindyourlove #MSA

Het bericht had bijna 80.000 likes.

'En die daaronder,' zei hij.

Dag 2. Laat ik eerlijk tegen jullie zijn: ik twijfel aan wat ik jullie telkens zo zelfverzekerd heb gezegd over gedachten. 'Gedachten zijn niet meer dan door ons zelf verzonnen verhalen.' Dat heb ik altijd verteld, dat schrijf ik meerdere keren in mijn boek de Mindset Manual.

Ik WEET *dat dat klopt, maar op dit moment* VOELT *dat niet zo. Alle scenario's die ik me voorstel* LIJKEN *echt. Zo echt dat ze me verlammen. Hoe kun je verder als je kind wordt vermist?*

In de twijfel schuilt echter onze grootste kracht. Iedereen, ook ik, ook Amber, is maar een mens. Een mens met beperkingen. Een mens met de neiging zijn eigen gedachten te geloven.

We putten troost uit de wetenschap dat jullie met ons meezoeken en meeleven. Daardoor weten we door te gaan en hoop te houden.

Amber en ik trekken ons op aan jullie mooie woorden. Heb jij de gouden tip? Weet jij waar Emma is? Of weet je iets anders dat ons of de politie kan helpen haar te vinden? Alsjeblieft, laat het ons weten. Met liefde, Tom en Amber. #mindyourlive #mindyourlove #MSA

139.000 likes.

'Ik heb er ook een dagtaak aan om alle reacties door te nemen.' Joël sprak zijn woorden zacht uit. Liefdevol.

Hij wist wat Amber zag: de berichtjes die hij zo zorgvuldig had gecomponeerd vertelden haar niet alleen dat hij, in tegenstelling tot Tom, wél zijn best deed om Emma te vinden, het drukte haar ook – weer – met haar neus op het feit dat Tom niet meer dan een knappe spreekbuis was, een lekker ding met een goed verhaal, terwijl hij, Joël van Santbergen, de inhoud bepaalde. Als Cyrano de Bergerac. Tom de leeghoofdige verpakking, hij de woorden, de essentie, haar ware liefde.

Terwijl hij zijn vingers in haar schouders drukte, groeide zijn erectie. 'Het komt allemaal goed,' fluisterde hij. Zijn duimen schoven onder de boord van haar zijden blouseje, zij kromde haar schouders welwillend naar achteren. Haar huid was zoveel zachter dan die van Tara. 'Het komt echt allemaal goed.'

Alec tikte met de maat van de muziek mee op het leren stuur van zijn Audi. Naast hem zat zijn mooie, jonge vrouw, achter hem lag zijn kind in de Maxi-Cosi. Waarom ging dat verkeerslicht toch niet op groen? Ongeduldig opende hij Facebook.

Hij zag het meteen, de nieuwste post van Tom Kuijper. '*Dag 4. Dit zijn foto's die de bewakingscamera van het ziekenhuis heeft gemaakt. Amber en ik vragen jouw hulp. Herken je de vrouw die...*' Om het bericht verder te lezen moest hij op '*read more*' tikken. De letters vielen weg achter de vier zwart-wit foto's waarop Judith naast Kirsten door een ziekenhuisgang liep.

'*What the fuck!*' Hij vloekte zo hard dat Xavier wakker schrok en keihard begon te huilen.

'Alec,' vroeg Judith. 'Wat is er?'

'Dit.' Hij gooide zijn mobieltje op haar schoot, gaf een dot gas en draaide aan zijn stuur. Judith greep naar de handgreep aan het dak om niet tegen het portier aan te vallen, naast hen werd getoeterd. Door rood rijden én een U-bocht maken waar dat verboden was leverde hem een opgestoken middelvinger op.

Maar Alec zag het niet eens. 'Die gore hond,' gromde hij. 'Met wie denkt die loser te kunnen fucken?'

Hollandser dan de babyblauwe lucht met schapenwolkjes, het weiland met koeien en het verre silhouet van een dorp – een watertoren met huizen ingesloten door rijen bomen – ging het niet worden. Tara bleef even staan om het tafereel in zich op te nemen. Ze nam een slok water uit het flesje dat ze van huis had meegenomen en ademde diep in. Ze was vergeten hoezeer ze Nederland miste: hoe plat de wereld hier was, hoe de seizoenen zo sterk van elkaar verschilden, de mentaliteit van *what you see is what you get*.

Kort popte de gedachte op dat ze zou kunnen remigreren. Wat had ze nog te zoeken in de States nu John een nieuw leven had opgebouwd? Natuurlijk, ze had haar werk voor *The New York Times*, maar voor hen zou ze overal ter wereld kunnen schrijven. Of ze zou aan haar boek kunnen beginnen.

Ze schudde haar hoofd om haar eigen, onzinnige gedachte en zette de pas er weer in. Wandelen hielp altijd als ze vastzat in haar onderzoek, dat bracht beweging in haar gedachten.

Wat moest ze nu precies denken van Judith? Dat ze zo fout als *hell* was, stond als een paal boven water, met haar maniertjes, haar gouden huis en de toegangspoort waar geen ongenode gast door kwam. Macht erotiseert. Dat moest de reden zijn dat ze met Alec getrouwd was.

Wat voor relatie zouden die twee hebben? Hoe zou die zoon van hen op gaan groeien?

Ze kon er de vinger niet op leggen, maar er was iets met die Judith, iets dat verderging dan alleen het foute dat kleefde aan het echtgenote-zijn van de grote baas. Iets wat Tara de hele nacht uit haar slaap had gehouden, maar wat? Het lukte haar niet het te definiëren. Dat frustreerde haar.

De buitenlucht maakte haar hongerig. Toen ze een halfuur later langs een bankje kwam, besloot ze daar haar boterham te eten. Er kwam een fietser voorbij die haar vriendelijk groette. Ze keek zijn voorovergebogen rug na. De man moest zijn best doen om met tegenwind vooruit te komen.

Toen ze het plastic zakje van haar boterham in haar jaszak stak, haalde ze meteen haar telefoon tevoorschijn. Nul whatsappberichten, alleen wat spam in haar mailbox. Ze scrolde daarom maar door de enkele foto's die ze de laatste tijd gemaakt had.

Bij de klassenfoto van Jeroen hield ze op met swipen. Ze vergrootte de gezichten van de schoolkinderen en bekeek iedereen, stuk voor stuk. Ze zag iets over het hoofd, zei haar onderbuikgevoel. Maar wat?

Ingespannen tuurde ze naar de leerlingen die vol bravoure naar de schoolfotograaf keken, of juist verlegen naar de grond staarden, precies op het moment dat de foto werd genomen zich draaiden naar een klasgenootje, of ongelukkig genoeg net hun ogen dicht hadden.

Niets, leverde het op. Het waren gewoon negenentwintig kinderen. Kinderen zoals alle andere kinderen.

Ze keek nog een keer naar het gezicht van Jeroentje en borg toen haar telefoon weer op. Ze begon terug te lopen, boos op zichzelf omdat het haar niet lukte om het grote verband te zien. Ze was verdomme bij Alec en Judith thuis geweest, hoe makkelijk wil je het hebben?

In gedachten ging ze elke beweging, alles wat op dat moment gezegd was na. Ze zag Judith weer de trap af komen, haar haren naar achteren gooien, lachen...

Maar nee, dat was het.

Midden op het pad bleef ze stilstaan. In de verte stond een kudde koeien met zijn kont tegen de wind in, de watertoren was het hoogste punt aan de horizon, een witte vliegtuigstreep verdween de wolken in. Ze haalde haar telefoon tevoorschijn, vergrootte de foto en schudde haar hoofd.

Nee. Nee, dat kan toch niet zo zijn?

Judiths blauwe ogen keken haar vanaf de schoolfoto recht aan.

'Hé.' Amber schrok toen ze Judith en Alec bij haar op de stoep zag staan. 'Wat doen jullie nu hier?'

Aan Judiths arm bungelde de Maxi-Cosi met Xavier erin, Alec droeg de luiertas. *De grootste mensenhandelaar van dit moment.*

Weten ze dat ik het weet?

Nee, natuurlijk niet. Onzin.

'We wilden even weten hoe het met jullie is.' Judiths stem was warm als altijd. 'We waren in de buurt en... Nou ja, het was een spontane ingeving. Komt het uit? Is Tom thuis?'

Amber knikte en liet de twee binnen. 'Tom is boven,' zei ze. 'Ik zal hem wel even halen.'

Op de overloop pufte ze uit. Hoe kon ze ooit nog normaal tegen Judith en Alec doen? Irina had gereageerd op de naam die Tara genoemd had. Grote kans dat haar hele verhaal waar was.

'Alec en Judith zijn hier. Kom je?' vroeg ze aan Tom, die met zijn wijs- en middelvingers tegen zijn slapen geklemd en met zijn ellebogen op zijn bureau geleund zat te staren naar de foto's die Joël online had gezet. *Hij zit tijd te verdoen, terwijl Emma nog altijd niet gevonden is.*

'Ja. Ik kom eraan... Straks.'

Waar was het leven gebleven waarvan ze gedacht had dat het het hare was?

Beneden wiegde Judith Xavier non-stop heen en weer. Nog steeds verried alleen haar buikje dat ze net was bevallen. In haar hagelwitte designerjurkje en op haar extreem hoge hakken zag ze er niet uit als een moeder.

Wat weet zij eigenlijk van de handel van haar man?

Alec keek stuurs voor zich uit. Normaal gesproken zou Amber hebben vermoed dat Xavier hem uit zijn slaap had gehouden, maar nu vroeg ze zich af of er soms iets heel anders in zijn hoofd omging. Uitbuiting, geweld, levens waar hij mee speelde. Irina.

Op de eettafel stond Ambers laptop werkeloos open. Elke minuut dat ze tegenover Judith en Alec zat, kwamen er tientallen e-mails binnen. Misschien wel die met de waarheid over Emma erin.

Judith glimlachte. Amber krabde nerveus aan de onderkant van haar knie. *Ik moet iets zeggen, normaal doen, niets laten blijken.*

'Hoe is het met je zus?' vroeg Judith godzijdank.

'Goed... Ja, goed.'

'Mooi.'

'Ja... dus...'

'Tom is boven, zeker?' vroeg Alec uit het niets op een harde, onvriendelijke toon. Nadat Amber had geknikt, stond hij op en liep hij, zonder nog een woord te zeggen of ook maar een blik op Judith of Amber te richten, de kamer uit en de trap op.

'Hij maakt zich zorgen,' verklaarde Judith het gedrag van haar man. Ze glimlachte weer: de glimlach van iemand die glashard zit te liegen.

Amber knikte. Slikte. Ze wist niet wat er aan de hand was, maar Alec had niet de blik gehad van een man die zich zorgen maakte.

'Anja, je spreekt met Tara Mook.' Tara hield haar hand als een kapje om haar telefoon om de wind uit haar microfoon te houden. 'Ik ben gisteren bij je geweest om...'

'Ja natuurlijk, Tara, wat gezellig. En? Heb je al van Judith gehoord van wanneer tot wanneer ze bij ons op school zat?' Juf Anja pufte hard in de speaker. 'Ik ben net binnen van boodschappen doen. De lift was stuk en dus moest ik al die trappen op. Ik ben kapot en...'

'Sorry dat ik je onderbreek.' Het zweet brak Tara uit. '... maar ik bel ergens anders voor. Je vertelde me gisteren dat jullie Jeroen altijd "hartje" noemden. Waarom, vroeg ik me af.'

'O, dat is zo'n schattig verhaal.' Anja klonk verrukt. 'Jeroentje had een vlekje op zijn wang in de vorm van een hartje.' Tara voelde de grond onder zich vandaan zakken. Het klopte dus, wat ze had gezien. 'Tja, zelf vond hij het niet leuk hoor, dat iedereen hem zo noemde, maar nou ja, het was gewoon zo'n zacht kind, het paste bij hem.'

'Een vlekje,' herhaalde Tara. 'Een moedervlek.'

'Klopt. Een vrij grote ook nog. Op zijn wang.'

Het was geen vuiltje geweest op de klassenfoto, maar een moedervlek.

Tara zag het zo weer voor zich: Judith onder aan de trap, hoe ze haar hand uitstak, haar gezicht draaide en haar de wang toestak die op geen enkele foto op internet te zien was, die met de hartvormige moedervlek erop, de moedervlek waarover Tara had gedacht: wauw, zelfs die is perfect.

Jeroen was Judith. Judith, Jeroen.

Judith was geboren als jongen.

Natuurlijk. Geen vrouw zo mooi als een man. Judiths krachtige gezicht, haar lange benen, slanke billen, geprononceerde jukbeenderen: mannelijke kenmerken waar iedere vrouw een moord voor zou doen.

'Tja, dat heb je nou altijd. Als je steil haar hebt, wil je krullen. Heb je krullen, dan wil je...'

'Het spijt me, Anja, maar ik moet ophangen. Er belt iemand aan.' Ze drukte het gesprek weg en belde met een hart dat steeds sneller pompte Amber. Die nam niet op. 'Shoot.' Ze vloekte hartgrondig en belde meteen nog een keer. Opnieuw kreeg ze de voicemail.

'Wil jij Xavier even vasthouden?' vroeg Judith aan Amber. 'Ik snap het wel als je niet wilt hoor, maar misschien is het goed voor je. Je zult op een gegeven moment toch weer door moeten.'

'Door?' herhaalde Amber. 'Hoe kan ik "door", Judith?' Haar hand trilde, ze probeerde het te verbergen door erop te gaan zitten. 'Mijn kind is weg, er is weet ik veel wat voor ergs met haar gebeurd.'

'Nou, daar zou ik niet van uitgaan,' antwoordde Judith. 'Positief blijven.' Ze legde het puntje van haar wijsvinger op Xaviers neusje en lachte naar haar baby. 'Misschien is ze juist wel bij mensen die heel veel van haar houden, die zelf geen baby konden krijgen en dachten: we gaan dit kleintje alle liefde van de wereld geven.'

Amber knikte. Toen Alec een paar jaar geleden met Judith aan was komen zetten, was ze verbaasd geweest dat zo'n mooie, slimme vrouw met zo'n gnoom wilde zijn. Natuurlijk, hij had geld, maar er was toch meer in het leven dan dat?

Nu snapte ze het. Judith leefde in een fantasiewereld. Die had een aantal items op het verlanglijstje van haar leven staan en Alec gaf die haar stuk voor stuk.

Nu een kind.

Haar telefoon ging. *Tara.* Die zag haar vanuit het bijgebouw ongetwijfeld hier met Judith zitten en wilde langskomen. Research doen.

Onverstandig.

Als Tara echt gelijk had, dan moest ze hier niet gezellig een kop thee komen drinken. Dan moest ze afstand bewaren, het op safe spelen.

Verdomme, waarom ging ieders leven verder en probeerde iedereen haar mee te slepen in de dagelijkse dingen, terwijl haar wereld was gestopt met draaien op het moment dat ze de deur van de kraamkamer had opengedaan?

'Gaat het?' vroeg Judith.

'Ja,' verzuchtte Amber. 'Even naar de wc.'

Ze liet het licht uit, draaide de deur op slot en vroeg zich af hoelang ze hier, afgesloten voor anderen, zou kunnen blijven zitten.

Terwijl Tara haastig terug naar huis liep, vlogen haar vingers over het toetsenbord van haar mobieltje.

'Ik weet wie Emma heeft,' typte ze. 'Judith. Judith is geboren als Jeroen. Een transgender. Pas op, Tara. Die mensen zijn echt heel, HEEL gevaarlijk. Ik kom er nu aan.'

Met een onrustig gevoel drukte ze op *send*.

Tom stond in zijn werkkamer, met zijn rug naar de deur. Hij dacht dat Alec in de woonkamer was en hoorde hem niet de trap op komen. Hij wist pas dat zijn vriend boven was toen diens laars met een harde schop in zijn rug terechtkwam.

What the fuck...

Hij struikelde naar voren, viel op de grond. In een doorgaande beweging werd hij echter alweer aan zijn schouders overeind getrokken. Alec smakte hem tegen de kastenwand aan, draaide zijn arm op zijn rug en trok zijn hoofd aan zijn oor zo ver naar achteren dat Tom bang was dat zijn nek zou breken.

Zijn wang bleef kleven aan de spiegeldeur, zijn oor gloeide. In zijn naar achteren gebogen houding kon hij geen kant meer op. Al die uren in de gym, al die krachttraining maakte niets meer uit. Alec wist precies de juiste plekjes, de slimme trucs: zelfs de grootste man op aarde zou hij nog met alleen zijn duim op zijn knieën kunnen dwingen – als je maar genoeg druk op de juiste plekken zet.

'Wat ben je verdomme aan het doen, man?'

Vanuit de spiegel zag Tom hoe Alec vol agressie naar hem keek, de ader op zijn voorhoofd was opgezwollen en rood, er zat een druppel spuug op zijn onderlip.

Hij wist waar Alec toe in staat was. Hij had hem een keer iemand zijn arm uit de kom zien draaien, op deze manier. 'Volgende keer breek ik hem,' had hij er toen lachend bij gezegd. De lijfstraf was de vergelding voor een lullige vergissing geweest, een akkefietje. Met Alec klooide je niet.

'Het spijt me, het spijt me, Alec.' Daar waar Tom sprak ontstond er condens op de spiegel. 'Het ging buiten mijn macht om.'

'Bullshit, Kuijper. Bull-shit.' Alec trok Toms hoofd nog iets verder naar achteren, zijn arm nog iets meer omhoog.

Tom voelde en hoorde de botten uit zijn schouders kraken. 'Het spijt me.' Hij moest zijn best doen niet als het eerste het beste kind te gaan huilen.

'Het spijt je alleen dat ik hier ben. Je maakt er een shitzooi van.'

'Maar ik kan er niets aan doen... Amber...'

'Je moet verdomme je wijf onder controle houden. Dat heb ik je toch al eerder gezegd?'

'Het spijt me. Je moet me geloven, Alec. Echt, het spijt me zo.'

Alec snoof en liet Tom zo venijnig en plotseling los dat die op de grond viel. Vol minachting keek Alec hem, hoog boven hem uittorenend, aan. 'Je hebt alles aan mij te danken, Tommieboy. Alles. Dat weet je toch nog wel?'

Tom knikte, probeerde overeind te komen, maar krabbelde achteruit toen Alec zo dicht op hem kwam staan dat hij niet op kon staan zonder tegen Alec aan te komen. Alec lachte en deed een stap naar voren. Hij plaatste zijn voet tussen Toms gespreide benen, zette de punt van zijn slangenleren loafer tegen zijn kruis. Ondertussen boog hij zich naar het bureau en pakte daar de nietmachine van af. Hij draaide het ijzer rond in zijn handen alsof hij zich afvroeg hoe het apparaat precies werkte. Toen hij het genoeg bestudeerd had, richtte hij zijn blik weer op Tom. 'Alles heb je aan mij te danken.'

'Ja,' haastte Tom zich te zeggen. Hij krabbelde nog iets verder achteruit, tot hij met zijn rug tegen de muur aan zat. 'Ja, ja, dat klopt Alec.'

'Wat klopt?' Grijnzend zette Alec zijn andere schoen tegen Toms kruis.

'Wat jij zegt.'

'Wat zeg ik dan?' Alec poerde zijn schoen in Toms ballen.

Tom probeerde nog verder bij hem vandaan te komen, maar zat klem. Hij kon alleen nog maar omhoog, maar dat was geen optie. 'Dat ik alles aan jou te danken heb,' zei hij.

'Alles?'

'Alles.'

'Weet je wel dat die lieve vrouw van jou jouw zaak aan mij verkocht heeft? Eenenvijftig procent van de aandelen heb ik nu. En ik ben zo goed om jou te laten zitten, om jou de goeroe te laten spelen.'

'Maar... Hoe...'

'En wat krijg ik als dank?' Alec hurkte neer en keek Tom van dichtbij aan, alsof hij een insect bestudeerde en zich afvroeg wat hij nu eens met zijn weerloze slachtoffer zou gaan doen. 'Nou?' schreeuwde hij opeens.

Tom schokschouderde. Wat moest hij zeggen op die vraag? Tranen sprongen in zijn ogen: herinneringen aan angst. Herinneringen die hij met zijn geest dan onder controle mocht hebben, maar die zijn lichaam zich maar al te goed herinnerden. Hij reageerde instinctief. Bang. Verlamd.

'Stank voor dank,' fluisterde Alec. 'Dat is wat ik krijg, toch Tommieboy? Stank voor dank.' Hij duwde de nietmachine tegen Toms ooglid aan. Het staal voelde koud. Tom kneep zijn ogen dicht. 'Nee,' smeekte hij. 'Nee, alsjeblieft niet doen.'

'Het is mijn vrouw, Tom.' Alec drukte met de onderkant van het apparaat Toms gezicht opzij. 'Het is mijn vrouw, het is mijn gezin én het is mijn business die je in gevaar brengt. Eerst wordt Kirsten gevonden, dan het pistool, dan staat Judith online. Wat moet ik hiermee, hè?'

'Alsjeblieft.' Tom huilde inmiddels. 'Alsjeblieft, ik kon er allemaal niets aan doen.'

'Wát moet ik hiermee?'

'Het komt niet meer voor,' zei Tom bibberend. 'Ik beloof je dat...'

'Niet schreeuwen.'

Het nietje dat Alec half in Toms ooglid, half in zijn wenkbrauw schoot dreunde door tot diep in Toms hersenen, boog zich aan de bovenkant af tegen zijn schedel, doorprikte de weke huid van zijn oog.

Meteen drukte Alec er nog twee nietjes naast.

Tom schreeuwde niet. Een schreeuw betekende zijn doodvonnis, wist hij.

'Hm.' Alec bracht zijn hand naar beneden en keek vol interesse naar de kleine stukjes metaal die zich om Toms huid gevouwen hadden, zijn gezicht op nog geen centimeter afstand van zijn hoofd.

Tom huiverde. Hij rilde over zijn hele lichaam.

Alecs woede leek in één klap over. Er was alleen nog verwondering. 'Wil je het zelf even zien?' vroeg hij ogenschijnlijk vriendelijk.

Tom schudde van niet, maar Alec klauwde Toms kaak vast en draaide zijn hoofd hardhandig naar de spiegel. Er liepen kleine straaltjes bloed over zijn gezicht, van zijn wenkbrauw naar de hoek van zijn oog, over zijn wang heen naar beneden. Als rode tranen.

'Wilde je altijd al toch, een piercing?'

Tom was misselijk, knikte.

'Werkelijk?'

Tom knikte weer.

'Ballen tonen, Kuijper. Daar gaat het om. Heb jij ballen?'

'Ja. Ja, Alec.' Tom knikte nu zo hard hij kon. Hij begon te huilen. Hoe moest hij Alec ervan overtuigen dat hij alleen maar het juiste probeerde te doen?

'Nee, die heb je niet. Je zit er hier bij als de eerste de beste jaknikker. Vertel me nu eens eerlijk: wilde je wel of niet een wenkbrauwpiercing?'

'Nee,' antwoordde Tom huilend. Hij wist wat er komen ging.

'Oké.' Met een gezicht dat geen enkele emotie toonde trok Alec met snelle bewegingen de nietjes uit Toms wenkbrauw. De scheuren begonnen meteen te bloeden. 'Vanaf nu geen enkele vergissing meer, Kuijper. Geen enkele. Heb je dat gehoord?'

'Nog een kopje koffie?' vroeg Amber aan Judith. Waar bleef Tom toch? Ondanks het feit dat ze hem op dit moment haatte, had ze hem nodig. Hij moest haar beschermen.

'Of heb je liever een sapje?' Judith keek haar bedrieglijk ongevaarlijk aan. 'Ik heb al zoveel cafeïne op dat ik bang ben dat ik hier straks stuiterend door de kamer ga.'

Amber perste een glimlach op haar gezicht en maakte zich zo snel mogelijk uit de voeten naar de keuken.

Tot haar verbazing bleek de koelkast vol te staan met spullen. Verse groenten, pure chocola, quinoasalade van de traiteur, appels, peren, biologische vegan kaas. Dit moest Joël voor haar hebben geregeld. 'Ik zal voor je zorgen, Amber,' had hij gisteren tegen haar gezegd. 'We gaan Emma vinden en tot die tijd zorg jij dat je in conditie blijft, gezond eet, overeind blijft. Ik ga je helpen. Je hoeft dit niet alleen te doen.'

Zijn woorden hadden haar geraakt, want ze had inderdaad vaak het gevoel dat ze dit alleen deed. Verrek, soms leek het zelfs wel alsof Joël meer om haar gaf dan Tom. Ze dacht aan de lieve Facebook-posts die hij had gemaakt en koelde met een koude fles granaatappel-kiwi-druivensap haar bonkende slapen.

In de woonkamer zat Judith met Xavier op schoot. Amber kon er haast niet naar kijken. Recht tegenover haar de gelukkige moeder uithangen was toch niets anders dan wreed?

'Alsjeblieft,' zei ze beleefd toen ze Judiths glas op de salontafel zette. Om zich een houding te geven pakte ze haar mobieltje.

'O lekker,' zei Judith nippend van haar glas. 'Wil je zelf niet?'

'Nee, ik...'

Ik weet wie Emma heeft, stond er in de whatsapp die Tara gestuurd had. Ambers ogen werden groot. *Judith is geboren als Jeroen. Pas op, Amber. Die mensen zijn echt heel, HEEL gevaarlijk. Ik kom er nu aan.*

Amber keek op. Judith keek naar Xavier. 'Ja, dat is je neusje, hè. Ja... Ja, dat is jouw schattige neusje.'

Judith is een omgebouwde man?

Ambers maag balde zich samen. Ze las de app van haar zus nog een keer, probeerde de woorden tot zich door te laten dringen.

Vanbuiten ziet ze eruit als een vrouw, maar vanbinnen heeft ze een prostaat in plaats van een baarmoeder?

Toen ze weer opkeek fronste Judith haar voorhoofd. 'Is er iets?'

Amber schudde van nee.

Heel gevaarlijk.

Shit.

Niets laten blijken.

Haar blik daalde af naar Judiths buik. Ze was zwanger geweest.

Maar had ze dat gefaket dan? Droeg ze onder haar jurk een voorbindbuik? Bestond er zoiets?

Gek genoeg keek ze pas later naar Xavier. Ze had slechts een paar foto's van Emma en die waren stuk voor stuk slecht van kwaliteit. Nooit had ze stilgestaan bij de gelijkenis tussen haar kind en dat van Judith. Alle baby's lijken op elkaar, had ze zichzelf verteld. Ze hebben allemaal een verfrommeld gezichtje, dichte ogen en een superschattig neusje.

Emma.

Het kindje dat Judith in haar armen houdt is Emma. Mijn Emma. Míjn dochter.

Judith, de vrouw van de grootste mensenhandelaar van dit moment heeft mijn dochter vast.

'Amber? Voel je je wel goed?'

Die mensen zijn echt heel, HEEL gevaarlijk. Ik kom er nu aan.

'Ja.' Amber knikte. 'Ik heb alleen... Ik ben...'

Dat is Emma.

Maar wat kan ik doen?

Amber legde haar hand op haar voorhoofd, stond wankel op, wees naar de keuken. 'Glaasje water.'

Rustig blijven. Geen domme dingen doen.

'Kan ik iets voor je doen?' Judith stond op, wilde achter haar aan komen, maar Amber draaide zich om en schudde haar hoofd. 'Laat me maar even.' Ze wuifde haar hand voor haar gezicht. 'Slaapgebrek. En het is gewoon allemaal... Af en toe te veel.'

'Ja,' zei Judith. 'Ja, natuurlijk.' Ze glimlachte bemoedigend, ging weer op de bank zitten en sloeg haar slanke benen over elkaar.

In de keuken stond Amber zichzelf een kort moment haar paniek toe. Ze dacht aan wat Tara allemaal verteld had. Aan Irina, de mensenhandel, de lijken. Als het klopte wat haar zus schreef, dan hadden Judith en Alec haar kind ontvoerd.

En waren ze tot alles in staat.

Verdomme. Hier in de woonkamer zit Judith met Emma!

Wat moest ze in vredesnaam doen?

Haar wangen gloeiden, het leek wel alsof ze een koortsaanval had. In een poging haar koelte terug te krijgen opende ze de koelkast en zoog ze diep de koude lucht naar binnen. Ze moest zich niet op laten fokken, rustig blijven, oppassen. Nadenken.

Wat had haar zus precies geappt? *Judith is geboren als man. Judith heeft Emma. Die mensen zijn echt heel gevaarlijk.*

Wist Tara het zeker?

Ja, natuurlijk. Anders appte ze zoiets niet. Tara bracht een ontdekking pas de wereld in als ze van elk detail zeker was.

Maar toch.

Er was maar één manier om honderd procent zeker te weten dat Xavier Emma was...

Amber keek naar het granaatappel-kiwi-druivensap. De mannen waren al veel te lang boven, ze konden ieder moment naar beneden komen, maar ze zou misschien nooit meer een tweede kans krijgen. Ze haalde diep adem en schonk zichzelf een groot glas in.

Kom op, normaal doen.

Met een rechte rug stapte ze de woonkamer weer binnen.

'Wat doe je!' Judith slaakte een kreet toen het vruchtensap uit Ambers glas over haar heen ging. 'Mijn jurk!'

'O shit. Sorry.' Amber krabbelde op van de grond, ze keek Judith aan alsof het haar werkelijk speet. Ze had haar valpartij goed gespeeld zag ze aan Judiths oprechte schrik. 'Sorry, ik...' Ze legde haar hand op haar voorhoofd en straalde uit: "Het wordt me ook gewoon te veel, allemaal", stak haar armen naar Xavier uit. 'Geef hem maar hier. Er staat wasmiddel in de bijkeuken. Meteen spoelen, anders krijg je die vlek er nooit meer uit.'

'Áls ik hem er ooit nog uit krijg.' Judith keek Amber nijdig aan, duwde haar Xavier in handen en klikklakte met snelle stappen naar de bijkeuken.

Ambers hart bonkte in haar keel.

Emma.

Eindelijk Emma.

Meisje van me.

Amber hield haar dochters wang tegen de hare, ze snoof haar geur diep op. Dit was haar, haar dochter, haar Emma; het paste precies, dat kleine lichaampje tegen haar aan, die zachte huid, die billetjes in haar handpalm, alles wat...

Stop.

Niet voelen, maar handelen.

Ik moet het eerst zeker weten, daarna komt de rest van ons leven.

Amber schakelde haar gevoel uit, zoog een teug lucht naar binnen, concentreerde zich. Commitment, daar kwam het op aan, nu meer dan ooit. Pure commitment.

Snel maar voorzichtig legde ze Emma op de bank, met vaste handen trok ze haar haar spijkerbroekje uit, maakte ze de drie drukkertjes van haar rompertje los en trok ze de gele plakstrips van haar luier. Met ingehouden adem sloeg ze de witte Pamper open.

Emma trok haar beentjes op. Drie plooien naast elkaar vertelden Amber alles wat ze wilde weten. Schaamlipjes.

Een meisje.

Emma.

Haar Emma.

Boven ging een deur open.

Ze handelde instinctief, plakte zo snel als ze kon Emma's luier weer dicht. Ze hoorde de stemmen van Tom en Alec op de overloop.

HEEL gevaarlijk.

Broek aan, sokjes netjes. Ze nam Emma op haar arm, stond op en schrok toen ze Tom de trap af zag komen. Hij hield een groot stuk wc-papier tegen zijn wenkbrauw aan, het was met bloed doordrenkt, een dikke straal bloed liep vanonder de prop over zijn wang heen.

'Wat is er met jou gebeurd?' vroeg ze.

'Gestoten,' antwoordde hij. Hij loog, dat zag ze in één oogopslag.

Echt heel gevaarlijk.

Alecs ogen waren koud, er school een triomfantelijke glans in. 'Waar is Judith?'

'Bijkeuken.' Amber drukte Emma zo dicht mogelijk tegen zich aan. Deze man had Kirsten vermoord, had haar kind gestolen, Tom zojuist aangevallen, Irina ontvoerd.

Alec strekte zijn handen naar Emma uit. Xavier.

Ik moet doen alsof ik van niets weet. Als ik nu zeg dat ik weet dat dit Emma is, vermoordt hij mij. En Tom waarschijnlijk ook.

Ze wilde niet. Ze wilde Emma, háár kind, niet aan een koudbloedige moordenaar geven. Haar weer verliezen. Haar in gevaar brengen.

Maar het alternatief is dat ik haar hou en haar zeker weten in gevaar breng.

Ze wierp een blik op Tom, maar die staarde naar de grond.

'Nou,' zei Alec ongeduldig, terwijl hij met zijn vingers knipte. Misselijk van paniek gaf Amber Emma aan Alec.

Nee, dit mag niet! Niet weer!

'Zo jongen,' zei hij. Geroutineerd hield hij Emma tegen zijn borst en trok hij haar mutsje recht. 'Juut!'

'Ik ben hier.' Judith kwam met een natte jurk uit de bijkeuken. Ter hoogte van haar kruis zat een bordeauxrode granaatappelvlek.

'Wat is dat?' vroeg Alec.

'Ik struikelde,' zei Amber. Ze schudde verontschuldigend haar hoofd. 'Nogmaals, sorry Judith, maar ik ben de laatste dagen ook gewoon zo zwak... We betalen de stomerijkosten uiteraard.'

'Nou, ik denk niet dat de stomerij dit er nog uit krijgt,' antwoordde Judith kribbig. Ze nam Emma – *Xavier* – van Alec over en gaf haar een kusje op haar wang.

'Dan betalen we een nieuwe jurk.'

Judith haalde haar schouders op, keek chagrijnig naar Alec.

'Och, zoiets kan nou eenmaal gebeuren, Amber,' zei die gul.

'Maar goed, volgens mij hebben we jullie lang genoeg opgehouden. Amber...' Hij stapte naar voren om Amber drie kussen te geven. Daarna omhelsde hij Tom. 'Kameraad.' Hij sloeg Tom vriendschappelijk op de schouder en wees op diens wenkbrauw. 'Naar het ziekenhuis hè, dat moet gehecht worden.'

Judith gaf Amber drie luchtkussen en pakte Alecs hand. Voordat ze naar buiten liep draaide ze zich om. 'Jullie weten dat we altijd voor jullie klaarstaan.' Ze gaf Amber een knipoog.

Toen Alecs auto het pad af reed ging Amber naast Tom voor het raam staan. Boven het grind hing een mistlaag van opgewaaid stof en zand. 'Tom,' fluisterde ze. 'Dat was Emma. Xavier is Emma.'

'Ik weet het.' Hij sloeg zo hard tegen het glas dat Amber het in haar hart voelde resoneren. Machteloos bleef hij naar buiten staan kijken.

'Wat zeg je?' stamelde Amber niet-begrijpend. Had ze hem nu goed verstaan?

Tom antwoordde niet. Hij legde zijn hoofd naast zijn hand, en drukte zijn voorhoofd en neus plat tegen het glas. Het bloed uit zijn wenkbrauw liep in een straaltje naar beneden.

'Wat zeg je, Tom?' De wereld om Amber heen leek te verdwijnen. Alleen dat straaltje bloed was er nog. Het vormde een plasje op de vensterbank. Amber keek ernaar. 'Wat zeg je?' vroeg ze voor de derde keer. Ze moest haar man verkeerd verstaan hebben.

'Ik zei: ik weet het.' Hij keek haar met tranen in zijn ogen aan.

Amber zakte door haar benen heen. Tom kon haar nog net op tijd opvangen.

Tara kwam net aanlopen toen de auto van Alec en Judith de straat uit scheurde. Een schok ging door haar heen.

Dat is 'm, de man die ik probeer te pakken.

Ze zette er de pas in, kon het nog steeds niet geloven. Dat Alec slechte dingen deed wist ze inmiddels, maar dat hij zijn beste vriend zo bedroog daar kon ze met haar pet niet bij.

Heeft Amber mijn berichtje wel gelezen?

Waar is Emma nu?

Hijgend kwam ze bij de villa aan.

Ze wilde op het raam kloppen, maar bedacht zich toen ze Amber en Tom in de woonkamer zag praten. Eén blik op hen en het was duidelijk: bij dit gesprek konden ze haar niet gebruiken. En ja, Amber had haar whatsappje gelezen.

Tom zat met zijn hoofd in zijn handen op de bank naar de granaatappelvlek in het tapijt te staren. Alles beter dan Amber in de ogen te moeten kijken. Op tafel stond nog steeds het glas sap van Judith. De nieuwe prop wc-papier die hij tegen zijn wond aan had gedrukt was allang weer verzadigd, maar hij had de kracht niet een nieuwe te pakken. Alec had gelijk, het moest gehecht worden. Maar eerst dit. Eerst schoon schip.

'Hoelang weet je het al?' vroeg Amber. Ze leek geïmplodeerd. Zakelijk. 'Onze eerste prioriteit is Emma terugkrijgen,' had ze net gezegd. 'Daarna komen die emoties wel. De ruzie. Verontschuldigingen...'

Hij schudde zijn hoofd in zijn handen. Hij kon het haar toch niet zeggen? Dat kon ze toch helemaal niet aan? Dat konden zij samen niet aan! Hoe stoer ze ook mocht doen, hoe goed ze zichzelf op dit moment ook in de hand leek te hebben.

'Nou?'

'Je snapt het niet, hoe het gegaan is. Jij denkt nu dat ik het wist en jou gewoon niets heb verteld, maar...'

'Maar wat, Tom?'

‘Maar het was gewoon nooit…’ Hij wist niet hoe hij het kon uitleggen zodat het zinnig klonk. Hij tilde machteloos zijn handen op. ‘Het was gewoon nooit de bedoeling.’

‘Want: je “bedoelde” het goed?’ Amber haakte haar vingers in de lucht. Waarom schreeuwde ze niet, was ze zo kei- en keihard? ‘Je zei niet tegen mij dat je wist waar onze dochter was, omdat je dacht dat dat “het beste was voor mij”?’

Tom schudde nog een keer zijn hoofd en keek Amber aan. ‘Jíj was niet de bedoeling,’ zei hij verslagen. ‘Jij niet.’ Hij liet zich van de bank afglijden en kwam op zijn knieën voor Amber zitten. Hij pakte haar handen beet en keek haar smekend aan. ‘Muze, ik wil het je allemaal vertellen, maar ik wil je niet kwijtraken. Je moet begrijpen dat als ik van tevoren had geweten wat er allemaal zou gebeuren, ik er nooit mee in zou hebben gestemd. En je moet ook weten dat ik alles terug wil draaien. We gaan Emma terughalen, jij en ik, samen, we stelen haar terug en dan… Dan gaan we ergens naar het buitenland, ik geef alles op, alleen wij tellen. Wij, muze. Je moet me beloven dat…’

‘Ik beloof je niets, Tom.’ Fel trok Amber haar handen los. ‘Ik beloof je niets voordat je me alles hebt verteld. Álles. En waag het niet om ook maar het kleinste detail voor me te verzwijgen.’

Tom knikte, sloeg zijn ogen neer en draaide zich vervolgens om. Met zijn rug tegen de zitting van de bank hoefde hij Amber niet aan te kijken – hoe zou hij haar blik op dit moment ook kunnen verdragen?

‘Je weet hoe ik Alec ontmoet heb, in Thailand,’ begon hij. Zijn stem was hees, vol van berouw. Hij slikte moeizaam. Verdomme, hij had zich voorgenomen dit nooit te zullen vertellen. En al zeker niet aan Amber. Maar hij móést. Er was maar één manier om haar te houden en dat was door het vertellen van de waarheid.

Het was een gok, want de kans was groot dat ze hem na het horen van zijn verhaal niet eens meer aan wilde kijken en hij zou haar dat niet eens kwalijk kunnen nemen, maar hij moest het erop wagen, erop vertrouwen dat ze het gemeend had wat ze op hun trouwdag had gezegd: dat ze elkaar zouden steunen in goede en in slechte tijden, dat hun liefde alles kon overwinnen, dat ze elkáár zagen in plaats van alleen elkaars verhaal.

'Ik ontmoette Alec op het moment dat ik er het meest doorheen zat en dwars tegen de publieke opinie in zag hij talent in me. Ik heb het je al vaker verteld, hoe hij me aansprak na die avond bij het kampvuur, zei dat we maar eens over zaken moesten praten, hoe hij beweerde dat hij van mij de grootste goeroe van Nederland zou kunnen maken. Je kunt je niet voorstellen, muze, hoe ik me toen voelde: gered. De hele wereld had me uitgekotst. Waar ik ook kwam, wie ik ook tegenover me had, ik was alleen nog maar de man die ooit groot wás. Ik was een loser. Zo voelde ik me niet alleen, dat zag ik ook in de ogen van... Van iedereen eigenlijk. Enig idee hoe eenzaam ik me voelde?'

Amber humde geïrriteerd. Ze had dit verhaal inderdaad al meerdere keren gehoord en hoe overweldigend en rot het ook voor Tom was geweest, zijn levensverhaal was een sprookje geworden waarvan ze het einde al wist.

'En toen was daar opeens Alec, die wél mijn talent zag, mijn waarde. Ik was hem zo dankbaar, wilde zo graag... Ik zou simpelweg alles ondertekend hebben.'

'Je hebt iets ondertekend...'

Tom knikte, zag zichzelf weer zitten, daar in Thailand, aan een houten terrastafeltje midden op het strand. Het decor was een azuurblauwe zee, met overal *long tail boats*, en beboste heuvels in de verte die verticaal uit het water oprezen. Er was alleen dat paradijselijke eiland geweest en een wereld van mogelijkheden. Het echte leven had daar niet bestaan.

'In het contract waarin we de condities van de Mindset Academy vastlegden had Alec een voorwaarde opgenomen... Een voorwaarde waar ik jou nooit iets over heb verteld, omdat...' Hij onderbrak zijn zin. Hij moest zijn verhaal anders beginnen, wilde het enigszins logisch klinken. Dat het niet logisch wás dat zag hij ook wel, maar daar had hij op het moment zelf niet bij stilgestaan. Toen had hij doodgewoon de ene stap na de andere gezet. Hij was erin gerold. 'Alec denkt dat hij God is,' verzuchtte hij.

'Vertel me iets nieuws.' Amber zei het geërgerd. Ze begon ongeduldig te worden.

'Nee, je snapt het niet.' Tom schudde zijn hoofd. 'Alec denkt letterlijk dat hij God is. Op zijn werkverdieping hangt een schilderij waarop hijzelf als God staat afgebeeld. Een voorstelling van de Exodus, weet je wat dat is?'

'Niet precies.'

'Ik heb het ook moeten opzoeken, maar het komt erop neer dat het volk van God jarenlang gevangen werd gehouden door een wrede farao. God hielp ze ontsnappen en vroeg als dank, of als blijk van nederigheid, of welke andere reden "God" dan ook gehad mocht hebben, elke eerstgeborene. Alec is geschift, muze. Hij zei tegen me: "Ik ga je groot maken, ik ga je redden van de drugs, de drank, de vergetelheid en van jezelf, maar in ruil daarvoor wil ik jouw eerste kind."'

Amber slaakte een zucht van ongeloof. Tom draaide zich naar haar om. 'Ik weet hoe het klinkt, maar die man leeft niet in onze wereld. Dit is werkelijk hoe hij in elkaar zit.'

'Serieus? Hij heeft een contract opgesteld waarin staat dat hij jouw eerstgeboren kind zou krijgen in ruil voor het oprichten van de Mindset Academy? Waarom? Hij kende Judith toen toch helemaal nog niet?'

'Ik denk niet dat het daarom ging. Hij wilde zijn macht tonen. Niet meer, niet minder.'

Amber trok een sceptisch gezicht. 'Tom, er is toch geen jurist op de wereld die zo'n contract in elkaar flanst?'

'Voor geld doen mensen alles. Vooral de mensen met wie Alec samenwerkt.'

'En jij hebt dat getekend, dat contract?'

Tom knikte, zette zijn vingers tegen zijn slapen in een poging de hoofdpijn die hij al dagen had te verlichten. Wat een puinhoop. Hoe had hij ooit zijn handtekening onder zo'n door en door ziek contract kunnen zetten? Hij was écht een loser geweest, destijds. Maar alhoewel hij het zich nu niet meer kon voorstellen, had hij het wel gedaan. 'Ik heb het getekend omdat ik dacht dat hij het alleen overdrachtelijk bedoelde, dat hij nooit werkelijk een kind van mij zou claimen. En bovendien was ik er zeker van, absoluut zeker, dat ik geen kinderen zou krijgen. Nooit. Ik wilde dat het bij mij stopte, het misbruik, de angst, de slechtheid. En daarbij kwam ook nog eens dat ik niet geloofde in de liefde. Vrouwen waren voor een nachtje, niet eens voor de dag daarna. Ik was helemaal alleen, ik haatte mezelf, zou nooit verliefd worden en zou me al helemaal nooit voortplanten.' Hij draaide zich terug naar Amber en keek haar met tranen in zijn ogen aan. 'Maar toen kwam jij. Vele jaren later. En uiteindelijk... Jij hebt me gered, muze. Door jou ben ik gaan geloven in de liefde, wilde ik vader worden. Door jou alleen.' Wat zou hij ervoor geven nu zijn hoofd op haar schoot te leggen en haar hand over zijn hoofd te voelen strijken. 'Dat bedoel ik met dat jij niet de bedoeling was.'

'Maar je had dat contract nog.'

'Ja.' Tom knikte verslagen. 'Wist ik veel dat Alec me daaraan zou houden. Dat hij het serieus meende.'

Amber zuchtte, stond op en liep de kamer uit. Tom kneep in zijn neusbrug. Hij was stom geweest, zo verrekte stom. Hoe kon Amber hem, nee, hoe kon hij zichzélf ooit vergeven?

'Alsof zo'n contract rechtsgeldig is.' Amber stond opeens weer met een glas water in haar hand in de deuropening. Ze keek hem aan alsof hij de meest verachtelijke man ter wereld was.

'Niets wat Alec doet is rechtsgeldig.'

'Je hebt hem ons kind gegeven...'

Hij wenste dat het niet zo was, maar hij knikte. 'Als jij Emma zelf had gedragen dan was het misschien anders geweest.'

Alsof dat een excuus was. Hij vervloekte zichzelf toen hij haar gezicht zag, toen ze zijn woorden herhaalde: '"We hebben toch nog meer embryo's in de vriezer, we proberen het gewoon opnieuw." Klootzak.'

Schuldig sloeg hij zijn ogen neer. 'Ik denk dat als Judith zelf kinderen had kunnen krijgen...'

'Ze is een transgender, wist je dat?'

Tom schudde zijn hoofd. Dat was nieuw voor hem. Maar het veranderde niets aan de situatie, niets aan wat hij had gedaan, aan wat hij niet meer terug kon draaien. Hij kon nog duizend excuses ophoesten, al die dingen die hij zichzelf had verteld – dat hij zeker wist dat Alec en Judith goed voor Emma zouden zorgen, dat Emma absoluut niet in het mensenhandelcircuit zou verdwijnen, dat er zoveel vrouwen waren die een miskraam kregen en dat ze dit hiermee konden vergelijken; de uitkomst was immers precies hetzelfde – maar ze sloegen allemaal nergens op. Hij had Alec zijn eerstgeborene gegeven. Hij had Ambers en zijn eigen kind verkocht.

'Daarom wilde je haar niet vasthouden die eerste dag,' concludeerde Amber.

Tom zoog diep een teug lucht in om niet in huilen uit te barsten.

Amber sloeg haar armen over elkaar. 'Heb jij Kirsten vermoord?'

'Nee. Nee, absoluut niet. Dat was een ongeluk.'

'O ja?'

'Je moet me geloven, Amber. We zijn met haar naar het bos gereden en...'

'Het is Judith op die foto.' Tom kon het kwartje bij Amber zien vallen, keek toe hoe ze naar de eettafel liep en de foto's van de bewakingscamera bekeek. Een slanke, kleine vrouw stond erop. Judith zonder haar buik en hakken.

Tom kon zich niet langer groot houden. 'Ik had geen idee dat Judith een pistool bij zich had.' De tranen stroomden over zijn wangen. 'Alec maakte mij verantwoordelijk voor alles. Voor het opruimen van haar lichaam, voor het laten verdwijnen van het pistool.'

'Je hebt Brandon erin geluisd.'

'Die jongen vroeg ons 50.000 euro voor niets. Hij zei dat hij wist waar Kirsten was, maar...'

'Maar jij wist dat hij dat niet kon weten, omdat jij haar zelf al had begraven.'

Tom perste zijn lippen op elkaar, zag zichzelf weer zitten in de schimmige woonkamer van de pokdalige Roemeen waar Alec hem naartoe had gestuurd. Hij was op het idee gekomen om Brandon de schuld te geven toen hij diens zwarte handafdrukken op zijn achterbak had zien staan, vlak nadat Brandon hen had proberen af te persen. Ze waren net bij Alec en Judith de deur uit gelopen, het pistool dat Alec hem in zijn maag had gesplitst had in zijn jaszak gebrand.

Brandon had het hem gewoon te makkelijk gemaakt. En daarbij: dat joch had het verdiend met zijn oplichterij.

De Roemeen waar Alec hem naartoe had gestuurd, had gelachen. 'Je moet eens weten hoe mensen aan vingerafdrukken komen,' had hij in slecht Engels gezegd. 'Soms moeten ze wel drie keer terug om een halfslachtige vingerafdruk te bemachtigen, maar hier,' hij had naar de smeerhanden gekeken, 'hoef ik nauwelijks iets voor te doen.'

Tom was opgelucht geweest dat de afdrukken nog zo goed in tact waren. In de woonkamer van de Roemeen had hij een kop thee gedronken en had hij Vera geappt. Voordat hij naar haar toe was gereden, had hij het wapen in het bos gedumpt. Al met al was het zo makkelijk geweest.

'Waarom hou je je mond?' Amber keek hem strak aan. Alle zachtheid waar hij verliefd op was geworden was uit haar gezicht en houding verdwenen, in tegenstelling tot net vertoonde haar blik geen enkel spoor van emotie meer. Ze stond in de deuropening van de keuken, maar leek oneindig ver weg.

Hij schudde zijn hoofd, wist zelf ook niet waarom hij zweeg. Misschien omdat er niets meer te zeggen was dan dit, omdat hij zich schaamde, omdat hij zich realiseerde dat het nooit meer zo zou gaan worden als vroeger.

Waarom huilde ze niet? Werd ze niet boos? Sloeg ze hem niet in elkaar? Schreeuwde ze niet? Ontplofte ze niet?

Haar onverzettelijkheid maakte hem bang.

'Meer is er niet,' fluisterde hij. Hij schraapte zijn keel en zei de woorden nog een keer. Harder nu. Hij moest overeind blijven staan. De man blijven. Zij had hem nodig als man, niet als slachtoffer.

Of dader.

Hij wist het niet, welke van de twee hij precies was.

'Meer is er niet,' herhaalde Amber. Ze keek hem aan met een blik die boekdelen sprak. 'Meer dan dit is er niet.'

'Nee.' Tom krabbelde op. Hij bedoelde dat er meer dan dit niet te vertellen was, niet dat hun relatie hier ophield. Dit mocht het niet zijn, hij kon helemaal niet zonder haar. En ook niet zonder Emma. Struikelend stond hij op, liep hij naar Amber toe. Zijn handen zaten inmiddels onder het bloed, zelfs zijn trui zat onder. 'Nee, dit is het natuurlijk niet. We gaan Emma terughalen. Dit,' hij maakte een beweging met de hand waarin hij de dot wc-papier had, 'is de druppel. Fysiek geweld. Die man is werkelijk gek geworden. Maar we gaan Emma terughalen, muze. We lokken Alec en Judith weg en nemen Emma mee, en zodra we haar hebben, vertrekken we naar het buitenland. Niets is nog belangrijk, Amber, niets behalve wij drieën. Al het geld, al het aanzien, al het succes, alles kan me gestolen worden. Laten we opnieuw beginnen. Als gezin.'

'Het verleden achter ons laten,' maakte Amber zijn zin af.

Hij knikte. Ja, precies. Ze hadden het al eerder gedaan, afscheid genomen van hun geschiedenis. Dat kon nu weer. Niet makkelijk natuurlijk, maar niets was onmogelijk. Met een beetje goede wil en als hij zich van zijn beste kant liet zien, dan was er een weg. Misschien konden ze naar Ibiza toe, een nieuw bestaan in de zon opbouwen.

Amber schudde haar hoofd. Ze zei niets. Ze liep langs hem heen en verdween de trap op naar boven. Zijn eigen spiegelbeeld keek hem aan. Hij haatte zichzelf zo dat hij zijn blik neersloeg.

WOORDEN VORMEN DE WAARHEID.
WOORDEN WORDEN VANZELF WAAR

VIJF DAGEN LATER

Amber zat op het puntje van de achterbank met haar knieën tussen de twee voorstoelen geperst. Ze hield haar blik op de villa in de verte gericht en draaide, zonder erbij na te denken, haar trouwring rond haar vinger.

Joël checkte Facebook, zijn auto rook naar musk. Tom zat met zijn benen wijd, zijn grote handen op zijn knieën, zijn ogen bedachtzaam, rustig en geconcentreerd te visualiseren wat er zou gaan komen. Door de lange, zwarte hechtingen in zijn wenkbrauw en de blauwe plekken in zijn gezicht zag hij eruit als een bokser.

Vertrouwen moesten ze hebben, had hij net gezegd. Vertrouwen. Maar binnen in Amber stormde het.

Het autoklokje versprong naar 11:04. In de verte schoof de poort met de gouden speerpunten open en reed een mintgroene Mini de straat op. Judith. Over een klein halfuur begon haar yogales.

'Dat is d'r,' zei Joël ten overvloede.

'*Showtime*,' antwoordde Tom.

Ambers mond was gortdroog. Ze zei niets. Al haar zintuigen stonden op scherp. Toen Judith hun kant op kwam rijden, ging ze uit voorzorg plat op de achterbank liggen. Tom en Joël draaiden hun gezicht weg.

De kans dat Judith hen hier, op deze zijweg, zag was nihil – Alec had hen immers ook niet gezien, die had een kwartier geleden de villa al verlaten, op weg naar een afspraak met Tom, die nooit op zou komen dagen – maar ze moesten het zekere voor het onzekere nemen.

Ze zouden dertig tot veertig minuten de tijd hebben. Daarna zou Alec weten dat hij erin was geluisd. Elke stap was doorgenomen, iedereen wist wat hij of zij moest doen.

'Ze is weg,' zei Joël die in zijn achteruitkijkspiegeltje keek. Hij richtte zijn blik op Amber en boorde zijn lichte ogen in de hare. 'Eén belletje en ik ben er.'

Ze knikte. Alles was zo goed als mogelijk voorbereid.

De enige onzekere factor was Irina. Tara kon zweren dat ze het geregeld had, met iemand die alleen Russisch spreekt is het lastig afspraken maken. Als Irina toch maar de deur in de poort van het slot af zou halen…

Toen Tom en Amber over straat liepen moest Amber haar best doen niet te gaan hollen – stel dat een van de buren hen zag en dat die Alec of Judith zou bellen. Ze moesten eruitzien alsof ze hier gewoon wandelden, maar ondertussen zag ze elk detail en hoorde ze ieder geluid.

Nog even en ze had Emma terug. Als ze eraan dacht, sprongen de tranen in haar ogen. In de afgelopen dagen was er zoveel gebeurd, zoveel gedaan. Ze hoefde alleen nog maar heel even vol te houden. Nog maar een kwartier en dan lag alles achter haar.

Ze keek om zich heen toen ze bij de deur in het hek stonden. Er liep niemand op straat. Geen van de buren stond, voor zover ze kon zien tenminste, achter het raam naar hen te kijken.

Het slot zat nog vast.

'Hoe laat is het?'

Tom keek op zijn horloge. 'Tien over elf.' Hij keek haar aan; een blik vol vertrouwen, vol het-komt-wel-goed.

Maar het kwam niet goed. Dit was het afgesproken tijdstip. Geen zoem, geen ontgrendeling.

Amber keek naar de camera die op hen gericht stond. Ze vermoedde dat, zodra ze aanbelden, Alec een melding op zijn telefoon kreeg en hij hen zou zien staan. Iets anders dan wachten op Irina konden ze niet doen.

Paniekerig keek Amber naar de woning. Achter de ramen zag ze niemand.

Verdomme.

Wanhopig keek ze Tom aan, die nog een keer de deur probeerde open te maken.

De speerpunten glommen in het zwakke najaarszonnetje. Met geen mogelijkheid kwamen ze daaroverheen. En zelfs als het lukte: wat moesten ze dán doen?

Elf over elf.

Tom schudde zijn hoofd. Alles in Ambers lijf verkrampte. Ze moest haar kind terug hebben. Nu. Nog een dag wachten ging ze niet overleven. Ze...

Het hek sprong met een zoemend geluid van het slot af. Amber huiverde en stapte de oprijlaan van Alec en Judith op. De voordeur ging open en was, vanwaar ze stonden, een gapend zwart gat. Geen Irina.

'Ik hou van je,' zei Tom bezwerend.

Amber knikte. Dit was het, nog even en ze waren weer samen.

Irina stond half achter de deur verscholen. In haar armen hield ze Emma – *mijn kind, mijn mooie kind!* –, aan haar voeten stond een klein koffertje.

'*It's all gonna be okay,*' zei Tom tegen haar, zodra hij de deur achter zich had dichtgedaan. Ze verstond hem niet, dat wist hij wel, maar zijn blik moest haar duidelijk maken wat hij bedoelde. Hij keek haar diep in de ogen. Onder de indruk knikte ze.

Irina wilde Emma aan Amber geven, maar die schudde haar hoofd.

Als je eens wist hoe graag ik haar van je aan wil nemen, hier de deur uit rennen en verdwijnen. Maar het kan niet. Nog niet. Nog een paar minuten en dan laat ik haar nooit, nóóit meer los.

In haar hoofd keken de gezichten die Tara haar had laten zien haar smekend aan: de mensen die vermist waren en van wie het vermoeden bestond dat ze in Alecs modderpoel waren verdronken, de mannen en vrouwen die door niemand gemist werden, maar die dood waren aangetroffen, de achterblijvers die de wereld af zochten naar hun geliefden.

Tara had haar alles verteld, alles laten zien.

Commitment.

'*Where's the key to Alec's office?*' vroeg ze Irina.

Niet-begrijpend keek de vrouw terug.

'*The key,*' zei Amber nadrukkelijk, terwijl ze naar het sleutelgat van de voordeur wees en deed alsof ze er een sleutel in stak. '*Of Alec's office.*' Ze wees naar boven. 'Zijn kantoor.'

Irina schudde haar hoofd en maakte met schouderophalen duidelijk dat ze het niet wist.

Verdorie.

'Laten we maar gaan kijken,' zei Tom. Hij ging Amber voor de marmeren trap op. Hun stappen echoden in het trappenhuis. Boven aan de tweede trap, Alecs etage, was een nis met een deur daarvoor. In plaats van een sleutel was een code nodig om binnen te komen. Boven het kastje met het digitale cijferpaneel hing een camera.

'Shit.' Tom wees. 'Misschien kunnen we dit beter laten. We hebben Emma nu, dat is toch alles wat telt?'

Amber schudde haar hoofd. Natuurlijk, ook zij wilde het liefst meteen vluchten, maar ze zou zichzelf nooit kunnen vergeven. Hoe kon ze een goede moeder zijn als ze de kans niet greep andere moeders, vrouwen en kinderen te redden?

Ze tikte op het display, meteen verschenen er vier sterretjes in beeld.

'Heb je een idee?' vroeg ze aan Tom.

Hij schudde zijn hoofd. 'We kunnen het echt beter laten zitten, we...'

'Zijn geboortedatum?' stelde Amber voor.

'Weet jij die?'

Bij wijze van antwoord haalde Amber haar telefoon tevoorschijn. Tom volgde haar voorbeeld – sinds zijn bekentenis deed hij alles voor haar, hij gedroeg zich alsof hij geen eigen wil meer had. Terwijl hij het probeerde te googelen, belde Amber Tara. 'Met mij,' zei ze, zodra haar zusje had opgenomen. 'We hebben een code nodig om Alecs kantoor binnen te komen. Wat is zijn geboortedatum?'

'Wacht,' klonk het aan de andere kant van de lijn.

Verdomme, waarom duurt het zo lang?

'18 mei,' zei Tara.

Tom staarde nog steeds naar zijn mobiel. Amber toetste de vier cijfers in.

1805.

Ze drukte op enter.

Access denied, verscheen er op het schermpje. Geen toegang.

Amber sloeg haar ogen op naar de camera. *Russische klootzak.*

'Judiths geboortedatum?' stelde Amber voor op precies hetzelfde moment dat Tara 'hun trouwdag' suggereerde.

'Wat doen we?' Amber keek Tom aan. 'Judiths geboortedatum of hun trouwdag?'

'Ik weet het niet, muze,' zei hij laf.

Beneden begon Emma te huilen. Door het raam zagen Amber en Tom dat Joël de poort door reed. Kwart over elf. Precies volgens afspraak had Irina de poort opengedaan.

We hadden al weg kunnen rijden, nu.

'Kom, we laten dit zitten,' zei Tom nog een keer.

Maar Amber schudde haar hoofd. 'We laten helemaal niets zitten. Wat is Judiths geboortedatum, Taar?'

'9 december.'

Amber haalde diep adem en tikte 0912 in. Op haar enter volgde weer access denied. Daarna verscheen *last try* in beeld.

'Hun trouwdatum,' zei Tara, 'is 25 juni.'

Amber toetste de cijfers in, maar bedacht zich voordat ze op enter drukte. 'Te makkelijk,' peinsde ze hardop. Ze deletete de combinatie en dacht koortsachtig na. Ze hadden nog maar één poging. Het moest een code zijn die voor Alec makkelijk te onthouden was, maar die voor een ander niet was te raden.

'Muze, we laten het zitten,' zei Tom weer, stelliger dan net. Hij pakte haar hand vast. Giftig trok ze hem terug. Alec en Judith mochten Emma dan goed verzorgd hebben, dat gold niet voor al die anderen die ze ontvoerd hadden.

Door het raam zag ze Irina met Emma in haar armen naar de auto van Joël toe lopen, op de achterbank gaan zitten, het portier achter zich dichttrekken.

'Zei je juni of juli, Tara?'

'Juni.'

Alec zat op de linkerbaan van de snelweg toen zijn telefoon een piepje gaf. 'Iemand probeert toegang te krijgen tot uw kantoor,' stond er in het scherm.

Irina was de eerste aan wie hij dacht. Dat Wit-Russische kutwijf probeerde bij hem binnen te komen om haar paspoort te zoeken, natuurlijk. Die wilde terug naar haar kind, haar familie, haar verrotte bestaan. Alsof hij haar niet genoeg had duidelijk gemaakt dat als zij de benen zou nemen, hij haar familie als een stel kippen af zou slachten. Eén telefoontje en die dochter van haar was verleden tijd. *Don't fuck with me.*

Maar zijn gedachten werden direct daarop ingehaald door het besef dat het niet Irina was, maar Tom. Die had hem willen spreken, had hem gevraagd naar zijn huis toe te komen. Met één hand aan het stuur opende hij de app waarmee hij alle bewakingsbeelden van zijn huis kon zien. Hij keek recht op de kruin van Amber. Achter haar stond Tom.

'Hoerenzoon,' schreeuwde hij naar het scherm.

Ik heb álles voor die man gedaan en nu doet hij dit?!

Woest belde hij Judith.

'Hé lieverd, ik ben net op weg naar...'

'Omdraaien,' blafte hij in de telefoon. 'Omdraaien, nu. Ze zijn aan het inbreken. Tom en Amber. Als jij ooit je kind nog terug wil zien...'

'Wat?'

Hij kon de schrik in Judiths stem horen.

'Doe wat ik zeg. Hoelang duurt het nog voordat je thuis bent?'

'Ik ben net weg, uhm...' Hij hoorde hoe Judith een bocht maakte. 'Tien minuten.'

'Heb je dat wapen bij je dat ik je gegeven heb?'

'Ja. Handtas.'

Ze was ermee verguld geweest, het nieuwe pistool. Dit keer had hij er drie hartjes in laten graveren, een voor hem, een voor Judith en een voor Xavier.

'Maak er vijf minuten van. Gas erop.'

Judith verbrak de verbinding, Alec was inmiddels de snelweg terug naar huis op gereden. Met tweehonderd kilometer per uur stoof hij over de vluchtstrook. Ondertussen belde hij Pjotr die instond voor zijn bescherming. Hij sommeerde de man direct naar zijn huis te gaan. 'Zeven minuten,' zei hij daarvoor nodig te hebben.

Hij drukte zo hard mogelijk op zijn claxon toen hij over de afrit heen schoot. Hij had voorrang. Dit ging om zijn kind verdomme. En om zijn eer. Hij belde Tom, maar die fucker drukte hem gewoon weg. Dit stuk ongedierte ging een langzame en pijnlijke dood sterven.

Met grote ogen keken Tom en Amber naar de mobiele telefoon in Toms handen. *Alec* stond er in het beeldscherm.

'Hij weet het,' zei Tom. 'Hij komt eraan.'

'Het lijkt me het meest logisch, hun trouwdatum,' zei Tara.

Amber keek naar de vier sterretjes op het display. 'Je had op moeten nemen,' zei ze. 'Misschien belt hij alleen om te zeggen dat hij iets vertraagd is.'

'Muze, kom op,' zo probeerde Tom weer.

Het was dat smekende in zijn stem dat haar ertoe aanzette de cijfers in te toetsen, dat zwakke: nu pas besefte ze dat hij dat altijd al had gehad. Hij had alleen gedaan alsof hij groot was, maar ondertussen stelde hij niets voor. Het enige wat Tom goed kon was een team om zich heen verzamelen: Joël die de juiste woorden wist te vinden, zijn coaches die zijn gedachtegoed verspreidden, zijzelf die het goed deed op de camera en die hem status verleende.

Zij was net zo blind geweest als ieder ander, had hem aangezien voor een goeroe die wist waar hij mee bezig was, een selfmade man, iemand die de controle had.

'Vijfentwintig nul zes,' zei ze hardop. 'Op hoop van zegen.'

'Wacht!' riep Tara net voordat Amber op enter drukte. 'Ik weet wat het is. Je vertelde toch dat Alec zichzelf op gelijke hoogte met God zet? Wat was die scène waar hij dit alles op gebaseerd heeft?'

'De Exodus.'

'Ja, dat is 'm. Wacht even... Yes, ben ik weer. "Exodus 13:2 Heilig voor Mij alle eerstgeborenen: alles wat de baarmoeder opent onder de Israëlieten, van de mensen en van het vee, dat behoort Mij toe." Dat is de bepalende zin toch?'

'Klopt. Welk vers?'

'Dertien dubbele punt twee.'

'Dan toets ik in: 1302.'

'Doen.'

Amber toetste de cijfers in, drukte op enter en het slot klikte open. Met kippenvel op haar armen betrad Amber de chique ruimte vol mahoniehout, goud en tapijten. Ze rende naar het bureau tegenover de wandschildering waar Tom het over gehad had. Ze rukte de laden open. De leren opschrijfboeken die daarin zaten nam ze op goed geluk mee, net als de externe harde schijf die in zijn pc geplugd zat. Mooi, maar niet wat ze zocht.

In de kast?

Niet.

In het dressoir?

'Schiet op,' zei Tom.

In een van de onderste laden vond Amber het: een doos vol paspoorten. Zonder goed te kijken wat erin zat, pakte ze hem op. Voordat ze achter Tom de trappen af rende maakte ze nog een paar foto's van Alecs kantoor.

De gepolijste trapleuning gleed onder hun handen door, hun snelle passen werden weerspiegeld in de koperen lampen. Ze vlogen de deur uit, openden het portier van Joëls Jaguar.

'Emma is nog binnen,' zei Joël door het raam dat hij naar beneden had laten zakken.

Hoe kan dat nou?

'Tom, ga haar halen,' gilde Amber, terwijl zij met haar armen vol spullen om de auto heen rende.

'What the fuck?' Woedend op Joël bleef Tom staan. 'Maar waar is ze dan?'

'Woonkamer.'

Snel begon hij terug te rennen. *Er is geen tijd meer, ieder moment kan Alec hier zijn, elk ogenblik kan...*

Hij draaide zich om toen de auto met Joël en Amber erin achter hem wegscheurde.

Eén moment begreep hij het niet, rende hij nog door om zijn kind binnen te gaan halen, maar de woonkamer was verlaten.

Hij draaide zich weer terug, liep gehaast naar buiten. Joëls auto was al bijna uit het zicht verdwenen.

Emma. Emma zit in die auto. Amber samen met mijn Emma.

Hij begon te rennen, het pad af. Zijn mobiel begon weer te spelen. *Alec.*

Hij rende zo hard dat hij steken in zijn zij kreeg. Hij had het bijna gered, de poort. Maar net voordat hij kon vluchten reed er een mintgroene Mini zijn kant op.

24 UUR EERDER

Tara keek in het achteruitkijkspiegeltje van de auto van Greenwheels die ze speciaal voor de gelegenheid gehuurd had. Geen spoor van Alec of Judith. Waar zouden die ook bang voor moeten zijn? Dat Irina een Hollander aan zou spreken die toevallig Russisch sprak? Of dat ze toch zou proberen te vluchten zonder paspoort of geld?

Nee, ze konden haar gerust af en toe op pad sturen voor een paar boodschappen. Irina liep langzaam en met gebogen schouders achter de wandelwagen. Een vrouw met een onzichtbaar juk op haar schouders.

Tara verminderde snelheid toen ze naast haar kwam rijden. 'Irina,' zei ze door het openstaande raampje.

Irina keek op, herkende Tara van een paar dagen geleden.

'Daar...' Tara wees naar een parkeerplaatsje iets verderop en gaf weer gas. Niet alleen omdat er een auto achter haar zat, ook omdat ze het zekere voor het onzekere moest nemen. Onder geen beding mochten ze gezien worden door iemand die Alec of Judith kon waarschuwen. Tara had geen idee hoe groot die kans was, maar ze wist waar Alec toe in staat was. *Better save than sorry.*

Ze bleef in de auto zitten en stapte pas uit toen Irina vlakbij was. 'Heb jij toevallig een vuurtje voor me?' vroeg ze op een toon alsof ze de vrouw nog nooit gezien had. Ze hield haar pakje sigaretten omhoog, zodat iedereen die hen per ongeluk zou zien in één oogopslag zou weten waarom ze haar aansprak.

Even keek Irina haar verbaasd aan, maar toen zag ze het briefje dat Tara tussen haar vingers had opgevouwen en maakte een wegwuivend gebaar. Terwijl ze iets in het Russisch antwoordde en al verder begon te lopen, pakte ze de boodschap van Tara aan.

Om haar act te voltooien sprak Tara een willekeurige passant aan voor een vuurtje en ging ze weer in haar auto zitten. Pas toen Irina de hoek om liep, startte ze haar auto weer.

Irina was op een bankje gaan zitten. Rokend zag Tara hoe ze het papier openvouwde en volschoot. Het kon misschien ook niet anders. Ze had haar dochter al maanden niet gezien en de woorden die ze las moesten haar wel raken.

Ik weet wie je bent. Jij bent Irina Kazlov, de moeder van Kira, de zus van Polina. Polina zegt dat Kira je onnoemelijk veel mist. Dat ze niet kan slapen zonder jouw nachtkusje aan haar en aan haar pop Lena.

Ik weet dat je tegen je wil vastgehouden wordt en wil je helpen. Morgen, dinsdag om 11:10 precies komen we je halen. Jou en Xavier, die eigenlijk de baby van Tom en Amber is. Ontgrendel om precies die tijd de deur in de poort en zet de voordeur open. Om 11:15 komt er een auto om jullie te halen. Doe de poort voor hem open en stap in. We brengen je terug naar Kira. Paspoort en bescherming zijn geregeld. Gooi voor alle veiligheid dit briefje meteen weg.

P.S. Kira maakt het goed.

Een collega bij *The New York Times* had Tara geholpen bij het vertalen. Aan de andere kant van het papier had Tara een recente foto van Kira geprint. Die had Polina haar gemaild, de vrouw bij wie Kira tegenwoordig woonde.

Ze had meteen willen helpen toen Tara haar belde met het nieuws dat ze Irina misschien had gevonden. Ze had nadruk op het woord 'misschien' gelegd omdat ze niemand valse hoop wilde geven, maar Polina had meteen volledige medewerking verleend. Als er een kans was, dan moesten ze die grijpen.

Op de foto keek Kira lachend in de camera. Ze zat achter een piano, rode linten in haar lange haar, lakschoentjes aan haar voeten die nog niet bij de grond konden.

Irina drukte haar vingers tegen haar ogen en veegde haar wangen droog. Liefdevol streek ze met haar duim over de foto.

Tara trok aan haar sigaret. Ze was zo gespannen dat zelfs de nicotine haar zenuwen niet kon bedwingen.

Het duurde een eeuwigheid voordat Irina opkeek, maar haar blik liet dan ook niets aan de verbeelding over. Ze keek Tara recht aan en knikte. Eén keer. Eén keer, maar stellig. Daarna gooide ze de foto in de prullenbak naast het bankje. Ze liep weg. Tara stuurde Amber een whatsappje. *Het is geregeld.*

Joël keek op toen Amber en Tom samen de werkvleugel binnenkwamen. Ze zagen eruit alsof ze hem iets moesten vertellen.

'Ja?' vroeg hij.

'Joël.' Amber voerde het woord. 'We moeten je iets vertellen.'

Tom stond erbij alsof hij gecastreerd was. Hij had zich al dagen niet aan Joël laten zien.

Meisje, je kunt toch veel beter krijgen.

Amber vouwde haar armen in elkaar. 'We hebben Emma gevonden,' verklaarde ze plechtig.

'Wat?' *Maar hoe dan?* 'Jullie hebben Emma gevonden?' Joëls gedachten struikelden over elkaar. 'Maar waar is ze? Hoe...'

Hoe hebben jullie haar gevonden zonder mij? En welke rol speel ik nu nog in het verhaal? Hoe kan ik verdomme de held zijn die jij nodig hebt, Amber?

Amber lachte, maar echt blij leek ze niet. 'Je zult het niet geloven,' zei ze. 'Die vrouw op de bewakingsfoto is Judith.'

'Judith Morozov?'

Amber en Tom knikten.

'Maar...' Meteen was Joël teleurgesteld in zichzelf. Waarom deed hij zo dom? Waarom hakkelde hij zo?

'We weten het al een paar dagen.'

Ik ben buitenspel gezet.

Om zich een houding te geven fronste hij en opende hij de bewakingscamerafoto die hij gescand had. Nu hij wist wat hij zag was het overduidelijk. Judith zonder hakken, zonder buik.

Verdomme, waarom heb ik dit zelf niet gezien? Uren heb ik naar dit beeld zitten staren. Had ik beter gekeken, dan had ík Amber kunnen redden.

'Maar als jullie het al een paar dagen weten, waarom hebben jullie dan niet...'

'Lang verhaal,' zo onderbrak Amber hem. Hij kon haar gevoelens niet peilen. Ze zag er bezorgd, maar tegelijkertijd *in controle* uit. Gelukkig, maar ook troosteloos. Om één ding was hij echter blij: in niets straalde ze uit dat Tom wél de held uit haar verhaal was.

'We zullen het je nog wel vertellen,' zei Tom, hij stond als een schoothondje naast Amber. 'Maar laten we het voor nu samenvatten dat Alec en Judith niet de mensen zijn die we dachten.'

'Bij lange na niet,' vulde Amber aan. 'Maar Tom heeft gelijk, we moeten nu eerst handelen. We gaan Emma terughalen, Joël.

Morgen. We hebben alles geregeld. Irina, de hulp van Alec en Judith doet de poort voor ons open.'

'We,' zegt ze. Dus Tom is dan misschien niet de held, hij blijft wel lekker in zijn comfortabele positie zitten.

'En,' zei Joël echter hoffelijk, zonder iets van zijn gedachten of nieuwsgierigheid te verraden. *Ik ga je alsnog redden.* 'Wat kan ik doen om jullie te helpen?'

Amber lachte lief naar hem. Het gaf hem een dubbel gevoel. Weer wist zijn hoofd niet hoe hij haar signalen moest interpreteren. Aan de ene kant zag ze hoe goed hij voor haar was, aan de andere kant stond ze hier nu wel naast Tom.

'We hebben een derde man nodig. Iemand die de politie kan bellen als er iets misgaat.'

'Jullie willen dat ik meega?'

'Dat zou het mooiste zijn, ja.' Amber keek hem hunkerend naar een 'ja' aan. 'En misschien dat we met jouw auto kunnen gaan.'

'De vraag is dus of jij ons naar Schiphol kunt brengen,' zei Tom onnodig. De slappe zak.

Zie je niet, Amber, dat ik een veel betere man voor jou zou zijn dan hij ooit is geweest?

'Alsjeblieft, Joël.' Er lag iets smekends in Ambers blik.

Tom schraapte zijn keel. 'Het is het laatste wat we van je vragen. Hierna verdwijnen we van de radar.'

'Hoe bedoel je?'

'We gaan een nieuw leven beginnen.' Tom sloeg zijn arm om Amber heen. Amber verkrampte, maar bleef staan.

En ik dan?

Hij keek Tom vragend aan, zich zeer bewust van Ambers aanwezigheid. 'En de Mindset Academy?'

'Alleen Emma telt.'

'We zullen zorgen dat je goed achterblijft, toch Tom?' Amber keek Tom aan. 'Tom, jij kunt zeggen dat Joël altijd alles heeft geschreven. En geld is ook geen probleem, toch?'

Tom schudde zijn hoofd. 'Het belangrijkste is dat je ons zo snel mogelijk op Schiphol krijgt.'

Joël knikte en laveerde mee in het gesprek. Hij stelde zich welwillend op. Zakelijk, maar vooral bereid om hen, nee, om Amber, te helpen.

Zodra de twee het kantoor hadden verlaten, beukte hij zijn hand tegen de muur. Verdomme. Hij was er bijna geweest. Bijna. En nu stonden Amber en Tom doodleuk tegenover hem met de vraag of hij hen wilde helpen met het terughalen van Emma. No way dat hij dat ging doen.

Hij had alleen tijd nodig om een plan te bedenken. Hij moest Amber alleen zien te spreken, Tom ontmaskeren. De eerste de beste gelegenheid die hij zou krijgen moest hij haar alles vertellen.

'Heb je alles?' vroeg Amber vanuit de badkamer.

'Volgens mij wel, ja. Maar goed, wat we vergeten zijn kopen we daar wel.'

'Ja, zo is het.' Amber sloot de la waarin haar Dyson-föhn lag, een apparaat dat een klein fortuin had gekost en dat was geleverd in een cognackleurig leren koffertje. Ze ging hem hier laten. Net zoals de kunst waar ze de afgelopen jaren van was gaan houden, de planten die ze met zoveel liefde had laten uitbloeien tot de gezonde, groene eyecatchers, de zachte badlakens die ze hadden gekocht in Egypte, al die zeepjes, geurtjes en crèmepjes van Rituals. Alles liet ze achter. Meer dan ooit realiseerde ze zich dat dit haar leven niet was. Een mooie buitenkant heeft geen waarde als de binnenkant verrot is.

Nog maar even en ze had Emma weer in haar armen. Dát was het enige wat telde.

Toen ze de slaapkamer binnenkwam zat Tom met zijn mobieltje op bed. 'Yes, we zijn ingecheckt.' Lachend keek hij haar aan. 'Anouk de Groot, kan ik je koffer dichtritsen?'

'Graag Anthony,' antwoordde Amber. 'Vergeet alleen deze niet.' Ze gaf hem het doosje paracetamol dat ze uit de badkamerkast had gehaald.

De afgelopen dagen was het een gekkenhuis geweest. Alles had in het teken gestaan van Emma terughalen. Elke stap was zorgvuldig voorbereid en doorgesproken en nu Tara had laten weten dat ook Irina aan boord was, stond niets hen meer in de weg om toe te slaan.

'Jij hebt de paspoorten, toch?'

Amber knikte en haalde de twee gloednieuwe paspoorten tevoorschijn. Anouk de Groot, stond er in het hare. Toms nieuwe naam was Anthony Willems. Een nieuwe identiteit aannemen was makkelijker geweest dan ze had gedacht. Een kwestie van de juiste mensen kennen en genoeg geld willen betalen.

'Hé.' Tom legde zijn handen op haar heupen en keek haar hunkerend naar goedkeuring aan.

Amber verstijfde door zijn aanraking. Schuldbewust trok Tom zijn handen weer terug. 'Ik ben trots op ons, dat je dat weet.'

Ze knikte.

Trots... Trots was niet de emotie die hij zou moeten hebben.

'En het geeft niet, dit.' Hij hield zijn handen op. Ze wist wat hij bedoelde: dat ze het niet meer kon verdragen dat hij haar aanraakte. 'Ik kan wachten, al duurt het mijn hele leven, ik ga je vertrouwen terugwinnen. Echt.'

Snapte hij het dan niet? Dat ze al misselijk werd als hij alleen maar naar haar keek? Dat hij niet meer was dan haar enige optie? Datgene wat ze moest doorstaan om Emma terug te krijgen?

Even had ze overwogen om alles aan De Rooij te vertellen, maar die mogelijkheid had ze al snel verworpen. Ze kon veroordeeld worden voor het feit dat ze Kirsten voor haar draagmoederschap had betaald. En geen rechter zou ooit geloven dat zij tot vier dagen geleden niet wist dat Alec de Academy gebruikte om zijn bloedgeld wit te wassen. Ze had aandelen gehad in een bedrijf dat betrokken was bij mensenhandel. Al was het zijdelings en had ze van niets geweten, dat straalde ook op haar af. Na haar gevangenisstraf zou ze zich nergens meer in Nederland kunnen vertonen. De straf die stond op naïviteit en misplaatst vertrouwen.

In een getuigenbeschermingsprogramma van de overheid had ze geen geloof. Politieagenten kon je omkopen. Het zou niet meer dan een kwestie van tijd zijn voordat Alec hen had gevonden. Al zouden ze hem in Guantánamo Bay aan de muur vastketenen, ze zouden hun leven niet zeker zijn.

Nee, hoe minder mensen dit wisten, hoe beter.

Emma halen, vliegen, vluchten.

Alles achterlaten.

'Ibiza, *here we come*,' zei Tom. Hij waagde het zijn handen toch nog op Ambers bovenarmen te leggen en haar tegen zich aan te trekken. Zo stonden ze daar een tijdje, niet lang, misschien maar een paar seconden, maar lang genoeg om elkaar weer te voelen. 'Ik hou van je, muze,' fluisterde Tom in Ambers oor. 'Ik hou zo, zo ontzettend veel van je.'

Zij knikte tegen zijn wang aan, maar kreeg de woorden 'ik ook van jou' nog altijd niet over haar lippen.

Amber keek uit het raam en zag Tom naar het bijgebouw lopen. Ze had tegen hem gezegd dat hij afscheid van Tara moest gaan nemen en haar moest bedanken voor het contact dat zij had gelegd met Irina. Sinds zijn bekentenis deed hij alles wat ze hem vroeg. Álles. Alsof hij door maar hard genoeg zijn best te doen het allemaal nog goed kon maken. *Hoe bestaat het dat iemand die zo mooi aan de wereld kan vertellen hoe het leven werkt, zo weinig zelfkennis heeft?*

Ze opende haar kastdeur en haalde de sporttas tussen de andere tassen vandaan. Ze ritste hem open en staarde naar de inhoud. Vijftigduizend euro in briefjes van vijftig. Het geld dat ze voor Brandon nodig had gehad.

Ze haalde er wat geld voor Irina uit, checkte of haar tweede nieuwe paspoort in het zijvak zat en keek tevreden naar haar nieuwe naam. *Barbara Daniels.* Een simpele naam die oer-Hollands was, maar die ook voor Engels, Duits of Scandinavisch door kon gaan. Het rijbewijs met haar nieuwe identiteit zat erbij.

Ze keek om zich heen en besefte dat ze niets van hier zou missen. Meer dan de koffer die ze had ingepakt en deze tas had ze niet nodig. Ze ging een nieuw bestaan opbouwen, samen met Emma.

Toen ze uit het raam keek zag ze Tom achter het raam van het bijgebouw staan praten met Tara. Veel tijd had ze niet meer, maar genoeg om te regelen wat ze wilde.

Ze liep de trap af en opende de deur van de werkvleugel.

'Amber.' Joël leek te schrikken toen ze binnenviel, maar herstelde zich meteen. Hij stond op en liep met uitgestrekte handen naar haar toe. 'Ik heb nog eens zitten denken, maar ik moet je iets vertellen over...'

'Sorry,' onderbrak Amber hem. 'Maar ik eerst, ik heb weinig

tijd. Luister, je moet me helpen. Ik weet wat we net gezegd hebben, maar ik wil niet weg met Tom. Jij weet het niet, maar hij heeft... Hij wist...' Ze schudde haar hoofd. 'Het is een te lang verhaal om nu in detail te vertellen, maar het komt erop neer dat Tom al die tijd al wist dat Emma bij Alec en Judith was. Hij heeft haar verkocht, Joël. Of weggegeven. Of... Nou ja, hoe het precies zit maakt niet uit, maar geloof me als ik zeg dat hij het verdiend heeft. Ik weet hoe hoog jij hem hebt zitten, maar...'

Joël schudde zijn hoofd. 'Nee, nee, je hoeft niets te zeggen. Ik sta aan jouw kant. Volledig.'

'Echt?'

'Altijd al.' Joël zei het zo oprecht dat ze immense opluchting voelde. Ze had wel gezien dat het steeds slechter ging tussen Tom en Joël, maar niet dat er zo'n grote breuk was ontstaan. Tom moest hem diep gekwetst hebben.

Ik zal er morgen wel naar vragen. Eerst mijn vluchtplan regelen.

'Luister,' zei ze. 'Ik wil niet naar het buitenland met Tom. Ik wil Emma terugkrijgen, maar daarna hoef ik hem nooit, maar dan ook nooit meer te zien.'

'Werkelijk?'

Wat is dat voor blik? Je gaat me toch niet verraden bij Tom?

Ze knikte. 'Wat ik wil doen is het plan uitvoeren zoals we dat besproken hebben. Wij halen Emma en Irina daar weg en dan breng jij ons naar Schiphol. Alleen...' Ze probeerde Joëls blik te peilen. '... Alleen, als we op de park & ride staan en Tom en Irina uitstappen, blijf ik even met Emma in de auto zitten – ik verzin wel iets, dat ik de riempjes van haar Maxi-Cosi niet los krijg of zo. Zodra wij met z'n drieën in de auto zitten, rij jij weg. Tom kan naar Ibiza, Irina naar Rusland, en ik heb een ticket voor een vlucht die vanaf Eindhoven Airport vertrekt.'

Joël lachte ongemakkelijk.

'Kan ik op je rekenen? Ik weet dat ik veel van je vraag: Tom verraden. Maar je moet me geloven als ik zeg dat hij het verdiend heeft.'

Joël knikte en zoog een diepe teug lucht naar binnen, alsof hij moest denken over zijn antwoord.

'Ik moet het nu weten, Joël.' Amber wees op het raam waarachter Tom aan kwam gelopen.

'Oké,' zei Joël uiteindelijk. 'Ik zal je helpen.'

'Dat hoopte ik al,' zei Amber glimlachend. Ze wist dat Joël gevoelig was voor haar vriendelijkheid. 'Je hebt al die tijd zo goed voor mij gezorgd en nu help je me vluchten. Ik ben heel blij met je, weet je dat?'

Joël kreeg een kleur. 'Ik doe alles voor je, Amber,' zei hij. 'Alles.'

Tom was er bijna. Amber gaf Joël een knipoog. 'En mond dicht hè. Alleen wij tweeën weten hiervan.'

'Uiteraard.' Joël lachte.

Amber sloot de deur achter zich en liep nonchalant naar de keuken. Nog heel even, heel eventjes maar, en ze had haar kind en haar leven terug.

'Als u hier even wilt tekenen...'

Met een zucht zette Joël zijn krabbel op het apparaatje dat de postbode voor hem ophield.

'... En bedankt. Wens ik u verder een fijne dag.'

Hoofdschuddend deed Joël de deur dicht. Hij zette de discreet verpakte doos tegen de muur van de gang en liep terug naar binnen, waar hij verdomme wel iets beters te doen had. Opruimen. Alles wat in de kamer met de zwarte deur stond moest hij naar de garagebox brengen.

Inclusief het pakket dat net bezorgd was.

Verdomme, dit grapje had hem onnodig veel geld gekost.

Hij had nog geprobeerd de bestelling te annuleren – 'kom op,' had hij gedreigd, 'ik ben vaste klant bij jullie, een beetje service graag, anders ga ik voor mijn volgende doll naar de concurrent' – maar de Sloveense regeltjesneuker was onverbiddelijk geweest. Maatwerk. Spoedorder. En met die 'specifieke wensen' van hem – géén penetreerbare openingen, had die goorlap bedoeld – was de doll die hij had laten maken onverkoopbaar voor de Loving Companion Company.

Hij liet zijn handen langs Ambers kleding glijden, voelde al die zachte stoffen, de zijden blouses, kanten lingerie, nylon panty's, vesten van mohair, en genoot van de tinteling die die sensatie hem gaf.

'Ik heb je verwend, hè,' zei hij liefdevol tegen zijn lieveling die op de bank zat. Met hongerige ogen keek zijn thuis-Amber hem aan. 'Nou, vooruit maar,' zei hij. Om eerlijk te zijn was hij zelf ook wel nieuwsgierig.

Hij haalde het pakket uit de gang en sneed het met een aardappelschilmesje open. In een met satijn beklede binnenkant lag een doll die ongelooflijk echt leek. Een babymeisje met precies zo'n neusje als Emma, met precies zo'n kinnetje. Ze droeg een gestippeld kruippakje en een bijpassend mutsje.

'Kijk eens,' zei hij toen hij uiterst voorzichtig Emma bij Amber op schoot legde. Toen hij naar het beeld keek, moest hij huilen. Zo ontroerd was hij. *Zo gaat het zijn. Zo gaat de rest van mijn leven eruitzien.*

Alhoewel hij vanmiddag nog had besloten dat het klaar was met zijn thuis-Amber – ergens voelde het als verraad tegenover zijn toekomstige vrouw – kon hij zich niet bedwingen. Hij tilde haar naar zijn bed en bedreef met haar de liefde. De laatste keer. Voordat ze naar de garagebox moest.

NU

Amber rende het huis van Alec en Judith uit. Ze had haar armen vol met spullen: de externe harde schijf, de doos met paspoorten, de notitieboeken. Allemaal zaken die haar zus nodig had om haar onderzoek naar Alec af te ronden.

Haar gedachten gingen sneller dan haar voeten, waardoor ze bijna struikelde.

'Kom,' zei Tom. 'Alec kan hier ieder moment zijn.'

Bijna. Ik ben bijna bij Emma.

'Emma is nog binnen,' riep Joël echter. Hij had zijn autoraampje naar beneden laten zakken.

'Tom, ga haar halen,' gilde Amber. Ze probeerde de spullen zo te schikken dat ze, zonder alles neer te hoeven leggen, het portier open kon maken. *Verdomme, hoe kan Emma nog binnen zijn? Ik heb Irina toch met haar naar de auto zien lopen?*

'*What the fuck?*' woedend op Joël bleef Tom staan. 'Maar waar is ze dan?' vroeg hij.

'Woonkamer.'

Terwijl Tom zich omdraaide rende Amber naar de auto. Ze opende het portier en zag Irina zitten. Voorin, met Emma op schoot. 'Wat...' stamelde ze. Ze keek Joël die zich naar haar had omgedraaid aan. 'Waarom zei je tegen Tom...'

'Zitten,' commandeerde Joël haar kortaf. 'Gordel om.'

Amber keek naar Tom die het huis in liep. 'Maar elk moment kunnen Alec en Judith terugkomen.'

'Dan moet hij snel zijn. Hij neemt maar een taxi.' Zodra Amber zat, startte Joël zijn auto. 'Of de trein.' Hij scheurde zo snel hij kon de oprijlaan af.

'Maar...' zei Amber.

'Hij heeft het godverdomme verdiend, Amber.' Joël klonk oprecht boos. Emotioneel. 'Hij heeft Emma weggegeven, besef je dat wel? *Emma*. En hij heeft jou niets verteld. Hij heeft met je meegezocht, zelfs. Je zo erg in de zeik genomen dat het pijn doet.'

Irina draaide zich naar Amber om en gaf haar Emma tussen de voorstoelen door aan.

En op dat moment hield de wereld op met draaien.

Mijn meisje. Mijn prachtige, kleine meisje.

Emma lag in een doek gewikkeld. Haar gezichtje was continu in beweging en zonder dat ze er controle over had, bewoog ze haar handjes in de lucht. Al die kleurtjes die haar huid had, die korte zachte haartjes, die kleine mooie nageltjes, haar lippen zo roze en vol.

Emma was perfect. Zo allesoverheersend perfect zelfs, dat Amber niet eiste dat Joël zou stoppen.

Ze was simpelweg alles waar het in het bestaan om ging. En helemaal van haar.

Er waren alleen nog Emma's ogen die nog niet konden focussen. Haar geur. Haar lieve geluidjes.

Ambers wangen werden nat van de tranen van geluk. Ze drukte haar kleintje tegen zich aan en snikte zachtjes. Eindelijk was het zover: had ze haar baby terug, was haar zoektocht ten einde, kon ze weer ademhalen.

Al zou de wereld nu vergaan, zij had in haar armen wat werkelijk telde. Al het geld, alle macht, alle status verbleekten bij deze volmaaktheid.

Emma was haar bloed, had haar genen.

En die van Tom.

En daardoor kan ik hem, ondanks wat hij me aangedaan heeft, daar niet zomaar achterlaten.

Met Emma dicht tegen zich aan haalde Amber haar mobiele telefoon uit haar broekzak en belde 1-1-2.

'Wat doe je?' vroeg Joël fel.

Ze negeerde hem en begon meteen te praten toen er werd opgenomen. 'Er is een man in gevaar. Tom Kuijper. De mensen die hem hebben zijn gewapend. Er is politie en ambulance nodig.' Ze dreunde het adres op en hing op, nog voordat de vrouw aan de telefoon kon vragen wat haar naam was.

'Wauw, jij bent echt véél te goed voor die man,' zei Joël vinnig. Hij schoot onder het bord 'Schiphol' door. Amber keek naar Irina die er stil en angstig bij zat.

Hoe graag ze ook wilde opgaan in haar meisje, ze moest eerst voor haar zorgen. Irina was ook moeder.

Ze haalde de doos met paspoorten tevoorschijn en pakte haar mobieltje erbij. *We zijn veilig*, appte ze Tara. Daarna fotografeerde ze een voor een de paspoorten. Die verstuurde ze ook.

Toen ze een blauw boekje opensloeg en daarin de pasfoto en naam van Irina Kazlov zag staan, slaakte ze een zucht van verlichting. 'Alsjeblieft,' zei ze toen ze Irina op haar schouder tikte om haar haar paspoort te geven.

Met grote ogen keek Irina haar aan. '*Spasibo*,' fluisterde ze onder de indruk. Ze perste haar lippen op elkaar, haar ogen waterig en rood.

Amber glimlachte en ging door met het fotograferen en versturen van de paspoorten. De harde schijf en notitieboeken zouden later wel komen.

Toen ze de laatste foto verstuurd had, deletete ze al haar persoonlijke gegevens en gooide ze haar mobieltje uit het raam. Het toestel spatte op het asfalt uiteen en definieerde het breken van haar verleden. Hier en nu begon haar toekomst. Hún toekomst. Er was nu niets of niemand meer hier die haar bond.

Pas op Schiphol hield Amber op met naar Emma staren. Ze stapte met Irina uit en omhelsde haar. 'Veel succes.'

Irina wist niet wat Ambers Nederlandse woorden betekenden, maar knikte dankbaar.

'Hier.' Amber gaf Irina haar ticket en tweeduizend euro in contacten.

'Spasibo,' fluisterde Irina dankbaar. 'Spasibo.' Dank je wel.

'You spasibo,' antwoordde Amber nadrukkelijk. Voor alles. Voor het opendoen van de poort, voor de goede zorg voor Emma.

Met een glimlach op haar gezicht keek ze Irina na, die verdween tussen de eeuwige beweging van Schiphol, ging op weg naar haar dochter. Amber drukte een klein kusje op Emma's fontanel.

Samen.

Eindelijk samen.

Joël legde zijn hand op haar rug. 'Je ziet er gelukkig uit,' zei hij.

'Ik weet niet of ik gelukkig ben,' zei ze eerlijk. Ze keek hem aan en zuchtte. 'Maar ik voel me in ieder geval voor het eerst sinds tijden compleet.'

Tara's telefoon hield niet op met piepen. Het ene paspoort na het andere kwam binnen.

Dit is de scoop van de eeuw.

Haar vingers vlogen over de toetsen. Het artikel dat ze schreef had als kop *Trafficker Morozov unmasked – biggest blood network of the world exposed.* Mensenhandelaar Morozov ontmaskerd – het grootste bloednetwerk van de wereld blootgelegd.

Alle verbanden die ze de afgelopen tijd had gelegd verwerkte ze erin. Nu ze bewijs in handen had, kon ze haar ontdekkingen eindelijk naar buiten brengen.

De rode draad van het artikel was het verhaal van Irina. Knappe jongen die de familie Kazlov nog iets durfde te doen als de ogen van de wereld op hen waren gericht. De politie kon een hoop, maar de macht van de media was en bleef groter.

Haarfijn legde Tara uit hoe de lijntjes liepen tussen Europa, Rusland en Amerika. Hoe mensen als pionnen heen en weer werden geschoven. Hoe Alec zichzelf vergeleek met God – wat was ze Amber dankbaar voor de foto die ze had gemaakt van de schildering op zijn muur. Hij zou groot geplaatst worden op de voorpagina van *The Times*. Portretfoto's mochten ze niet plaatsen, maar dit soort afbeeldingen wel.

Het was inmiddels twaalf uur 's middags. Zes uur 's morgens in New York. Dat werd dan een vroegertje voor haar hoofdredacteur.

'Fuck Tara,' kreunde die ter begroeting.

'Ook goedemorgen. Ik heb hét artikel. Voor op de voorpagina van morgen. Ik heb al het bewijs in handen. Alle paspoorten. Morgenmiddag liggen ze bij de Nederlandse politie.'

'Wat?' In één klap was haar hoofdredacteur wakker. 'Meen je dat echt?'

Door de telefoon hoorde Tara hem uit zijn bed stappen en de

openingstoon van zijn laptop. 'Fuck,' zei hij weer. 'Fuck. *This is fucking fantastic.*'

Morgenochtend, deze tijd, vielen de eerste kranten in de brievenbussen; *The New York Times* waarin haar artikel op de voorpagina prijkte. Ze had het hem geflikt. Met een big smile keek ze naar de villa tegenover haar.

'We gaan de verkeerde kant op,' Amber wees op het bord boven de snelweg. *Amsterdam-Noord.* Voor Eindhoven moesten ze de andere kant van de A10 hebben. Ze perste haar lippen op elkaar. De A10 was sowieso niet de snelste route naar het zuiden. Als Joël niet wist hoe hij moest rijden, waarom had hij dan verdorie zijn navigatie niet aangezet?

'We gaan eerst nog even langs mijn huis,' antwoordde hij.

'Waarvoor?' Amber keek hem geïrriteerd aan. 'We hebben geen tijd. Mijn vliegtuig vertrekt om vijf uur.'

'Tijd zat,' antwoordde Joël laconiek, met zijn ogen op het klokje in het dashboard. 'Ik moet echt nog even langs huis.'

'Waarvoor?'

'Een verrassing.' Hij lachte. 'Geloof me, ik weet wat ik doe.'

'Nou, om eerlijk te zijn, ga ik toch echt liever rechtstreeks naar Eindhoven. Straks kom ik nog te laat.'

'Vertrouw me nu maar,' zei Joël lachend. 'Je gaat het alleen maar heel, heel fijn vinden.'

Amber besloot het erbij te laten. Na alles wat Joël voor haar gedaan had verdiende hij wel wat dankbaarheid.

Ze legde haar neus tegen Emma's hoofd en snoof diep haar geur op. Haar dochter rook zo onvoorstelbaar heerlijk dat ze er vlinders van in haar buik kreeg. Ze waren samen en dat was alles wat telde. Een halfuur later op Eindhoven aankomen zou geen verschil maken. Ze drukte een kusje op Emma's haar.

Het voelde zo ongelooflijk, onvoorstelbaar, onbeschrijflijk goed; met Amber en Emma thuiskomen. Met het gevoel dat hij de wereld in zijn handpalm hield, opende Joël de voordeur voor zijn vrouw en kind. 'Madame, entree.' Kippenvel trok over zijn armen.

Amber hoorde hier. Met haar verfijnde aanwezigheid kwamen opeens de meubelen goed tot hun recht, was het uitzicht over Amsterdam nog mooier, viel zelfs het licht helderder door de manshoge ramen.

Hij kon niet ophouden met lachen en draaide de deur achter zich op slot. Hij stak de sleutel in zijn zak. 'En? Vind je 't wat?' Hij opende de balkondeur en liep de loggia in. Terwijl het beneden op de steiger altijd waaide, was het hier, op het inpandige balkon heerlijk. Ver beneden hen voer een cruiseschip over het IJ, de pont tussen het Centraal Station en Amsterdam-Noord was net vertrokken, het filmmuseum Eye glansde in de zon.

Dit is je nieuwe huis.

'Prachtig,' antwoordde Amber. Ze hield Emma dicht tegen zich aan, terwijl ze voorzichtig over de okselhoge glazen balustrade keek. Ver beneden hen klotste het water tegen de steiger, vanaf hier leek het alsof het gebouw midden in het water stond.

Straks, als het zomer is, kan Emma hier kruipen. Dan haal ik de tuinbank en salontafel weg en leg ik een zachte ondergrond neer, hang ik voor Amber een hangmat op, zullen we daarin vrijen – op deze hoogte is er toch geen hond die ons ziet.

'Waarvoor zijn we hier nou?' Amber klonk opeens ongeduldig en liep terug naar binnen.

'Hiervoor.' Joël haalde een cadeautje in zachtgeel hartjespapier van binnen. 'Ik heb het al weken in huis. Weet je wel hoe blij ik ben dat ik het je eindelijk kan geven?'

Amber glimlachte. Ze scheurde het cadeaupapier open en haalde een juwelendoosje tevoorschijn. 'Wat is dit nou toch, Joël?' Ze klikte het deksel open. Op het fluwelen bedje lag een klein zilveren bedelarmbandje, met drie bedeltjes eraan. Een piepklein flesje, een beertje en een hartje.

'Dank je wel.' Amber lachte.

'Kom.' Joël haalde het armbandje eruit en pakte Emma's armpje. 'Ik zal je even helpen.'

Toen hij de sluiting had dichtgemaakt – hemels om zo dicht bij Amber te staan – keek hij op. 'Ik wil ook nog iets met je bespreken.'

'Bespreken? Joël, ik vind dit allemaal heel aardig, maar ik moet weg, mijn vliegtuig vertrekt over vier uur en ik...'

'Daar wil ik het precies over hebben.' *Dit is het dan, het moment waar we de rest van ons leven met zoveel liefde op terug zullen kijken.* Hij legde zijn hand op Ambers rug en een heerlijke siddering ging door hem heen. 'Je hoeft helemaal niet weg.'

'Wat bedoel je? We hebben het er toch over gehad: De Rooij zal ons nooit zo goed kunnen beschermen als ik zelf kan en...'

'Dat bedoel ik niet.' Joël schuifelde nog iets verder naar voren zodat hij bijna tegen Amber en Emma aan stond. Hij legde een hand op Ambers bovenarm, een op Emma's ruggetje. 'Ik bedoel dat je híér kunt blijven.'

Een moment dat veel te lang duurde keek Amber uit over Amsterdam.

'En toen papa zei "je hoeft helemaal niet weg" sprong mijn hart open van geluk,' zou ze later zwijmelend tegen Emma zeggen.

'In Nederland?'

Hij schudde zijn hoofd. 'Hier bij mij.'

Ambers lach was schril en hoog. Misschien was het niet eens een lach, maar was het eerder een luchtstoot. Het geluid was zo schel dat Emma ervan ging huilen.

Oké, het verhaal dat we later aan Emma gaan vertellen wordt net iets anders.

'Misschien heeft ze honger.' Joël liep terug naar binnen, naar de keuken. Hij pakte een doos Nutrilon uit een van de bovenkastjes, een fles uit de la die hij daarvoor had ingericht en schonk er het water in dat hij vanmorgen al gesteriliseerd had.

'Je bedoelt echt híér,' zei Amber die achter hem aan was gelopen, vol verbazing toen hij een uitnodigende beweging naar de bank maakte en Amber het flesje gaf.

Hij knikte en keek glunderend toe hoe Amber – de *echte* Amber – op de zachte kussens plaatsnam en Emma begon te voeden. *Dit is hoe De Vrouw bedoeld is. Moederlijk. Zacht. Verzorgend. Het summum van elegantie.*

Emma zoog met kracht aan de speen, maakte tussendoor kleine geluidjes.

'Maar Joël,' zei Amber met zachte stem. 'Ik wil met Emma naar het buitenland. We gaan een nieuw leven opbouwen. Je snapt toch wel dat ik niet kan blijven?'

'Maar ik hou van je.'

Zo.

Dat is eruit.

Wat zeg je me daarvan?

We hoeven niet meer alsof te doen, Amber.

Afwachtend keek hij haar aan. Zij fronste, maar dat gaf niet. *Ze heeft tijd nodig. Ze heeft net haar man achtergelaten, wetend dat Alec hem ieder moment iets kan aandoen. Het zou natuurlijk ook niet chic zijn om mij meteen in de armen te springen.*

'Hoe bedoel je?' vroeg ze dommig.

'Zoals ik het zeg.' Joël ging op de stoel tegenover Amber zitten en sloeg zijn handen in elkaar. *Waarom ben je niet opgelucht,*

Amber? Onze gevoelens hoeven geen geheim meer te zijn, ook jij mag ervoor uitkomen dat je van mij houdt.

'Je houdt van me?'

Hij knikte.

Met een spijtige blik keek ze hem aan. 'Maar ik hou niet van jou, Joël. Of nou ja, niet op die manier. Ik vind het heel lief dat je me hebt geholpen, maar...' Ze stond op, Emma begon meteen te huilen omdat haar haar flesje werd afgenomen. 'Ik moet gaan nu. Ik wil mijn vlucht niet missen.'

'Maar ik hóú van je,' zei Joël nog een keer. *Wat begrijp je daar niet aan?* 'Niet een klein beetje, niet sinds kort pas, ik hou al jaren van je. Vanaf het moment dat ik je zag wist ik dat ik jouw man was en jij mijn vrouw. Het enige probleem was dat Tom er telkens tussen zat, maar die is nu geen probleem meer. Toch?'

Amber keek hem hoofdschuddend aan. 'Ik wist van niets, Joël.'

'Maar al die signalen dan die je me gaf?' *Al die blikken, dat je voor me door het zwembad zwom, jouw: "ik ben heel blij met je, weet je dat?", dat je me vroeg om Tom te verraden en jou te helpen.*

'Welke signalen?'

'Kom op, Amber.'

'Nee serieus.' Ze leek het nog te menen ook. 'Ik weet niet waar je het over hebt.' Ze liep de kamer uit, de gang in. Hij hoorde dat ze de voordeur van het slot probeerde te halen. 'Joël, hoe gaat de deur open?'

Hij zuchtte, stond op, liep achter haar aan. 'Ik hou van je,' zei hij voor de vierde keer binnen twee minuten. Hij legde zijn hand op de deur. 'Ik ga voor je zorgen, Amber. Ik zorg al een hele tijd voor je, ik ben de enige die jou gelukkig kan maken.'

Amber legde haar hand op de klink. 'Laat me eruit, Joël. Ik moet weg.'

Maar je begrijpt het niet, lieverd. Je kúnt niet gaan. Je hoort bij mij. Alleen bij mij. Hier. Samen met Emma. Ik zal dit kleintje opvoeden alsof ze mijn eigen vlees en bloed is. Dat heb ik voor je over. Ik heb álles voor je over.

Amber trok hard aan de deurklink. *Waarom verdomme? Waarom?* Joël legde zijn hand op de hare en keek haar doordringend aan. *Tijd is het enige wat je nodig hebt.* 'Durf te kijken,' zei hij. 'Durf te kijken naar wat je écht voelt. Hier thuis hebben we niets te maken met wat hoort, of met wat maatschappelijk verantwoord is, hier kunnen we onszelf zijn. Jij en ik, Amber. Jij, Emma en ik. We mogen er eindelijk aan toegeven.' Hij boog zich naar haar toe en drukte zijn lippen op de hare.

Met een ruk trok Amber haar hoofd weg. 'Wat doe je? Gek!'

Hij schrok zelf van zijn hand die keihard haar gezicht raakte. Het ging instinctief. Het was niet zo dat hij haar wílde slaan, het was simpelweg een reflex. En meteen had hij spijt. *Kijk nou wat je me laat doen, godverdomme!*

'Joël, laat me gaan,' smeekte Amber huilend.

'Maar Amber.' Hij wreef over zijn pijnlijke hand, stond haast zelf op het punt te gaan huilen. 'Het enige wat ik wil, is onnoemelijk veel van je houden.' Teder stak hij zijn hand uit naar haar onmiddellijk rood wordende wang, hij moest haar troosten, maar Amber kromp ineen, schudde van nee, niet doen.

Waarom, Amber? Waarom doe je in hemelsnaam zo?

'Ik doe toch niets,' zei hij. Hij deed een stap naar voren, zodat hij dicht op haar kwam te staan en streelde de plek waar zijn hand was neergekomen. Er liep bloed uit haar neus, daar moest hij een doekje voor gaan halen.

'Help!' gilde Amber.

Niet doen nou, schat.

Ze bonkte op de deur. 'Help!'

Dwing me nu toch niet.

'Iemand! Help me!'

Zie het dan, de liefde tussen ons. Het was geen keuze; zijn handen om haar keel, het was een allesverzengende drang, een overweldigende impuls om haar te kalmeren nu ze zo vocht tegen haar eigen gevoelens.

Hij zette ietwat druk, Amber keek hem met grote ogen aan. Eindelijk hield ze op met gillen.

'Herpak jezelf,' commandeerde hij haar fluisterend. 'Doe een stap achteruit van de situatie en kijk om je heen. Ik hou van je en jij houdt van mij. Jij wilt hier zijn. Stop met je daartegen te verzetten. Hoor je me?' Zijn vingertoppen waren wit geworden.

Amber kreunde iets, knikte.

'Hoor je me echt?'

Ze knikte weer.

Mooi zo.

Hij liet haar los, draaide zich om en liep naar de woonkamer. Het werd tijd dat ze hun leven gingen beginnen.

Ik kan geen kant op.

Amber drukte haar rug tegen Joëls voordeur en hield Emma tegen zich aan. Ze had een bloedneus, haar hoofd suisde. Emma begon te huilen, oorverdovend hard, haar oogjes dichtgeknepen, haar mondje trillend open. Ze wilde haar fles, maar die lag nog in de woonkamer. De woonkamer waar Joël was.

'Stil maar,' fluisterde Amber, misschien wel meer tegen zichzelf dan tegen Emma. 'Stil maar kleintje.'

Iemand moet Emma toch horen? Hulp halen.

Door het gehuil van haar baby verkrampte Ambers maag, haar neus deed pijn, er drupte bloed op Emma's mutsje, maar de angst voor Joël overschaduwde alles. *Hoezo heeft hij de deur op slot gedaan, heeft hij me geslagen, zegt hij dat hij van me houdt? Hij is echt gek geworden.*

Ze zocht tevergeefs de deur af naar een mogelijkheid om te kunnen vluchten en deed vruchteloze pogingen Emma te troosten.

Shit, haar mobieltje lag ergens in duizend stukken op de straatstenen en niemand wist waar ze was. *Ik had Tara nooit moeten appen dat ik veilig was.*

'Hier.' Joël liep naar haar toe en gaf haar Emma's fles.

Ze schudde haar hoofd. *Straks heeft hij iets in die melk gedaan.* 'Laat me gaan,' zei ze smekend. 'Alsjeblieft.'

Maar Joël was in geen honderd jaar van plan haar te laten gaan. Ze zag het aan zijn diabolische blik, aan de felheid van zijn bewegingen. Hij kwam dicht op haar staan, streek haar nog een keer over haar wang, liet zijn vingers langs haar hals glijden en drukte toen Emma het speentje in haar mond. Amber beefde. Met gulzige teugen begon Emma te drinken. 'Kom mee naar de woonkamer,' zei Joël dwingend.

'Nee.'

'Luister.' Hij legde zijn hand onder Ambers elleboog. 'Je kent me, je weet dat ik jou nooit, maar dan ook nooit kwaad zou doen.' Hij liet een pauze vallen. 'Toch?'

Wat voor andere keuze had ze dan te knikken?

'Ik wil het je alleen laten zien, hoe het allemaal in elkaar zit.'

'Hoe wat in elkaar zit?'

'De liefde.' Hij draaide zijn handen open alsof het hartstikke logisch was wat hij vertelde.

Amber keek hem kwaad aan. 'Geef me de voordeursleutel,' zei ze dapperder dan ze zich voelde.

Joël zuchtte diep en keek haar recht in de ogen toen hij zei: 'Je houdt van míj.' Hij zei het met een stelligheid waar niet aan te tornen viel. 'Je houdt niet van Tom, maar van míj. Je hebt altijd gezegd dat je van zijn innerlijk hield, toch? Dat hij meer was dan een knappe kop...'

Amber voelde zich gedwongen te knikken, waarop Joël glimlachte. 'Maar al die mooie woorden van hem, die komen uit míjn pen. Het zijn míjn zinnen, het is míjn intelligentie, het zijn míjn gedachten waar jij verliefd op bent geworden. Tom heeft alles alleen maar voorgelezen. Geplaybackt.'

Hij meent dit serieus.

'Maar Joël.' Amber moest zich tot het uiterste inspannen om haar stem onder controle te houden. 'Tom is toch meer dan alleen de Mindset Academy. Ik weet dat jij zijn social media accounts beheert en dat jij de *Manual* hebt geschreven en al zijn speeches, maar...'

'Maar wat? Alles wat die man zegt – *zei* – was een herhaling van wat ik bedacht heb.'

'Dat weet ik niet, hij...'

'Dat weet ik wel.' Joël strekte zijn hand uit en legde die zacht op Ambers kaak. Hij trok haar gezicht naar zich toe. 'Het spijt me,' zei hij terwijl hij met zijn vingers langs haar kin streek. Zijn vingertoppen kwamen onder het bloed te zitten. 'Het was niet mijn bedoeling je te slaan, alleen... Ik verdien meer dan dit. Ik heb alles voor je overgehad, alles. Ik heb zo goed voor jou gezorgd de laatste tijd. Het enige wat ik wil is een heel klein beetje liefde terug.'

'Maar ik hou niet van je, Joël.'

Op haar woorden lag Joëls hand meteen weer om haar nek. Nog harder drukte hij haar keel dicht. 'Je houdt wel van me.'

Amber had nooit eerder gezien hoe koud en hard zijn ogen waren.

'Zeg het.' Zijn grip verstevigde.

Haar mond werd droog.

Hij is gek geworden. Echt gek.

'Zeg het.' Hij legde zijn andere hand om haar keel, ze was volledig aan hem overgeleverd. 'Zeg het, dat je van me houdt.'

'Ik hou van je,' piepte Amber, raspend haalde ze adem toen hij haar losliet.

Tara, denk na, alsjeblieft, haal me hier weg.

Hij knikte tevreden. 'Ja. Klopt. Je houdt van míj. Al die tijd heb je van míj gehouden. Nou, kom.' Hij stond op en bood haar hoffelijk een hand aan. Misselijk liet ze zich overeind trekken. 'We gaan iets doen aan die neus van jou. Daar staan tissues. Ik zal wat ijs uit de vriezer halen. En daarna zal ik je je nieuwe thuis laten zien.'

Tara roffelde ongedurig op het stuur van haar Greenwheels-auto. Op de achterbank lag Ambers sporttas, waar achtenveertigduizend euro plus haar nieuwe identiteit in zaten. 'Ik heb je nodig, Tara,' had ze gezegd. 'Joël denkt dat ik een vlucht pak vanaf Eindhoven, maar ik wil met de auto de grens over. En daarbij, ik kan toch moeilijk tegen Tom zeggen: "Leg je koffer maar naast die sporttas vol met geld." De enige die ik nog vertrouw ben jij. Als jij naar Eindhoven komt, dan neem ik daar jouw huurauto over. Ik rij zo ver ik kan en probeer vervolgens een lift te krijgen. Er is vast wel een vrachtwagenchauffeur die Emma en mij voor honderd euro naar Verweggistan wil meenemen.'

Ingespannen tuurde ze naar de entree van het vliegveld. Amber en Joël konden elk moment aankomen. Godsamme, hoe hadden ze dat vroeger gedaan, zonder mobiele telefoons?

Op de bijrijdersstoel piepte haar telefoon. Het was een whatsappbericht. Het zoveelste al vandaag. De zoveelste collega feliciteerde haar met haar geweldige primeur. Met een vreemd gevoel in haar buik las Tara de woorden. Dit was alles waar ze naar verlangd had: berichtjes krijgen, gezien worden, bestaan, maar het gaf haar niet de voldoening die ze verwacht had. Het was nep. Deze felicitaties, deze berichtjes van 'zeg ik hoorde dat je morgen op de voorpagina staat en dacht kom ik stuur je een appje' hadden niets te maken met haar persoonlijk, alleen maar met haar naam in de krant.

'Mijn koffer zit nog in de achterbak.' Amber dronk haar glas water leeg en glimlachte. Ze probeerde uit te stralen dat ze zich had neergelegd bij de situatie.

Maar Joël keek dwars door haar heen. *Ha, zo makkelijk laat ik me toch echt niet belazeren. Ik ben Tom niet. Je kunt tegen mij niet het ene zeggen en het andere doen. Jij wilt alleen naar beneden om snel weg te rennen. Of mij wegsturen en dan gaan bekijken hoe je hier weg komt. Alsof je dat lukt op eenentwintig hoog. Nee, lieve schat, ik heb je door. Meer dan jij weet.*

'Je hebt je koffer helemaal niet nodig.' Trots ging hij haar voor naar de slaapkamer. Hij had vanmorgen nog het bed verschoond. Het zwarte, satijnen overtrek zag er sexy uit. De kussens waren opgeklopt, de punt van Ambers kant had hij al verwelkomend opengeslagen.

'Kijk,' zei hij. Hij opende de klerenkast en keek met een groeiende erectie toe hoe Amber haar hand langs de kleding liet glijden die hij keurig opgehangen en opgevouwen had. Hij bestudeerde nauwkeurig haar gezicht toen ze de dirndl bekeek en daarna het doorschijnende kanten jurkje waarin hij de Amber die nu in de box beneden stond zo graag had gezien. Er was geen verbazing in haar ogen te zien, alleen berusting. 'Mooi,' zei ze over een hemelsblauwe blouse. Ze lachte naar hem.

Ze neemt me in de zeik. Dit moet haar veel meer doen dan ze laat zien.

'Als je je straks wilt verkleden?' Hij formuleerde het als een vrijblijvende vraag, maar wist dat zij wist dat het dat niet was.

'Misschien,' antwoordde ze diplomatiek.

'Kom,' zei hij. Hij ging haar voor naar de kamer met de zwarte deur. De verrassing. Het hoogtepunt. Zijn hart sloeg als een bezetene toen hij de deurklink naar beneden drukte.

Wat. Is. Dit?

De ruimte die Amber betrad was een exacte kopie van hun babykamer thuis. De commode, de wieg met de mobile daarboven, de bus talkpoeder, de schudbol van Nijntje, de knuffels, vloerbedekking, het behang. Alleen de afmetingen van de kamer waren anders.

'En?' vroeg Joël. Er gloorde hoop op zijn gezicht.

'Geweldig,' antwoordde Amber. *Ik moet meegaan in zijn waan. Hij denkt dat Emma en ik hier blijven. En dit is geen bevlieging, hij is hier dagen mee bezig geweest. Misschien wel weken, of maanden zelfs.*

Er is maar één manier om hieruit te komen: meespelen.

'Echt?'

Ze knikte, liep met een hart dat als een bezetene klopte naar de schommelstoel in de hoek en ging daarop zitten. 'Ongelooflijk,' zei ze alsof ze onder de indruk was. 'Dat je dit allemaal voor mij hebt gedaan.'

Volhouden. Het spel meespelen.

'Ja? Ben je er blij mee?'

Ze knikte en wreef Emma over haar ruggetje. Joël trapte erin, zag ze. Hij wilde zo graag dat zijn werkelijkheid waar was, dat hij haar act voor zoete koek slikte.

'Het spijt me van net,' zei ze. Het was gevaarlijk om zo ver te gaan, het moest wel geloofwaardig blijven, maar aan de andere kant: ze had ook een deadline. Om vijf uur moest ze in Eindhoven zijn voor haar afspraak met Tara. Ze lachte om zichzelf een houding te geven. 'Ik was onaardig, maar het is ook allemaal zoveel, vandaag. Ik heb Emma terug, we hebben Tom achtergelaten bij Alec en Judith... Ik heb gewoon wat tijd nodig, denk ik.' Ze stond op, liep naar Joël en legde haar hand op zijn borst. 'Maar ik vind het prachtig dat je dit voor ons hebt gedaan.'

Zijn ogen fonkelden toen hij zich naar haar toe boog en haar opnieuw een kus op haar mond gaf.

Haar maag protesteerde. 'Joël...' Ze deed een stap achteruit, keek naar Emma. 'Sorry, maar... Om nu hier met jou te gaan staan zoenen met Emma in mijn armen? Nee.'

'Dan leg je haar toch in haar wiegje.'

Nee. Nee, gore hond. Ik wil Emma niet in jouw zieke wiegje leggen. 'Als je het niet erg vindt, dan hou ik haar liever vast. Ik heb haar zo lang moeten missen en...'

'Doe het nou maar.'

'Nee, lieve Joël. Dit kindje heeft haar moeder nodig. En ik heb haar nodig. Je zei net toch zelf dat je alleen het beste voor ons wilt? Dat je...'

'Leg haar in die wieg.' Joëls houding veranderde eensklaps. Dreigend keek hij haar aan. 'Ja,' blafte hij bars. 'Wat denk je nou helemaal? Dat je me kunt piepelen? Dat ik gek ben?' Hij pakte haar ruw bij haar schouders en dirigeerde haar naar de wieg. 'Leg haar erin, zeg ik.'

Amber slikte. Er zat een brok in haar keel. Met de grootst mogelijke weerzin legde ze Emma op het lieve lakentje. Ze schrok van Joëls arm die opeens naast haar hoofd voorbij schoot.

'Zie je,' zei hij. 'Je bent helemaal niet op je gemak.' Kwaad trok hij aan het touwtje van de mobile. Meteen begon er een klassiek deuntje te spelen. ‘Zo.’ Hij schoof de schommelstoel naast de wieg van Emma, ging daarop zitten en liet zijn vingers knakken. ‘En nu ga jij je verkleden. Ik hou je kindje wel in de gaten. Je krijgt vijftien minuten.’

Verdomme, waar bleef Amber toch? Tara surfte naar de luchthaveninformatie en zag dat Ambers zogenaamde vlucht inmiddels aan het boarden was. Van haar zus was echter geen spoor te bekennen.

‘Fuck!’ Ze sloeg zo hard op het stuur dat ze per ongeluk toeterde. Een man keek naar haar op, maar liep meteen weer verder.

Haar telefoon piepte. *John*, stond er in het scherm. Tara knipperde met haar ogen. *Ha Tara, ik zit net je artikel te lezen. Mijn complimenten. Hoe is het met je? Denk je nog weleens aan me?* ☺

Vol verbazing las ze het berichtje nog een keer. ‘Denk je nog weleens aan me,’ zei ze hardop, gewoon om te horen hoe het klonk. Het was een vraag die je alleen stelde wanneer dat voor jou wel het geval was.

Was hij niet gelukkig? Wilde hij haar terug?

Ze stelde zich haar ex voor, achter zijn bureau op de redactie van *The Times*, een foto van zijn pasgeboren baby op zijn bureau, dit bericht typend.

Asshole.

Niet in staat nog langer stil te zitten, stapte ze uit haar auto. Terwijl ze zoekend om zich heen bleef kijken liep ze de luchthaven binnen. Amber moest hier ergens zijn. En zo niet, dan was er iets gebeurd.

Amber had de sporttas met haar geld en paspoort nodig en zijzelf zat te springen om de harde schijf van Morozov.

Tenzij Amber ook tegen haar had gelogen.

Nee. Niet zo denken. Amber heeft me een belofte gedaan. En alhoewel haar beloften aan Tom en Joël niets waard waren, en de hele wereld nep is, geloof ik haar. Haar wel.

Tegen beter weten in belde ze Amber. Meteen sprong hij op voicemail.

Amber zag zichzelf in de grote spiegel tegenover Joëls kingsize bed en huilde. Haar huid was bleek in het onvriendelijke licht dat naar binnen viel, haar gezicht juist rood en bevlekt.

Zo traag mogelijk trok ze de dirndl aan waar Joël haar om gevraagd had; een hoerig jurkje dat haar deed denken aan een Duits bierfeest. Haar borsten werden omsloten door een laag uitgesneden wit katoenen blouseje met knoopjes van voren, verder een korset met rode veters en bretels die haar borsten nog verder naar voren stuwden en daaronder kwam een kort rokje met daarvoor een rood kanten schortje.

'Maak ook maar twee vlechten in je haar,' had Joël gezegd.

Ze haalde de clip uit haar haar en werd misselijk van de spanning. Wat had hij bedoeld met het knakken van zijn vingers?

Die man is gek. En Emma is zo kwetsbaar.

Ze moest hem het idee geven dat hij zijn zin kreeg, zonder dat ze hem die ook ging geven. Vroeg of laat zou er een moment komen dat ze kon vluchten en dan zou ze weg zijn ook.

Toen ze het zwarte kleerhangertje van de dirndl aan de kant wilde leggen, zag ze dat het hardplastic gescheurd was. Dit was haar kans. Ze ging met haar voet op de ene kant staan en zette met beide handen kracht op de andere. Het hangertje brak slordig. Als het zover kwam dat Joël met haar naar bed wilde, dan zou ze de scherpe, harde punten als wapen gebruiken. Snel schoof ze de twee helften tussen het matras en het onderstel en keek rond of er meer was waarmee ze Joël knock-out kon slaan. Niets was bruikbaar.

'Ben je klaar?' Joël stond opeens in de deuropening en liet zijn blik langzaam en verlekkerd over haar lichaam glijden. Hij keurde haar alsof ze een stuk vlees was. 'Was je het bed alvast aan het testen?'

Goorlap.

'Dit gaat te snel voor me, Joël. Als je echt van me houdt, dan geef je me tijd. Dan...'

'Tom had een vaste hoer, wist je dat? Didi.'

'Nee. Wist ik niet.'

'Een dikkerdje. Blond, niet bepaald mooi. Die man...' Hij liep naar haar toe en draaide haar met zijn handen op haar heupen met haar gezicht naar de spiegel. 'Was jou zo niet waard.' Hij streek haar haren naar achteren en kuste haar in haar nek. 'Die heeft jou zo vaak, zo enorm hard... bedrogen.'

Amber sloot haar ogen, probeerde haar gevoelens uit te schakelen. 'Joël,' zei ze. 'Serieus, laten we dit rustig opbouwen. Je wilt toch niet dat ik dingen tegen mijn zin ga doen?' Via de spiegel keek ze hem aan. 'En jij wilt toch ook dat onze eerste keer mooi is. Lief. Dat we er allebei klaar voor zijn?'

Joëls blik verried niets. Hij haalde zijn handen door haar haren. 'Kijk eens in die la daar.'

Amber verstijfde. Ze wilde niet weten wat er in de la van het lage kastje naast de spiegel lag. Ze wilde het écht niet weten.

'Nou, kom op.' Zachtjes duwde hij haar die richting op. 'Ik wil je best de tijd geven, maar dan verwacht ik ook van jou dat je je best doet. Da's niet meer dan eerlijk, toch?'

Met een naar voorgevoel liep Amber naar de kaptafel. In de la lag een houten, duur uitziende borstel. 'Een cadeautje,' zei Joël goedig. 'Zwijnenhaar, alleen het beste voor mijn meisje.'

Hij nam de borstel van haar over en wreef liefdevol over de achterkant. 'Kom hier maar zitten,' zei hij, terwijl hij haar op het bed duwde. 'Ik zal je haar wel doen. Emma ligt inmiddels lief te slapen.'

Het Pontsteigergebouw was zo hoog dat Tara haar evenwicht verloor toen ze ertegenop keek. Omgekeerde hoogtevrees. Ze rookte haar sigaret tegen de wind in. *Goddamn, waarom neemt Joël zijn telefoon niet op? Ik hoef geen koffie met hem te drinken, ik wil alleen maar horen dat Amber oké is.*

Nadat Ambers zogenaamde vlucht was vertrokken had ze hem wel vijf keer gebeld, maar meneer nam niet meer op.

Ze keek naar de gouden brievenbussen waar wel huisnummers op stonden, maar niet de namen van de bewoners. Hoe moest ze Joël ooit in dit anonieme complex vinden?

De eenentwintigste verdieping had Joël gezegd. '*Een hoekappartement met uitzicht op de A'DAM Toren, vanuit mijn slaapkamer kan ik het Westerpark zien*'. Via Googlemaps beredeneerde ze welke ingang ze moest hebben.

De glazen deur zat echter op slot. Pontsteiger zag er transparant uit, maar bleek een vesting. Godzijdank hing er wel een overzicht op de muur waarop stond welke huisnummers op welke verdieping zaten.

Ze probeerde alle huisnummers van Joëls verdieping, maar niemand leek thuis. Uiteindelijk was een buurvrouw van een etage lager zo goed om te vragen wie er voor de deur stond. 'Dag mevrouw,' sprak Tara in de intercom. 'Ik heb een afspraak met uw bovenbuurman, maar hij doet niet open. Ik weet zeker dat hij thuis is en nu maak ik me zorgen. Zou u voor mij open willen doen? Of als u dat niet wilt, mij mee kunnen nemen naar zijn appartement?'

'Och mevrouw, ik kan u niet helpen,' was het antwoord. 'Iedere bewoner kan alleen op zijn eigen verdieping komen.'

'Hoe bedoelt u?'

'We hebben allemaal een tag. De lift heeft geen knoppen, maar leest die tag en brengt je dan automatisch naar je eigen etage.'

Fijn, zo'n toekomst.

'O, oké,' zei Tara teleurgesteld. 'Nou goed, in ieder geval bedankt.'

Verslagen liet ze zich langs de glazen deur op de straatstenen zakken. En nu?

Verdomme. Wat als Amber in de problemen is geraakt?

Om iets omhanden te hebben pakte ze haar mobieltje erbij. Uit gewoonte opende ze de NOS-app. Bijna bovenaan zag ze een foto van Morozovs winterpaleis. 'Drie mensen aangehouden na schietpartij in villawijk,' was de kop van het artikel.

Tara's ogen vlogen over de tekst. Er waren drie mensen opgepakt, twee van hen van Russische komaf. Ook was een man gewond geraakt, maar hij was buiten levensgevaar.

Dat moet Tom zijn.

'Kan ik u helpen?' Een vrouw in een nauwsluitend mantelpakje bleef voor haar staan. Lange zwarte haren omlijstten haar mooie gezicht, haar hoge hakken benadrukten haar zandloperfiguur. Haar blik was geïrriteerd; dat er zo'n armoedig figuur voor haar deur zat beviel haar niets.

'Ik hoop het.' Tara stond snel op. 'Ik kom voor een vriend van mij.' Ze wees naar boven. 'We hebben een afspraak, maar hij doet niet open en nu maak ik me zorgen. Ik zou graag naar boven willen...'

De vrouw humde afkeurend, ze geloofde er niets van, en liep langs Tara heen naar binnen.

'Ik moet naar de eenentwintigste etage,' ging Tara verder. Ook al gaf deze vrouw haar het idee dat ze de eerste de beste zwerver was, ze moest het proberen. Ze had nu niets, minder kon niet. Ze deed een stap naar binnen.

'Dit is een privégedeelte.' De vrouw keek haar stellig aan en bleef de deur vasthouden.

'Maar misschien ken je hem...' Tara stapte naar achteren, zodat de vrouw de deur voor haar neus dicht kon doen.

'Joël van Santbergen,' riep Tara nog snel, net voordat de deur in het slot viel. Zag ze dat nu goed? Verstijfde de vrouw?

Ze klopte op het raam. 'Luister,' riep ze hopend dat haar stem door het glas heen te horen zou zijn. 'Ik zal eerlijk tegen je zijn. Joël is niet mijn vriend. Niet meer. Ik ben zijn ex. Hij heeft me schofterig behandeld en ik ben hier om hem de waarheid te zeggen. Hoe hij met vrouwen omgaat...'

De liftdeuren schoven open.

'Alsjeblieft,' smeekte Tara. 'Hij verdient dit.'

De dame stapte in en draaide zich naar haar om. Terwijl ze Tara aankeek beet ze op haar onderlip. Ze twijfelde zag Tara. Maar de liftdeuren begonnen al langzaam dicht te schuiven.

Ambers haar rook naar bloemen. Het was zo zacht, zo dik en zo perfect dat elke keer dat Joël de borstel erdoorheen haalde, hij het voelde in zijn kruis. Dit was het, het moment waar hij al die tijd naar toe geleefd had.

Het enige wat niet klopte was Ambers gezicht. De angst die erop te lezen was bezorgde hem buikpijn. *Dit heb ik niet verdiend. Meer dan voor haar zorgen, goed voor haar zijn, haar op handen dragen wil ik niet, maar ondertussen kijkt zij naar mij alsof ik de eerste de beste freak ben.* Amber mocht haar afkeer proberen te verbergen, hij kende haar te goed.

'Ben je gelukkig?' Hij moest het horen, haar bevestiging.

Maar ze sloeg haar ogen neer. 'Ik ben gelukkig dat ik Emma terug heb... Joël, ik zou zo graag naar haar toe willen, laat me alsjeblieft...'

'Ze slaapt.'

'Maar toch. Weet je hoezeer ik ernaar verlangd heb om naar haar slapende gezichtje te kunnen kijken?'

Weet jij hoezeer ik ernaar verlangd heb om naar jouw slapende gezichtje te kunnen kijken?

'Dit is toch ook fijn.'

Ze trok raar met haar mond.

'Toch?'

Haar zwijgen maakte hem boos. Het had nu wel lang genoeg geduurd, dat spel van aantrekken en afstoten, met hem spelen alsof hij geen gevoelens had. Hij pakte een pluk haar en trok eraan. Hard. Ze slaakte een gilletje. 'Toch?'

'Ja,' zei ze haastig. 'Ja.'

Ze loog. Hij had alles voor haar gedaan en ze loog. Ze wilde hem niet, dacht dat ze te goed voor hem was.

Dit was niet hoe hij het zich allemaal had voorgesteld.

In een poging de wereld weer terug in het gareel te krijgen borstelde hij hardhandig een scheiding in haar haar en begon hij twee strakke vlechten te maken.

'Au,' zei Amber klaaglijk. 'Je doet me pijn.'

Nu was het zijn beurt om te zwijgen. Dit had ze aan zichzelf te wijten. Hij wilde zó lief voor haar zijn, maar dan moest ze hem dat wel toestaan.

'Au,' zei Amber nog een keer. Ze probeerde op te staan, maar hij dwong haar terug op bed.

'Laat me los, Joël.'

Zijn pik groeide tegen het kruis van zijn broek. Hij had te

weinig ruimte daar, en het was zonde om niets met zijn opwinding te doen. Tien tegen één dat hij nu net zo stijf en hard kon worden als toen hij een tiener was; een erectie met de kracht van een kanon. Uren zou hij door kunnen gaan, hij zou zo hard kunnen stoten dat ze het in haar rug zou voelen.

Zachtjes legde hij zijn handen om haar borsten.

'Wat doe je?' riep Amber ontzet. 'Joël, laten we...'

'Wat?' Via de spiegel bekeek hij haar. 'Rustig aan doen? De tijd nemen elkaar te ontdekken? Amber, ik kan niet meer wachten. Ik wil niet meer wachten. En als jij eraan toegeeft.' Hij begon de knoopjes van haar blouse open te maken. 'Dan weet ik zeker,' met elk knoopje kwam iets meer van haar boezem tevoorschijn, 'dat jij er ook van zult genieten.'

'Blijf van me af!' gilde Amber. Ze probeerde zijn handen van zich af te trekken.

'Je wilt dit,' zei hij. Hij maakte het laatste knoopje open en trok de stof weg. Bloot hingen haar borsten voor hem. Haar tepels staken naar voren, hard en opgewonden.

'Joël, smeerlap, wat doe je?' Met volle kracht probeerde ze zich los te wurmen.

En nu ben ik het zat.

Hardhandig draaide hij haar handen op haar rug. Haar polsen pasten in één hand, met zijn andere hand maakte hij zijn riem los. In een snelle beweging trok hij hem uit zijn broek.

'Help!' gilde Amber. 'Niet doen!'

Ze kon schreeuwen wat ze wilde, niemand zou haar horen. Ze kermde toen hij zijn riem om haar polsen trok en haar huid tussen de stalen sluiting en het leer kwam te zitten.

'Laat me los,' schreeuwde Amber. 'Gek! Ik zal nooit van jou houden, weet je dat? Je hebt ze verzonnen, mijn zogenaamde hints. Ik moet je niet. Al was je de laatste man op aarde, ik zou nooit... Nóóit...'

'Hou je kop!'

Toen hij haar losliet, viel ze van het bed af en smakte ze op de grond. Hijgend en huilend bleef ze liggen. Woedend keek ze hem aan.

Wat er nu gaat komen is jouw eigen schuld. Niets meer dan jouw eigen schuld.

'Kom.' Hij trok haar aan haar korset omhoog. Hij duwde haar vooruit naar de babykamer, opende de deur, pakte de slapende Emma uit haar wieg.

'Wat ga je doen?' Amber klonk bang.

Toen hij langs haar liep, gaf hij haar een duw. Ze verloor haar evenwicht, struikelde over de drempel en viel op de grond. Met grote passen liep hij naar het balkon. Hoog torende hij met de baby in zijn handen boven de hoofdstad uit. In de verte zag hij Almere liggen, torens priemden in de lucht, Amsterdam leek klein vanaf hier.

'Wat ga je...' Amber probeerde naar hem toe te kruipen, maar het ging niet met haar handen vastgebonden op haar rug. Ze schoof op haar kin en knieën vooruit.

'De vraag is niet wat ik ga doen, maar wat jíj gaat doen,' verbeterde hij haar. Hij nam Emma onder haar oksels en tilde haar over de balustrade heen.

'Nee,' gilde Amber. 'Nee, alsjeblieft.'

Rustig keek hij naar beneden. Niemand overleefde zo'n val, ook geen baby. En al kwam ze goed terecht in het water, ze zou verdrinken.

'Wat ga je doen, Amber?' vroeg hij. Emma's beentjes trapten in de lucht.

'Ik doe alles wat je wilt.' Amber huilde met gierende uithalen. 'Alles. Alles, Joël. Laat haar niet los. Alsjeblieft... Ik hou van je. Ik hou zoveel van je!'

En daar zijn ze dan, haar woorden. Het maakt niet uit dat ze ze nog niet honderd procent gelooft, woorden vormen de waarheid, woorden worden vanzelf waar.

'Alsjeblieft Joël, ik smeek het je. Laat haar niet los. Laat haar niet...' Ze bleef huilen toen hij Emma terugtrok en haar even later in haar wiegje legde.

Ruw pakte hij Amber op – ze was verdomme zwaarder dan die doll – hij gooide haar op hun bed, propte een paar sokken in haar mond en deed de deur achter zich dicht.

Hij moest tot zichzelf komen. *Ik moet hiervan gaan genieten. Onze eerste keer mag niet opgaan in een rush.*

Verdomme, hij was alleen maar harder geworden van Ambers verzet. Ze was volledig in zijn macht. Nu kon hij alles met haar doen wat hij wilde.

Hij greep de fles cognac en zette die aan zijn mond.

Ze was van hem. Van hem alleen. En er was niemand in de wereld die haar miste.

Hij kon haar hier houden voor de rest van zijn leven.

Hij schrok op uit zijn gemijmer toen zijn deurbel door het appartement heen schelde. Verward keek hij naar de deur. De bel van beneden hoorde hij wel vaker, maar de bel naast zijn deur gebruikte geen mens. De enige die in al die maanden dat hij hier nu woonde boven had aangebeld was die snol van een paar deuren verder. Die Zuid-Amerikaanse met die billen.

Hij keek door het spionnetje en zag uitgerekend haar voor zijn deur staan. Ze schikte haar zwarte lokken, haar lippen waren slettenbakkig rood.

Een tel stond hij in dubio. Gedag zeggen of niet?

Ach, Amber vond het ook van Tom niet erg dat hij het met meerdere vrouwen deed.

Met een brede grijns haalde hij zijn sleutel uit zijn zak en opende hij de deur.

'Schoft.' Dat was alles wat Ana Flores, de buurvrouw van Joël, tegen hem zei. Ze gaf Tara, die naast haar stond, een hoofdknikje en liep naar haar eigen appartement.

'Dag Joël,' zei Tara. *Schoft is nog zacht uitgedrukt.* Ze sloeg haar armen over elkaar en trok haar wenkbrauwen op. 'Waarom neem je niet op als ik bel?'

'Wat...' Joëls stem sloeg over. Hij keek van Tara naar zijn buurvrouw en weer terug. 'Tara, wat doe jij hier?'

'Ik krijg Amber niet te pakken. Mag ik binnenkomen?'

'Nee.'

'Vriendelijk.'

'Ik heb het druk.'

'Waarmee? Ik weet niet of je het nieuws hebt gezien, maar voor de Academy hoef je niets meer te doen, hoor.'

'Ik meen het.' Joël begon de deur dicht te doen. 'Ik heb het druk.' Tara gluurde langs hem heen naar binnen. Wat ze zag was een manneninterieur: alles strak en ongezellig.

Ze legde haar hand op de deur. 'Ik hoef maar één ding van je te weten: of je Amber hebt afgezet in Eindhoven.'

'Ja, natuurlijk.' Hij keek op zijn horloge. 'Ze zal nu wel in de lucht zitten hè.'

'Heeft ze nog iets gezegd?'

Hij schudde zijn hoofd. Tara kon niet bepalen of dat het antwoord was op haar vraag of dat hij niet kon geloven dat hij dit gesprek met haar voerde. Misschien was het wel allebei. *Wat een ijskonijn toch.*

'Heeft ze jou verteld hoe je contact met haar op kunt nemen?'

'Dag Tara.' Joël deed de deur dicht. Toen hij bijna in het slot zat begon vanachter een deur een baby te huilen.

Emma?

Is zij hier?

Is Amber hier?

Tara reageerde ogenblikkelijk en instinctief, zette haar voet tussen de deur, wierp haar heupen in de strijd. Het kwam niet doordat ze sterk was, het moest haar snelheid zijn waarmee ze Joël verbaasde. Hij deinsde achteruit, zij liep zijn gang binnen. 'Amber!' riep ze. 'Amber, ben je hier?'

Alleen het geluid van een baby was te horen. Ze gaf Joël een duw en rende naar de kamer waar het geluid vandaan kwam. Ze gooide de deur open en stond opeens midden in het kinderkamertje van Amber. In de wieg lag Emma te huilen. 'Wat...'

Joël pakte haar van achteren bij haar bovenarmen. Met het groeiende besef van wat hier gebeurde draaide Tara zich rap om. Ze ramde haar knie in zijn kruis. Heel even hield Joël haar nog vast, maar toen klapte hij dubbel en viel op de grond. Tara pakte Emma uit de wieg en rende de kamer uit. Een voor een gooide ze alle deuren open.

Tara?

Amber begon te hoesten toen haar zusje de bol sokken uit haar mond trok.

'Gaat het?'

'Ja,' antwoordde ze met een stem die ze niet van zichzelf herkende. *Waar is Joël?* Ze lag met haar gezicht richting de muur. Godzijdank legde Tara Emma vlak voor haar op de grond, haar zus had allebei haar handen nodig om de riem van haar polsen af te krijgen.

'Wat heb je in godsnaam aan?' vroeg Tara met afschuw in haar stem. 'Kom.' Ze wachtte tot Amber Emma had opgepakt en trok haar zus omhoog.

Amber veegde haar tranen weg, pakte Emma op en schrok toen ze Joël in de deuropening zag staan. Hij had een mes in zijn handen, zijn ogen waren bloeddoorlopen.

'Haal het niet in je hoofd, Joël,' zei Tara dreigend. 'Ik heb de politie al gebeld.'

'O ja?' Duivels keek hij haar aan. 'Wanneer dan?' Hij maakte een snijbeweging door de lucht. 'Wat denk je? Dat je zomaar mijn huis kunt binnenkomen en alles kapot kunt maken?' Dreigend zette hij een stap vooruit.

'Het maakt me niet uit wat je denkt,' antwoordde Tara. 'Als jij de gok wilt wagen, *be my guest*.'

Joël grijnsde en sprong uit het niets naar voren. Hij haalde uit met zijn mes, ogenblikkelijk begon Tara te gillen. Ze kromp ineen. Overal was bloed. Emma krijste oorverdovend.

'Ik maak je af,' schreeuwde Joël naar Amber. 'Ik maak je hartstikke af! Als ik je niet kan hebben, zal niemand je hebben.' Met het mes voor zich uitgestoken dook hij op haar af. Ze viel achterover op bed. Ze kon maar net voorkomen dat hij met zijn volle gewicht op Emma neerkwam. Ze duwde haar kind opzij en probeerde Joël af te weren. Het ging niet, hij was te sterk. Hij hield het mes vlak boven haar gezicht, het kostte haar al haar kracht hem tegen te houden.

Ze ging het verliezen, voelde ze. De punt van het mes hing tussen haar ogen in. Ze gilde en wendde, net op tijd, haar gezicht af. Joël landde precies naast haar, het mes doorboorde het matras. Met haar vrije hand tastte Amber de onderkant van het bed af.

Emma huilde, Tara kermde. Joël trok zijn mes terug. Met een oerkracht die alleen moeders bezitten stak ze de punt van het klerenhangertje in zijn rug. Brullend als een beest rolde hij van haar af.

Buiten adem bleef Amber een tel liggen.

'Amber...' Het was Tara die haar terug naar het hier en nu

bracht. 'Kom.' Met een hand steunend op de muur wist Tara omhoog te komen. 'Neem Emma mee.'

Amber stapte over Joël heen en ondersteunde Tara naar de voordeur. Ze had nog maar één doel: hier wegkomen.

'Wacht,' zei Tara toen ze bij de voordeur stonden. 'Zijn mobiel. Anders belt die laffe hond 1-1-2 voor zichzelf. Laat hem maar aanbellen bij zijn buurvrouw.'

Amber keek om en zag zichzelf in de spiegel. Haar borsten bungelden bloot boven haar korset. Joël had gedreigd haar kind van het balkon te gooien, haar geprobeerd te vermoorden, had haar vernederd, had haar willen bezitten als een ding. Haar zus had gelijk, hij verdiende dit.

Met Emma in haar armen liep ze naar de eettafel waar ze Joëls mobieltje op zag liggen. 'Ik heb hem,' zei ze. Juist op dat moment stormde Joël de slaapkamer uit. De klerenhanger stak uit zijn rug. Waar hij de kracht vandaan haalde was Amber een raadsel. Ze deinsde achteruit, het balkon op. Met de ogen van een bezetene kwam Joël met gestrekte armen op haar en Emma af.

'Opzij!' gilde Tara. De eetkamerstoel die ze boven haar hoofd rondslingerde miste Amber op een haar na. Joël raakte hij echter voluit. Als een wassen pop hing hij met zijn armen over de balustrade.

Tara en Amber keken elkaar aan. Ze zeiden niets. Ze waren weer samen, de zussen van vroeger. *We kunnen dit. We slepen mama samen naar de douche.*

Amber legde Emma neer. Zowel zij als Tara pakte een been van Joël. Hij was zwaar, maar zij hadden commitment.

Het water van het IJ kabbelde vredig, vanaf de eenentwintigste verdieping keek je uit over heel Amsterdam. De pont voer tussen Amsterdam-Noord en het Centraal Station, mensen fietsten, liepen, lachten, praatten, de Westertoren stak smal en sierlijk boven de bebouwing uit. Amber pakte Emma op, suste haar kleintje en gaf haar een kusje op haar hoofd.

EPILOOG

'Brandon...'

Brandon keek op. De Rooij stond in de deuropening van zijn cel. Alleen. De woede die al dagen in hem woelde, laaide ogenblikkelijk weer op. 'Ik heb het je al verteld,' zei hij kwaad, 'ik zeg niets zonder mijn advocaat.' Verdomme, zijn hele rug deed pijn van die plank die ze hier een bed noemden. Waarom lieten ze hem niet gaan, gingen ze de moordenaar van Kirsten niet zoeken?

'Ik heb goed nieuws voor je.' De Rooij hield de deur verder open. 'Je bent weer een vrij man.'

'O? Zijn jullie er ein-de-lijk achter dat ik er niets mee te maken heb?' De woorden verlieten hard en woedend zijn mond, maar vanbinnen was hij opgelucht. Hij werd gek van de muren die hem insloten als de wanden van een doodskist, van het gebrek aan wiet, van de constante stroom van gedachten die hem wakker hield. *Kirsten. Haar lijkblauwe, bebloede gezicht. De uitpuilende ogen van Vera, het gevoel van zijn vingers om haar nek. De vijftigduizend euro die hij bijna had gehad. Huis die zijn vinger naar hem uitstak: je moet gaan betalen, of anders. De oplichtende koplamp van diens motor.* De afgelopen dagen had hij zelfs hevig verlangd naar het burgerlijke huis van zijn moeder.

'We hebben nieuwe informatie waardoor we nu anders naar de zaak kijken. Er is op dit moment geen reden om jou nog langer vast te houden.' Ze hield de deur wijd voor hem open.

Zo snel als hij kon liep Brandon de gang op. 'En?' vroeg hij terwijl hij voor De Rooij uit liep.

'Wat: en?'

'En wat wil je nog meer zeggen?'

'Dat je je wel nog beschikbaar moet houden.'

Bullshit. Protocol. 'Ik bedoel: en, waar blijven je excuses?'

'Moet ik me excuseren omdat ik mijn werk gedaan heb?'

'Ik heb dagen in dit hol gezeten, omdat jij je werk niet *goed* gedaan hebt, ja.'

'Voortschrijdend inzicht. Ik heb uitstekend werk verricht.'

Brandon gnuifde. De bitch. Als ze dacht dat hij het hierbij zou laten, dan had ze het mis. Hij zou een schadevergoeding eisen en met dat geld kon hij Huis vervolgens weer afbetalen. Ongeduldig nam hij de spullen die hij bij aankomst had moeten afgeven in ontvangst.

'Kom,' zei De Rooij korzelig. Ze ging hem voor de gang door.

Met elke stap die Brandon zette, verdween er wat van zijn woede. Elke stap was een stap dichter bij de vrijheid, dichter bij de frisse lucht. Hij kreeg weer adem – terwijl hij zich er eerder niet bewust van was geweest dat hij die kwijt was.

Aan het eind van de gang was een deur waarachter de trap naar beneden lag, de trap naar de uitgang.

'Ik hoop je niet meer terug te zien,' zei De Rooij, die de deur openduwde.

'Hebben jullie hem?' vroeg Brandon voordat hij erdoorheen liep. De vrijheid riep hem, maar hij móést dit eerst nog weten. 'Die vent die Kirsten vermoord heeft?'

‘Ja,’ zei De Rooij knikkend. ‘Het is natuurlijk aan de rechter om uitspraak te doen, maar je kunt ervan uitgaan dat we de dader gevonden hebben.’

‘Wie is het?’

‘Ik dacht dat jij zo goed op de hoogte was van alle protocollen bij de politie?’

Brandon lachte meewarig. De Rooij had gelijk. Hij wist heus dat ze dat nooit zou vertellen. Hij zou het lezen in de krant – en vervolgens zou hij die gast omleggen.

‘Hou je gedeisd, Brandon,’ zei De Rooij, opeens zag hij dat ze ergens, diep onder dat smerishoofd iets moederlijks had. ‘Ik meen het, ik wil je hier niet meer zien. Maak iets van je leven.’

Zonder iets te zeggen draaide hij zich om. Ze moest het nou ook weer niet overdrijven. Hij haalde diep adem en liep met verende passen de trap af. Achter de glazen pui regende het. Hij was nog nooit zo blij geweest met kutweer.

Tot nooit meer ziens, suckers.

Op het moment dat hij de deur uit wilde stappen, renden er twee vrouwen onder een paraplu naar binnen. Hij hield de deur voor ze open. ‘Man, wat een noodweer,’ zei een stem die hij herkende, maar niet meteen thuis kon brengen.

De vrouw klapte haar paraplu in en Brandon staarde recht in het pafferig gezicht dat hij gehoopt had nooit meer te hoeven zien. Haar blauwe oog strekte zich uit van haar wenkbrauw tot halverwege haar wang, er zat een hechting ter hoogte van haar jukbeen, haar rechterarm zat in zachtroze gips en hing in een mitella.

Vera.

Ze deinsde achteruit toen ze Brandon zag. ‘Maar,’ stamelde ze. ‘Maar dat...’ Ze stootte haar vriendin aan en wees naar Brandon. ‘Maar dat is ’m.’

Vlak voor de deur stopte een politieauto.

'Dat is 'm,' begon Vera te gillen tegen de agent achter de balie. 'Dat is de man die mij...'

Brandon begon te rennen, maar hij wist dat het vergeefse moeite was.

'Dat is 'm,' hoorde hij Vera achter zich schreeuwen. 'Doe iets, pak 'm!'

Regendruppels kwamen neer op zijn voorhoofd, plassen spatten onder zijn voeten op. Hij rende zo lang hij kon, zo ver mogelijk van de muren vandaan, diep en haastig haalde hij adem.

Tom staarde naar het systeemplafond boven zijn hoofd. Alles beter dan naar de vitrage kijken die zo dik en wit was dat je er zelfs geen contouren doorheen kon zien, maar waarachter zich nog altijd de straat bevond waar hij Judith en Kirsten op had staan wachten, die noodlottige nacht. Alles beter dan kijken naar het gezicht van De Rooij die naast zijn bed zat, een dossier op haar schoot, een memorecorder in haar handen.

In zijn arm was een infuus geprikt. Regelmatige piepjes gaven aan dat zijn hart het nog deed.

Maar zo voelde het niet.

'Dus...' zei De Rooij. 'Jij verklaart dat je bij Alec en Judith Morozov op visite ging, dat je geen idee had dat Pjotr Zjoeganov daar ook was, dat Zjoeganov en Morozov je op een stoel hebben vastgebonden, in elkaar hebben geslagen en in je beide voeten hebben geschoten, maar dat je geen idee hebt waarom precies.'

Hij kreunde en knikte. Zijn hele lijf deed pijn. Maar dat was nog niets in vergelijking met hoe hij er geestelijk aan toe was.

'Ik ben moe,' zei hij.

'Dat snap ik,' antwoordde De Rooij vriendelijk. 'En daarom

zal ik het ook zo kort mogelijk houden. Ik wil alleen even zeker weten dat dit je verklaring is...'

Hij knikte.

Hij had gedacht dat Alec hem zou vermoorden, langzaam, pijnlijk. Maar opeens was de politie daar geweest. Alec, Judith en die Russische freefighter waren opgepakt. En nu lag hij hier. In het ziekenhuis waar Emma was geboren.

Zijn Emma.

Zijn Emma die hij hoogstwaarschijnlijk nooit meer zou zien.

In de witte platen in het plafond zaten kleine spikkeltjes. Tom probeerde zich via zijn blik daaraan vast te houden; zolang hij grip had, verdronk hij niet in de zwarte zee die in zijn hoofd kolkte.

'... Want we hebben nogal wat aanwijzingen dat er iets anders is gebeurd.'

Nu keek hij wel opzij.

De Rooij keek hem nog altijd vriendelijk aan, maar in haar ogen brandde iets gevaarlijks, de opgewonden twinkeling van een roofdier dat weet dat hij zijn prooi gaat krijgen.

Ik moet me niet gek laten maken. Ze heeft niets.

'Wat voor aanwijzingen?' Hij hoorde zelf hoe zwak hij klonk.

De Rooij klakte met haar tong. Als ze dat zou zeggen, zou er geen lol meer aan zijn voor haar.

Hij kwam iets overeind. 'Wat voor aanwijzingen?' vroeg hij nog een keer.

De Rooij boog zich ogenschijnlijk vertrouwelijk naar hem toe. 'Weet jij waar Amber op dit moment is, Tom?'

'Nee. Hoezo?' De herinnering aan Amber die in Joëls auto verdween maakte hem misselijk van radeloosheid.

'Ze heeft ons een envelop gestuurd. Enig idee wat daarin kan zitten?' De Rooij wreef over de kaft van de dossiermap op haar schoot alsof het een schat was.

Hij schudde zijn hoofd, maar vermoedde het ergste.

'Op dit moment doen mijn collega's bij jou een huiszoeking. Ze nemen alle computers in beslag, de gehele administratie, correspondentie, kasboeken...' Ze nam een pauze zodat haar woorden extra goed tot Tom konden doordringen. 'Ik ben benieuwd wat eruit komt als we jouw administratie naast die van Alec Morozov leggen. Heb je trouwens dat stuk over hem al gelezen?'

Zonder iets te zeggen draaide Tom zijn ogen terug naar het plafond, maar De Rooij hield haar mobieltje voor zijn neus. Ze had een Engelstalig artikel geopend op de website van *The New York Times*. Het was geschreven door Tara. *Trafficker Morozov unmasked – biggest blood network of the world exposed.*

'O, niet interessant?' vroeg De Rooij onschuldig toen hij zijn gezicht toch maar wegdraaide naar de vitrage. 'Misschien wil je liever hier iets over vertellen?' De Rooij tikte wat op haar mobieltje en hield toen haar toestel weer op. Het was een foto van Judith en Alec. Judith hield haar hand trots rond haar zwangere buik, Alec stond achter haar te glunderen. Op de achtergrond zag je Irina nog net in beeld.

Het was de foto die Judith naar Amber gestuurd had. Hij herinnerde zich hoe ze die foto aan hem had laten zien. 'Ik had zo, zo graag zelf zwanger willen zijn,' had ze destijds gezegd.

Alles was toen nog zo goed tussen hen geweest. Zo mooi. Zo gericht op de toekomst.

Zij was zijn vrouw geweest en hij haar man en ondanks dat hij toen al wist dat het bedrog was, had hij zichzelf wijsgemaakt dat hij het voor haar gedaan had. Was hij niet met Alec in zee gegaan, had hij diens walgelijke contract niet ondertekend, dan was er geen Mindset Academy geweest, geen succes, geen roem, geen ontmoeting met Amber, geen 'ja, tot de dood ons scheidt'.

'Tom, jouw vrouw heeft ons een videobestand gestuurd waarop ze tegen jou getuigt. Waarin ze precies uit de doeken doet wat er allemaal is gebeurd.'

Hij voelde tranen achter zijn ogen branden. Hoe had hij ooit kunnen denken, *prediken*, dat het verleden niet telde? Zijn herinneringen zeulde hij elke dag met zich mee en dat zou hij ook altijd blijven doen. 'Ik ben moe,' zei hij zwak.

'Natuurlijk.' De Rooij stond op en glimlachte ongemeend. 'Ik snap het. Rust maar uit, Tom. Neem je tijd om na te denken. Als je me wilt spreken...' Ze wees op de brede agent die naast zijn kamerdeur op een stoel zat. 'En anders zien we elkaar morgen weer.'

Ze gaf hem een hand. Hij had die graag willen weigeren, maar zijn pols zat met een handboei vast aan het frame van zijn ziekenhuisbed. Hij had geen keuze.

'Probeer wat te slapen,' raadde De Rooij hem aan. 'En wees maar blij dat je geluk hebt gehad. Jij leeft nog.'

Toen ze de gang op liep kon Tom zich niet langer inhouden en begon hij als een klein kind te janken.

'Zo, meneer Kuijper...' De verpleegkundige die binnenkwam negeerde zijn huilen volkomen. Ze zette een teiltje water zo hard neer dat er ijskoude druppels op zijn gezicht spetterden.

Nu wist hij het weer. Dit was de vrouw die hen had geholpen toen Emma net was geboren. 'Ik hoor dat uw dochtertje weer terecht is?' vroeg de vrouw. Ze pakte een washand uit de teil en wrong die een beetje uit. 'Oeh, koud.' Ze had een harde uitdrukking op haar gezicht, keek Tom kwaad aan. 'Enig idee wat u ons ziekenhuis heeft aangedaan? Wat u mij persoonlijk heeft aangedaan? De overplaatsing naar deze afdeling was nog wel het minste.'

'Ik...' stamelde Tom. 'Ik...'

Haar ogen spuwden vuur.

'Agent!' riep hij. 'Agent!'

De vrouw maakte een geruststellend gebaar richting de man bij de deur en keek daarna weer furieus naar Tom. 'Niets aan de hand.' Ze kletste de ijskoude washand in zijn gezicht. 'We gaan u alleen eventjes wassen.'

In de schaduw van de cipressen lag een picknickkleed op het gras. Er stond een mand op met druiven, perziken, brood, kaas en een fles met gekoeld water. Het briesje dat van over zee kwam aangewaaid bolde het kleed soms op. Een welkome verkoeling op de warme dagen.

Francesca Daniels liep er met haar handjes uitgestrekt naartoe. Het gras prikkelde haar blote voetjes. Nu ze het eindelijk voor elkaar had te lopen, wilde ze het liefst meteen de hele dag door rennen. Op sommige momenten miste ze de balans, waardoor ze dronken leek, dan zwalkte ze heen en weer en viel ze met haar handjes plat op de grond.

Huilen deed ze echter zelden. Ze was sterk en kerngezond. Blonde haren die volgens haar moeder weleens mochten gaan groeien, Hollands glorie, maar met een door de Italiaanse zon lichtgetinte huid.

'*Bambina cara*,' lachte Amber naar haar. Zij ging inmiddels door het leven als Barbara. Het leven waarin haar dochter Emma had geheten en ze getrouwd was met Tom leek mijlenver weg. Het had een verhaal kunnen zijn dat ze in een boek had gelezen, of op televisie had gezien. Het verhaal van iemand anders.

Haar dochter had andere plannen dan haar een knuffel komen geven, die wilde rennen, achter de vlinders aan, de bloemetjes tussen de groene sprieten ontdekken, proeven hoe aarde smaakte.

Amber tuurde naar de weg op de aangrenzende heuvel, waar zelden iemand reed. De enige mensen die hier kwamen waren de ouders op wier kinderen ze paste. De boerderij met al zijn beesten was de ideale plek om beschermd groot te worden.

In Nederland zou Amber oppasmoeder worden genoemd, hier was ze *bambinaia*. Het werk betaalde niet overweldigend goed, maar genoeg om van te kunnen leven. Wat had ze ook nodig? Van de moestuin die bij de boerderij hoorde konden ze bijna het hele jaar eten, de kippen gaven eieren, ze douchten met water dat in een zwarte zak werd opgewarmd door de zon. Het leven op het platteland garandeerde haar een anoniem bestaan en met dit baantje kon ze de hele dag bij Francesca zijn: haar grote geluk met blauwe ogen.

In de verte zag ze een stofwolk naderen. Een auto. De weg die naar haar bescheiden huis leidde was niet geasfalteerd. Afgelopen herfst was hij zelfs een paar dagen onbegaanbaar geweest door een kleine overstroming.

Amber stond op en zette haar hand boven haar ogen. Ze tuurde naar de wolk die steeds groter werd en waar uiteindelijk een auto in verscheen. 'Kom lieverd,' zei ze tegen Francesca. Ze pakte haar meisje op en liep naar het hek toe dat nodig een verfje kon gebruiken. Op het erf bij hun huis begon de hond te blaffen. Een kip deed fladderend haar best weg te vliegen en slaagde daar niet in.

Amber bleef kijken tot de auto bij haar was en in de berm stopte. Tara stapte uit. Een zonnebril op haar neus, korte broek, witte benen, bergschoenen. 'Zusje.' Ze lachte.

'Welkom thuis, Tara.' Francesca kroop weg in Ambers nek.

Het zou niet lang duren voordat het kleintje aan Tara gewend zou zijn. Later zou ze zeggen dat ze was opgegroeid met twee moeders, *mijn mama en mijn tante*. Op haar bruiloft zou Tara, tegen die tijd een gevierd schrijfster, een speech geven waarbij ze haar glas zou heffen en proosten op het feit dat 'tante' het tweede woord was dat Francesca had kunnen zeggen. Ze zouden dansen tot diep in de nacht en hun leven in Nederland zou Amber en Tara voorkomen als een vage herinnering die godzijdank altijd in het verleden was gebleven.

Dat moment lag daar, bij dat afgebladderde hek, echter nog onvoorstelbaar ver weg in de tijd. Tara keek om zich heen en knikte goedkeurend. 'Hoe is de wifi?'

'Verschrikkelijk.'

'Mooi.' Onwillekeurig wreef ze over de tatoeage op haar onderarm. Lotusbloemen groeien zelfs op modder. In de auto had ze de titel voor haar eerste boek bedacht. *Meisje van me*. Het zou een reconstructie worden van wat er anderhalf jaar geleden allemaal gebeurd was. Onder haar eigen naam zou ze het nooit uit kunnen geven, maar er was vast wel een auteur te vinden die er zijn naam op wilde plakken. De credits hoefde ze niet, alleen de genoegdoening van het schrijven. En een deel van de royalty's.

Hier, in Italië gingen ze samen voor Francesca zorgen. Weg van de wereld, weg van de gedachte dat je je hoofd onder controle moet zien te krijgen. Hier hoefden ze alleen zichzelf te zijn. Alleen maar zichzelf. Meer dan genoeg om je een leven lang mee bezig te houden.

'Kom,' zei Amber. 'Ik zal je het huis laten zien.' Ze wees op de okerkleurige boerderij die iets hoger op de berg lag. Ze zette Francesca op de grond. Ogenblikkelijk begon die vooruit te rennen. Toen ze struikelde, keek ze achterom. 'Niets aan de hand,' zei Amber. Tara lachte naar haar. Francesca krabbelde weer overeind en waggelde verder. Haar mollige beentjes iets uit elkaar, haar armpjes voor zich uitgestoken, vol vertrouwen in de beschermende handen die haar op zouden pakken, mocht ze ooit echt vallen.

DANKWOORD

Bij het schrijven van dit boek heb ik van een hoop mensen hulp en support gekregen. Allereerst wil ik mijn redacteur Harold de Croon bedanken. Maar ook de rest van het team van Ambo|Anthos is fantastisch.

De mensen die mij vol enthousiasme hielpen met de research zijn Lineke en Nico Duives, Marijke Hoogwoud, Mirjam ten Brinke, Denise de Haan, Aline van Wijnen (lees vooral haar mooie feelgoodromans!).

De thrillerwereld ken ik als hartelijk en warm. Ik kan niet zeggen hoe blij ik ben met jullie, lezers, bloggers, boekhandelaren en collega's.

Mijn man, Bas ten Brinke, heeft zoveel voor dit boek betekend dat hij eigenlijk een hele dankpagina verdient in plaats van slechts een alinea. Hij dacht mee over de verhaallijn, gaf me morele support en schonk me het mooiste uit mijn leven: onze dochter Betje. Dit boek is aan haar opgedragen. Omdat ze elke dag een glimlach op mijn gezicht tovert.